公子有點忙

1

風文創 445

佑眉 著

目錄

序

佑眉

小的時候，腦海裡從沒有生老病死的概念，總以為天一直都是藍的，水也從來都是綠的，爺爺奶奶是蒼老而慈祥的老頭老太，爸爸媽媽則從來都是超人一般無所不能的存在。

小的時候，歲月於我而言總是太過緩慢的無奈，總覺得白日遲遲、昏夜漫漫，悠遠的歲月如同古老的風車，雖是拚命的旋轉著，卻帶不起多少歲月的漣漪。

待到踩著光陰的步伐，一路撞進了無限華美的青春年華，竟是再也停不下一路飛奔的步伐——

奶奶講的去替爸爸相看媽媽後，回村路上偶遇「牛頭馬面」的神奇故事明明還在耳邊迴響，那對溫暖又囉嗦的可愛老人卻已先後魂歸他鄉；好像還能聽見爸爸媽媽站在村口中氣十足的喊我回家吃飯的聲音，偶然回眸，爸爸駝了背，媽媽已是烏絲染霜……

青蔥的歲月裡，媽媽最愛說的話是要我好好學習，將來可以走出去，不再如祖輩一般過面朝黃土背朝天的苦日子；現在媽媽最開心的事卻是幾個孩子能回到她身邊，即便什麼話都不說，默默陪她坐在院子裡……

時光的長河嘩啦啦向前奔湧，世界如此奇幻多姿，生命也因浸潤了太多的色彩而變得光怪陸離。為自己想要的生活而奮鬥，也無法拒絕不想要的不期而至，然後，再一個個翩然而去。留戀也好、否定也罷，都不能阻止他們最終成為再也喚不回的過去……

唯有那片生育了自己的小小村落，任歲月流逝，依舊情懷不改，任風吹雨打，永遠靜靜矗立……

還有凝立在村頭的老母親，蒼老而渾濁的視線中是無情的歲月也絕無法消去一絲一毫的牽掛和希冀……

那一刻陡然明白，世間萬物都會褪色，唯有父母之愛，卻如同那古拙的核桃，儘管會被歲月的風霜打磨得滿是滄桑的皺褶，可敲開那硬硬的厚殼，撲面而來的，依舊是芬芳四溢的無盡的愛……

謹以此序獻給親愛的讀者們，唯願所有人歲月靜好，喜樂安康。

第一章 重生

陳毓是被一陣又臊又臭的味道給熏醒的，旋即就有些惱火。

倒不是陳毓矯情，只是讀書人本就是愛乾淨的性子，再加上小時候的遭遇，即便半道上棄文習武，這個臭毛病不但沒改，反而因為五感變強，更加無法容忍任何一點兒怪味。

昨日裡他是喝了些酒，可也不過微醺罷了，便是回房，陳毓也是自己走回去的，根本沒讓人扶。自己的房間自己清楚，斷然不可能有這樣的骯髒氣味，會有這樣的味道，定然是有旁人做了什麼手腳。

陳毓臉色一寒，手下意識的摸向平常放寶劍的地方——

腿卻是一軟，人也一陣頭暈目眩，陳毓一個把持不住，翻滾在地，一抬頭，正好對上一雙黑葡萄似的、寫滿恐懼和絕望的大眼睛。

還沒有反應過來，他的身子就一下被人揪著提溜了起來，面頰上狠狠的挨了兩巴掌。

「小兔崽子，再敢鬧，打死你扔到外面餵野狗！」

一個臉上有道刀疤的漢子正氣勢洶洶的衝陳毓喝罵，罵完似是不解氣，還想再打，卻在瞧見陳毓直勾勾瞧著自己的眼神時愣了一下。

實在是眼前這孩子的眼神太嚇人了些，明明不過五、六歲的孩子罷了，那眼神裡的陰毒卻像是能浸出來似的，看得人心裡瘮得慌。漢子一時受驚之下，手一鬆，陳毓小小的身體就「咚」的一聲掉到地上。

「呸，娘的，嚇了爺一跳！」漢子這才鬆了口氣。果然太累了就會產生幻覺。就說嘛，這麼小的孩子，怎麼可能會對自己產生什麼威脅？

只是漢子不知道的是，他剛一轉過身來，地上的陳毓就抬起了頭，兩隻眼睛裡竟然不是害怕，而是大仇終於得報的瘋狂——

雖然三十年過去了，可陳毓卻是對這張臉一日不敢忘！當初，正是因為這人在燈市上把自己擄走，爹爹才會因為急於尋找自己的下落，深夜趕路不慎失足落水而死；沒了爹爹的護佑，不單家財盡皆被祖母趙氏夥同外人霸佔而去，便是姊姊也被逼著嫁給趙氏娘家姪子趙昌那個畜生為妻，最後因不堪打罵投繯自盡；自己堂堂一個秀才則是變成亡命之徒淪落江湖……

可以說，陳毓一生的悲劇全和此人有關。也因此，三十年了，這張面孔不獨沒有在腦海裡變得模糊，反而越發清晰。甚而這三十年來，陳毓也曾著意尋找過這人，不知為何，卻是找不到絲毫蹤跡，甚而有傳聞說這男子早就被捉到京城，慘死在菜市口了，倒沒料到竟還會有遇見的一日。

轉而一想，又覺得不對——

怎麼三十年了，這人的模樣竟是沒有絲毫變化，還是二十歲的樣子？而且方才太過震驚才完全忘了反應，這會兒卻忽然記起，自己的拳腳功夫雖不是頂尖的好，卻也說得過去，平日裡徒手打倒十個、八個普通人還是不在話下的，怎麼可能被一個明顯一眼就能瞧出沒什麼本事的無賴一招就制住？

還有那人提起自己身形時，離開地面的凌空感……

陳毓眼睛一點點下移，在看清長在自己身上胖嘟嘟的一雙小短腿時，好險沒把眼珠子給瞪出來。

這樣的身形，分明應該是五、六歲的小娃娃才有的身量。

五、六歲？自己當初被人販子拐走時，可不正是這個年紀?!似有所感的抬頭，陳毓果然看到了擺在屋內正中間一個歪歪斜斜的神龕，上面還供著已經掉了皮，滿面滄桑、斑駁不堪的土地爺……

可不正和自己當初被擄後的情形一般無二？

饒是經過了太多風浪的陳毓，這會兒也有一種被雷劈的感覺。

自己的酒量就那麼差嗎？竟然一喝就把人喝死了！這還不算，還直接回到了小時候！轉而又是一陣狂喜，那是不是說爹爹現在還活著？還有姊姊……

太過激動之下，陳毓渾身都開始哆嗦，甚而牙齒都咯咯響個不停。

直到身上一沉。

陳毓低頭，卻是方才那個長著一雙好看眼睛的小女孩，正把小腦袋蹭過來，長長的眼睫毛上還掛著兩滴大大的淚珠。看陳毓瞧過來，小女孩又把身子往陳毓身上靠近了些，竟是把陳毓當成依靠的模樣。

小女孩下意識的靠近，也對陳毓過於激動的情緒起到了很好的緩解作用。

深吸了一口氣，陳毓好歹又能進行思索了，也慢慢憶起了破廟裡只剩下自己和這小女孩兩個人的原因。

按照這些拍花本來的想法，陳毓和小女孩是這次拐賣來的孩子裡生得最好的。偏偏長途跋涉之下兩人都生了病，他更是高燒之下直接昏迷不醒。以致人牙子相看時愣是沒看中兩人，一是嫌兩個都病怏怏的，活不活得下去都很難說；再者瞧著都是細皮嫩肉的，生恐擔了什麼干係，挑挑揀揀之下，竟是把他們兩個撂了下來。

幾個人販子一合計，就準備把兩人都賣到那風塵之地——好歹費了大力氣弄到手的，怎麼也不能砸在手裡不是……

想到此處，陳毓不覺激靈靈打了個冷顫——

眼下可得快些想法子離開這裡，要是再和上一世一般被賣到娼館中去，也不知何年何月才能再逃出去？

當初他們二人還是被賣到了那樣見不得人的所在，雖然彼時陳毓年紀小，倒也沒受什麼折磨，卻還是好不容易才逃了出去，更是在外面流浪乞討了一年之後，才偶遇爹爹好友顏子章，然後被一路護送回家。只是無論如何也沒有想到，等回到家裡時才驚覺，自己和姊姊的天已經塌了，爹爹已死去一月有餘……

陳毓當下顧不得小丫頭大張的嘴巴，三下五除二，變戲法似的除去了捆綁著的繩子。活動了下早已經發麻的手腳，這才對旁邊神情急切的小女孩擺了擺手，貓著腰湊近窗櫺處往外瞧。

外面大青石上，有一個人坐在那裡就著一盤燒雞喝酒，可不正是那刀疤漢子？

陳毓眼睛都要綠了！被擄的這些天來，為了防止他們逃跑，一天就給喝一頓稀得能照出人影的湯水，也只有這幾天，許是怕兩人還沒賣出去就死了，才讓兩個人吃個半飽。

方才只想著怎麼脫身，這會兒乍一見到燒雞，陳毓頓時覺得整個人都不好了。

好容易嚥下一大口口水，刀疤那邊也已經吃喝得差不多了，陳毓終於能夠確定，眼下外面確然只有刀疤漢子一個。

他又無比貪戀的瞧了那盤所剩無幾的燒雞，這才慢慢退回來，把小女孩身上的繩子也給解開，然後俯在小女孩的耳邊小聲道：「小丫頭，等會兒妳按我說的做，然後我就帶妳跑出去找爹娘好不好？」

「安兒。」小女孩傻愣愣的瞧著陳毓，半晌才小聲咕噥了句。

安兒？小丫頭的名字嗎？陳毓在牆角那兒撿起一片尖利的瓦片，用力的在牆上磨了下，讓稜角顯得更銳利，然後又把繩子虛虛套回自己和小女孩身上，這才低聲道：「快哭，不然就別想見爹娘！」

小丫頭癟了癟嘴，淚珠在眼眶裡打轉，卻無論如何也哭不出聲音來。

陳毓頓時急了！這樣悶聲不響的流淚，就是哭死也不可能把刀疤漢子給引過來啊！眼睛轉了一下，忽然眼睛一翻，竟是一頭栽倒在小女孩的腳下。

小丫頭受驚之下，忙低頭去看，淚眼矇矓中，就見地上的陳毓臉頰青腫、眼白外翻，再配上嘴角被打出來尚未乾涸的鮮血和伸出來的舌頭，當真是和嬤嬤口中的陰間小鬼一般。無比恐懼之下，哪裡還會注意到日日被家人告誡的儀態之類的東西？當下再也忍不住，「哇」的一聲就大哭起來。

外面的刀疤漢子正閉目小憩，聽到這鬼哭狼嚎般的聲音，一驚之下一個拿捏不住，手裡的酒壺「啪」的一聲就掉在地上摔碎了，他氣得一下從地上站起來，罵罵咧咧的就往廟裡而來。

「嚎什麼嚎？擾得爺吃個酒都不能盡興！」刀疤漢子明顯喝了不少酒，走路都有些趔趄。越靠近兩人，臉上的煞氣越盛。「以為爺是你們親爹呢？就敢這麼使勁的哭！看爺今兒個抽不死妳！」

這世上但凡做這等傷天害理無本買賣的，多是好吃懶做之徒，心性更不是一般的黑，不然，又怎麼會捨得對這些天真孩童出手，做出這等斷子絕孫損陰德的事？

小丫頭這些日子以來也是被打怕了的，再加上年齡小，這會兒見刀疤漢子凶神惡煞般的模樣，小臉早嚇得煞白，竟是指著地上的陳毓，除了沒命的「啊啊」外，連句囫圇話都不會說了。

刀疤漢子卻是看都不看地上的陳毓一眼，俯身一下就捏住了小女孩細細的脖子，齜著一嘴黃板牙道：「妳個千人弄的小婊子，再敢吵，爺現在就辦了──」

一句話未完，身形忽然慢慢歪倒，眼睛更是不敢置信的瞪大。

他的身側正站著神情冷酷的陳毓，而那塊本來捏在陳毓手中的尖銳瓦片，正深深的扎入刀疤漢子的太陽穴中。

刀疤漢子身形猛一痙攣，只覺腦袋頓時轟鳴不已，兩隻眼睛也變得一片紅通通，宛若要滴下血來似的，踉蹌一下丟開小女孩，劈手揪住陳毓的衣襟。

「小兔崽子，你找死……」雖依舊是凶惡的語氣，眼神已是有些渙散。

陳毓眼中閃過一絲冷意，只借著身體的衝力，合身往前一撲，手更是死死摁在瓦片之上，用力太大之下，竟是連自己手掌都刺破，頓時有鮮血順著白皙的小手淌下，陳毓卻似是毫無所覺，連眼皮都沒動一下。

刀疤漢子帶著些鄙夷的眼神終於變為恐懼。

自己方才的感覺竟是真的，眼前這身量尚小的娃娃哪像個五、六歲的孩子，這般冷酷的眼神，竟然比手裡有過人命的自己還要凶殘，說他是來自地獄的厲鬼還差不多。

求生的慾望令他想要討饒，陳毓卻根本不給他開口的機會，手繼續用力。

刀疤漢子慢慢歪倒在地，死不瞑目的雙眼中全是駭然的氣息。

就是作夢也想不到，自己竟會死在一個如此年幼的孩童手中！

一直到刀疤漢子再沒有一點兒生氣，陳毓才收回手，漫不經心的順手把手上的鮮血朝身上一抹。待會兒要逃到縣城去，自然要怎麼慘怎麼來，但凡能捱到逃進縣衙，自己的安全應該就可以無虞。

陳毓也是後來才知道，其實他當初被人擄走後，不過是被帶到了鄰近的翼城縣，與自己家也就相距一百多里罷了。再怎麼說爹爹也是遠近聞名的舉人老爺，這翼城縣離得這麼近，應該聽過老爹的名頭……

上一世陳毓太過年幼，又從未出過遠門，才會即便逃出來卻反而越跑離家鄉越遠，若非碰見顏子章，怕是這輩子都別想重返家園。

又在地上呆坐了會兒，陳毓身上終於恢復了些力氣，這才掙扎著從地上爬起來，再去瞧方才那小女孩，卻因為刀疤漢子倒下的力氣太大，又驚又怕之下已是昏了過去。

陳毓嘆了口氣。

上一世的諸般折磨早把陳毓的心磨得沒了一點兒熱呼氣，甚而陳毓自認根本就是一個冷酷自私的無情人，即便後來習武，也從未想過當個世人稱道的仁義大俠，行事越發乖張偏執，萬事全憑自己喜怒決斷，落到外人眼中，簡直就是個性情反覆無常的怪物。

而他平生第一等不能容忍的事，就是拐賣孩童。每次外出，但凡發現有吃這一路的，陳毓都必然會下手懲治，且手段鐵血狠辣。

之所以這樣，就是因為曾經的經歷讓陳毓清楚，對任何家庭而言，孩子都是爹娘的心頭肉，真被人弄走了，就是和割心挖肺一般啊！就如同自己爹爹，平日裡如何刻板的一個人，也會因為自己的猝然失蹤而變得如行屍走肉一般……

陳毓的性子也不是拖泥帶水的，既然有了決斷，當下就再不遲疑，抬手朝小丫頭人中處用力一掐，小女孩吃痛不住，果然一下睜開眼來，待看清面前的人是陳毓，雙手伸出，就想往陳毓懷裡撲，分明是求抱抱求撫摸求安慰的模樣。

卻被陳毓攥住手就從地上拽了起來，板著臉對小姑娘道：「我帶妳去找爹娘。只是妳記得，待會兒跟著我，跟得上是妳的造化，跟不上……」就只能自求多福了。

說完不待女孩反應，轉身大踏步就往外走去。

小女孩愣了下，直到陳毓腳跨過門檻了才意識到什麼，忙急叫道：「等等我——」

她跑得太急了，一下絆倒在地。小嘴一癟就要哭，抬眼卻瞧見陳毓別說拉自己了，竟是回頭瞧一眼的興趣都沒有，這才朦朦朧朧意識到方才那小哥哥說的竟是真的，她再不跟過去，可真會被一個人丟在這裡。

只是畢竟人小力單，明明不過半個時辰的路程，兩人卻跌跌撞撞的跑了差不多兩個時辰。等好不容易進了城，陳毓還能勉強站著，小丫頭卻是死活躺在地上，任陳毓喝罵威脅，竟是無論如何也不願意起來了。

陳毓急得沒有辦法，畢竟那夥人一看就不是善茬，回去發現丟了人，兄弟還死了，唯恐事情暴露之下，絕不肯善罷甘休，真是追過來，說不好會把兩人打死也不一定。

他前世也見過這些人販子的手法，即便有孩子跑出來向外人求助，他們也是不怕的，一例說是自己的孩子淘氣，不懂事才胡說八道。相較於語無倫次的小孩子，路人自然更願意相信大人說的話。

眼看著前面不遠處就是縣衙了，就是爬，也得爬過去。

陳毓當下一咬牙，俯身拽住小丫頭的腳就費力的往前拖，入手處卻是一片濡濕。

陳毓低頭，發覺這麼不要命的跑過來，小丫頭的腳早已被磨得鮮血淋漓，又低頭瞧自己的，可不是一個模樣？那鑽心的痛使得陳毓也恨不得躺在地上大哭一場，可他明白眼下可不是休息的好時候，眼看著離縣衙已經不遠了，無論如何不能功虧一簣。

正想再加把力，身後卻忽然傳來一陣雜亂的腳步聲。

陳毓似有所感，猝然回頭，躺在地上的安兒一下瞧見了跑在最前面的那個尖嘴猴腮的瘦子，嚇得頓時瑟縮成一團，絕望的嗚咽起來。

瘦子也正好瞧見了陳毓兩人，眼睛頓時一亮，遠遠的指著陳毓喝罵道：「小兔崽子，讓你在家看家，怎麼就敢帶著妹妹跑到這裡來了？還不快跟我回去！」

糟了！這些人肯定就是刀疤一夥的。

陳毓臉色有些蒼白，連帶著看向小丫頭的神情都有些不對——果然就不該做濫好人！這麼點兒距離，竟連自己也跑不了了。

正自六神無主，拐角處一陣腳步聲傳來，陳毓循聲瞧去，頓時大喜過望，一隊巡街的衙役正好轉了出來，當下顧不得小女孩，拚了命的朝那衙役的方向跑去。

神情陰狠的瘦子似是沒有料到會有此變故，臉色有些難看，一揮手，先讓人抓住小丫頭，然後做出滿臉惱怒的樣子，快步追了過來。

「小兔崽子，你們這是上哪兒淘氣了，瞧瞧你妹子這一雙腳，都成什麼模樣了！爹今兒個非得把你吊梁上打，看你還敢不敢這麼皮！」

陳毓已經衝到了差人面前，剛想叫破自己的身分，卻忽然覺得不對，下意識的身子一矮——

這一眼讓他出了一身的冷汗，原來那衙差瞧向瘦子的眼神竟是頗為熟稔的模樣，要麼本就是熟人、要麼這衙差根本就吃了瘦子的好處，知道瘦子做的是什麼營生。而不管是哪一種情形，自己的處境明顯都極為不妙，有差人這個內應，自己怕是連喊破身分的機會都沒有。

竟然沒抓住人？那差人怔了一下，心知已經失去最好的時機，再想出手就無疑有些顯眼。但瞧陳毓過於恐懼之下身子都快縮成一團了，心越發放了下來，裝模作樣的呵斥道：「這是誰家的小娃娃，怎麼就敢放他在街上亂闖，耽誤了差事，便是你家長輩也得抓來受板子！還不快家去！」

那瘦子也裝模作樣的迎上來，邊朝差人作揖邊點頭哈腰道：「哎喲，各位官差大哥，都是小的不懂事，沒教好孩子，我這就帶他走，還請各位大哥莫要怪罪！」

口中說著，摸出個荷包就要往差人手裡遞過去。又探手想去拽明顯嚇傻了的陳毓，卻不料就在這片刻間，異變突生——

陳毓身形忽然往旁邊一閃，似是想要躲到差人身後去，卻不提防腳下一軟，眼看就要摔倒，驚慌失措的他下意識的想要伸手抱住個物事，正好拽住差人垂在一側的刀鞘。用力過猛之下，他一個把持不住，坐倒在地，拽下的刀鞘也隨之一偏，正好砸在差人的腰窩處。

差人下意識的按住腰刀，身子卻不聽使喚的往前邊踉蹌而去，和正好撲過來的瘦子一下撞了個正著。

耳邊只聽得「哎喲」一聲慘叫，好巧不巧那把刀竟不偏不倚的插到了瘦子的肚子裡。

此時天色尚不算晚，街上人也不少，方才雖是遠遠的聽見這邊的喝罵聲，路人只當是哪家爹娘管教不聽話的淘孩子，沒料到不過眨眼的工夫，那孩子的爹就血濺大街之上。

瘦子也完全沒想到會有此一劫，半晌才「嗷」的慘叫一聲。

那差人也慌了神，下意識的往後一縮，刀子算是收了回來，瘦子的身體也跟著撲倒，卻是肚子裡的腸子都流出來了。

旁觀諸人這才醒過神來，頓時有人大呼。「啊呀，不好了，差爺當街殺人了！」

又有一早駐足看熱鬧的熱心路人瞧陳毓還是臉色雪白的癱倒在地上，以為這孩子親眼見著親爹被人殺了，定是嚇得太狠魇怔了，忙上前扶起。

「好孩子，你家住哪裡，快去喊人來……」

只是上下打量陳毓一番，又覺得有些不對。若然只是跑出來皮，這娃娃也把自己折騰得太悽慘了些吧？瞧瞧那鼻青臉腫的模樣，還有一身的破衣爛衫，更不要說不知跑了多遠的路，才會浸滿了血漬的兩隻小腳丫子……

陳毓方才那樣，不過是用力過度、頭腦昏眩所致。這會兒看眾人都向自己瞧來，甚至那差人也因為錯手殺人而完全傻了，明白眼下正是表明身分的最好時機，當即嘶聲大叫道：「他不是我爹，他是拍花的，他該死！我爹是臨河縣舉人陳清和，求求你們送我去找我爹陳清和，我爹是臨河縣舉人陳清和，必有重謝！」

口中說著，身子一軟，就歪倒在扶著自己的人懷裡，完全失去了知覺。

那差人這才回神，轉回頭無比震驚的瞧著牙關緊咬昏死過去的陳毓，神情早已是慌張不已。

好不容易安靜下來的人群卻是一下全都懵了——

眼前發生的事簡直和演大戲一般，方才還覺得那個爹真是苦命，不過是想把個淘孩子帶回家，卻倒楣的把命丟到這裡。哪知劇情片刻翻轉，那孩子竟然說這瘦子根本不是什麼爹，而是罪該萬死的拍花的。

那差人雖是臉色難看，卻也明顯無可奈何，陳毓這話圍觀人群怕是有一大半都聽見了的，而且還大都相信了——畢竟一個五、六歲的娃娃罷了，再如何淘氣，看見親爹死了，也不可能一滴淚都不掉，無論如何也不可能說出這樣一番誅心的話來。

更何況，陳清和的名頭人群裡也確有人聽過，窮鄉僻壤的，出個有出息的讀書人也不容易，陳清和又是弱冠之年便中了秀才，二十出頭便考上舉人，雖說被擋在了進士的門檻外，可在臨河縣的名頭卻依舊頗為響亮，名聲自然傳揚到相距不遠的翼城縣來了。

「臨河縣是有一位舉人老爺叫陳清和，聽說最是有才學的，我有親戚就在臨河縣，說他們縣的人都說那位陳老爺寫得一手好文章，是天上的文曲星下凡呢！」

「對呀，我就瞧著這小孩有些不對勁呢，說不好，真是被人拐賣來的？」

「哎喲，真是人心不古啊，竟然連舉人老爺家的少爺也敢偷來賣！」

「這些殺千刀的，這也算是罪有應得！」

「走，咱們一起跟著去縣衙瞧瞧，要真是那人販子，別說戳他一刀，就是再有千百刀也使得——偷人家的娃兒，這是挖人家的心啊！」

「對了，」又有人想起。「好像這小男孩剛才是和個小丫頭一處的，便是這瘦子好像也有同夥——」

當下忙四處去瞧，哪還有小丫頭和那同夥的影子？當下越發印證了陳毓的話，眾人心裡已經認定，這兩個娃娃十有八九是真被人給偷來的。

陳毓對這些全無所知，等再次睜開眼時，才察覺到已是夜晚時分。他意識到身下是一張床，又活動了一下手腳，傷口也明顯被人包紮過了，心陡地一鬆。

「周大人，您往這邊請！不過一個小娃娃，說的話怕是有不盡不實之處，我手下那差人說，這娃娃也有可能是被嚇得傻了，才會胡言亂語……」

一陣說話聲傳來，然後是嘈雜的腳步，隨著門咿噠一聲響，被子忽然被人掀開。

來人足有六、七個，走在最前面的是一個神情凝重的中年男子，略略落後一步陪著的則是一個留著鬍鬚的方臉男人，後面還跟著幾個侍從打扮的人。

幾個人進來後都沒有開口，為首的中年男子更是細細端詳著陳毓，似是在估量什麼，良久才放緩表情慢慢開口。「你說，你叫陳毓？是被拍花的給偷來的？那些拍花的都什麼模樣你還記得嗎？和你在一起的還有誰？你，又是怎麼跑出來的？」

聽中年人問得這麼詳細，方臉男子臉上肌肉哆嗦了一下，瞧向陳毓的眼神中閃過一絲不喜。

本來哪個治下不會有些亂七八糟的糟污事？偏是自己就這麼倒楣，出來個拍花的，雖是可惡，也算不上多大的事，料不到會變成一樁殺人案！這還不算，還正好被途經此處的周大人給碰上了。本想著好歹先把這尊大佛給糊弄過去，卻不料這位還是個死心眼的，非得親眼見見這孩子。

方臉男子這般想著，竟不覺對陳毓很是遷怒，連帶著瞧向陳毓的眼神都有些陰鬱。「莫要害怕，從實說來便是，自有周大人和本官為你作主。」

和之前那位周大人的慈和語氣相比，方臉男子的語氣無疑太過刻板，再配上沈得能擰出水來的臉，陳毓只得無比「配合」的哆嗦了一下。

明顯看出眼前的小孩子被縣太爺給嚇到了，那位周大人微不可察的蹙了下眉頭，當下擺擺手，對方臉男子道：「遲縣令，你先下去吧。」

陳毓怔了一下，心裡頓時有些納罕。能用這般語氣和那遲縣令說話，這人身分明顯要比遲縣令高得多。即便由拍花的再到命案確然有些駭人視聽，卻也不應該這麼快就驚動了上官啊……

看陳毓久久不語，那位周大人會錯了意，語氣更加和藹。「好孩子，莫要怕，把你知道的都說給伯伯聽好不好？」

聽周大人如此說，陳毓眼眶又紅了，怯怯的神情中又帶著孩子特有的依賴。「伯伯，我，我想回家，找我爹……」

陳毓本就生得極好，臉上又頂著兩個大大的巴掌印，這副泫然欲泣卻又強忍著不敢哭的模樣依舊惹人憐愛至極，便是周大人這般素居高位者也不由憐憫之情更盛。

「好，莫怕、莫怕，你只管把所有事都說給伯伯聽，一切自有伯伯為你作主。」周大人點了點頭，甚而還幫陳毓掖了掖被子。「等明日，我就派人送你回家。」

陳毓頓時大喜，以這位周大人的身分，既然如此說了，應該不會食言。既有這麼多人插手，那幾個拍花的怕是一個也逃不了，連帶的刀疤漢子的死怕是也瞞不了多久，倒不如趁這個機會先在這位周大人面前備案，無論如何也得先在他心裡留下個自己根本「無心」的印象。

「那些人好壞，他們不許我見爹爹，還不許吃飯、還打人……還要把我和安兒妹妹都賣掉……」

「安兒？」一絲狂喜在眼中一閃而逝，周大人的手下意識的攥緊。「那是誰？」靜了一下又緩緩道：「孩子莫怕，告訴伯伯，那個安兒，她……長得什麼樣？」

「和我一起的小妹妹……安兒的眼睛很大……那個壞蛋，掐安兒的脖子，我扎他……我和安兒就跑了出來，一直跑啊跑啊……嗚，我的腳好痛……可他們還是追了過來……」

陳毓雖然說得顛三倒四，卻順著周大人的意思說清了安兒並剩餘幾人的長相，甚而頗有技巧性的把那明顯和瘦子相熟的衙差也給牽扯了進來。

那位周大人並未久留，聽完陳毓的話，便起身疾步離開。

待到天光大亮時，一個勁裝男子忽然推開門快步而入——正是陳毓昨夜見過的那位周大人的侍從之一，好像是叫徐恆。

看到正坐在床上揉眼睛的陳毓，徐恆臉上的喜悅之情如何都止不住，探手過去一下把人抱起來，又高高舉起，「嚇得」陳毓嗷的叫了一聲，探手就用力揪住那人的頭髮。

徐恆哈哈笑了起來，絲毫不以為忤，看起來心情不錯。

「好小子，倒是個有福的。」

這句話說得莫名其妙，再加上徐恆熬得紅通通的眼睛，明顯應該是一夜未眠。

陳毓心裡一動——莫不是那些拍花的被抓著了？甚而，那死去的刀疤漢子也被發現了？可即便如此，這人也高興得有些過了吧？

正想不通所以然，徐恆已然探手拍了拍陳毓的腦袋。「走吧，我送你回家。」

那些拍花的也不知惹了哪路貴人，竟令得鎮撫司一道又一道密令下來，虧得從陳毓這裡得了些線索，不然，怕是徐恆也得跟著獲罪！昨夜依照陳毓所說，果然抓住了幾個涉案人員，雖是些嘍囉，卻審出了條重要線索——一手主導此次拍花案的匪首這會兒十有八九就藏在陳毓的家鄉臨河縣。所謂兵貴神速，他自然要趕緊過去，這小傢伙好歹也算立了大功，按周大人的意思，既成全了陳毓急於回家的願望，說不得還需那陳舉人幫些忙……

陳毓剛要偏頭躲開，旋即被男子口中「回家」兩字給震暈了。

回家，竟然真的要回家了呢！陳毓心都是哆嗦的，眼裡更是酸澀難當。這麼多年來，刻意壓抑著的思念一時噴薄而出，陳毓簡直恨不得一步跨到家裡，只是激動的情緒不過一剎，眼眸跟著一暗。

相較於回家，眼下還有一件更要緊的事。

記得不錯的話，姨母為了尋找自己，這個時候怕是已然身涉險境，本還發愁自己年幼力單，如何才能救姨母，眼下既有個現成的人選，倒要好好利用一番……

徐恆如何能料到，眼前這瘦弱孩童如此大膽，竟連堂堂鎮撫司百戶也敢算計。直到「清豐縣」三個大字赫然出現在眼前。

這是什麼鬼！明明自己要去的是臨河縣，怎麼跑到什麼清豐縣了？

徐恆徹底傻眼之餘，「嗷」的一聲就抱住了頭——老天，天下有自己這麼蠢的人嗎？竟然會相信一個孩子認得路！

可也不對啊，畢竟陳毓這孩子之前明明瞧著非常靠譜的樣子！更在他前兩次問路時指的方向都和路旁行人說的方向一致，不然，徐恆也不會索性不再詢問路人，徑直按著陳毓說的方向打馬而來。

徐恆當下猶是不死心，抱了最後一線希望問道：「那個，小子，莫不是你們臨河縣還有個別名，叫清豐縣？」

「清豐縣？」陳毓睜大黑白分明的眸子，神情明顯比徐恆還要茫然。「你說我外祖父家嗎？」

陳毓一句話出口，徐恆不可置信的瞪大雙眼，好險沒噴出一口老血來！

「徐叔叔——」

陳毓剛想開口說話，卻被徐恆一下打斷。「閉嘴。我很生氣，所以從現在起不許再說一個字。」從今兒起自己要是再信這小子一個字，就是混蛋王八蛋！

「噢……」陳毓嚇了一跳，忙低下頭老老實實的坐好，卻在下一刻眼神一滯，一股極為強烈的、說不清是狂喜還是苦澀的感情一下湧到心頭。

前面客棧處，一個披著斗篷的女子身影一閃——雖然不過是一個側面，可陳毓還是一眼就認出來了，可不正是姨母李靜文？

上一世從娘親病重臥床到陳毓失蹤，整個童年裡正是李靜文充當了母親這個角色。

當初陳毓回返家鄉，卻再也見不著姨母了。他也曾暗地裡詢問過，卻不想被祖母劈頭蓋臉的責罵了一頓，甚而被罰餓了一天肚子。

後來才隱隱約約聽人說起，姨母是個忘恩負義的，在自己丟失、家中亟需用錢的時候，捲了家中的銀子一個人跑了……

從那以後，陳毓便再也不許任何人提起李靜文這個名字。直到有一天，又一次被趙昌那個畜生毒打後的姊姊忽然白著臉來看他，拉著他的手殷殷囑託，最後離開時，又沒頭沒尾的說了萬花樓三個字，卻終是咽住，失魂落魄的離開。

第二天，為了自己受盡屈辱的姊姊投繯自盡，陳毓也一怒之下殺了趙昌那個畜生。

離奇的是，他逃亡了數年後偶遇一昔日同窗，被認出後本想殺人滅口，卻不料那同窗待他卻是親熱得緊，又一迭聲的埋怨陳毓不夠意思，說是即便外出遊學，可既然都回去重修父母以及外祖父母和姊姊的墳墓了，怎麼能不和他們這些同窗見見面、敘敘別情？

甚而告訴了自己一個「驚人」的消息——

當初那個謀奪陳家財產進而逼死了妻子的畜生趙昌，在出去辦事的時候路遇強盜，被人亂刃分屍而死！

陳毓當時就傻了眼。別人不知道，他卻清楚，那趙昌分明是被他一刀割斷喉嚨而亡，什麼時候變成強盜殺的了？

至於重修外祖父、外祖母並爹娘和姊姊的墳墓，那是他作夢都想做的事啊，卻因為是罪徒之身，只敢在荒郊野外燒個紙錢、哭一場罷了，何曾重修過墳墓？

前思後想之下，能這般做的也就只有一個人罷了，那就是失蹤已久的姨母李靜文。雖然不願意承認，可這世上會念著外祖父母和爹娘，又會護著自己和姊姊的，怕也就是姨母罷了。

到了這時候，陳毓怎能不明白，當時姨母的事情必然另有隱情。

既知曉了身上命案的包袱已經沒有了，他索性全心全意的探查姨母的下落，卻越查越是心驚！

當年他失蹤後，姨母離開臨河縣去的第一個地方就是清豐縣；而姊姊口中的萬花樓，有一個頭牌叫花飛飛，據說老家也是清豐縣；還有那個畜生趙昌，死之前竟是每隔一段時日都會跑一趟萬花樓，然後便會拿些銀子回來……種種線索卻全在萬花樓被人一把火燒了後斷掉。

可即便是這些，也讓陳毓推測出一個不得了的事實——萬花樓的頭牌花飛飛十有八九就是姨母李靜文！

而趙昌那些來路不明的銀兩也很有可能便是從姨母手裡拿到的——姨母既然會給趙昌銀兩，原因自然只有一個，那就是自己和姊姊！

如今之所以會哄著徐恆這時到清豐縣來，也是前世陳毓探訪過無數次後確認，姨母最終失蹤的地方就是這清豐縣，時間也應該就是自己被拍花的擄走的月餘前後。可不就是現在這段時間？

李靜文緊了緊身上的斗篷，把頭更深的埋在大大的帷帽裡。

眼瞧著天色漸晚，街上行人也越來越少，她不由有些心慌，腳下略慢了慢。這兒雖是自己老家，縱橫的街道於她這樣養在深閨的小姐而言，依舊是錯綜複雜的。

誰知怕什麼來什麼，就這麼不大會兒工夫，再抬頭看去，前面的趙昌就不見了人影。

李靜文臉一白，忙不迭的拔腿追了出去，卻哪裡料到，一直到長街盡頭都沒有看到趙昌的影子。

記起剛才還跑過了一個小胡同，李靜文忙掉頭拐了回去。那胡同幽深狹長，一眼看去，竟是連個鬼影子都沒有。

李靜文瑟縮了一下，再如何智計百出，這會兒也不免心驚膽戰。有心退回去，前面有個人影閃了一下，依稀正是趙昌。

李靜文一咬牙，眼前不期然閃過陳毓脆脆的叫著姨母的模樣。

她從小父母雙亡，若非被義父母收養，這會兒早化成白骨一堆了！毓哥兒可是姊姊秦迎的命根子，找不回毓兒，陳家的天就塌了，她就是死了都對不住姊夫，更沒臉去見地下的姊姊和爹娘……

李靜文抬手抹去臉上早已冷掉的眼淚，又摁了摁懷裡藏著的尖刀，頭也不回的往胡同裡而去。

哪知等追著跑了進去，趙昌的人再次憑空消失。這會兒已是到了小巷深處，李靜文忙站住腳，剛要四處探看，一道勁風忽然從背後襲來。

李靜文根本來不及躲藏，就正正被人劈在脖頸上，哼都沒哼一聲就直挺挺地朝地面栽倒，被一個後面的黑影一下接住……

第二章 黃雀在後

再次睜開眼睛時，李靜文有一瞬間的恍惚。

無他，實在是眼前看到的景致太熟悉了——檀香木的雕花大床、淺紫色的繡幔，下墜著深色調的流蘇——可不正是她未被姊姊接過去時的閨房？

這裡是秦家老宅，李靜文一時又是難過又是恐懼——

自從義父母先後亡故，自己就被姊姊秦迎接去了陳家住著，沒了主子的老宅自然形同廢棄，平日裡不過留下兩個粗使下人負責打掃，眼下自己怎麼重新回到了當初的閨房裡？

「怎麼，醒了？」頭頂上隨之傳來一聲男人的淫笑。

跟蹤，胡同，黑影……李靜文的思緒暫時回籠，看著俯身在床上的趙昌，紅了眼睛。

「是你……是你讓人搶走了毓兒對不對？」

趙昌沒有回答，反而探手在李靜文凝脂一般的臉蛋上擰了一把。「是我又怎麼樣？嘖嘖嘖，哎喲，妳說妳怎麼長的呢？生得這麼勾人！我本來還想娶妳當老婆好好疼呢，妳這個臭婊子倒好，竟然看不上我，還不要臉的想勾搭陳清和那個老白臉！」

慘白的月光下，趙昌的神情顯得無比猙獰，猙獰之外，更有夙願得償的狂喜得意。

和秦迎那種大氣典雅的北方美不同，李靜文是典型溫婉江南美人的形象，趙昌素日裡所見，俱是自家姊妹那般容色平常的女子，哪見過這等人間殊色？以致第一日在陳家見到時便驚為天人，更下定決心，無論用什麼手段，都要娶來當婆娘。

趙昌求到了姑母趙氏面前，那趙氏向來是個護短的，總覺得自家姪子千好萬好，而李靜文不過是個寄人籬下的孤女罷了，配自己姪子還算便宜她了，當下就滿口答應。

趙昌不知道的是，和他一樣心思的還有妹妹趙秀芝。雖則陳毓的記憶裡，趙秀芝最後嫁的是叔叔陳清文，可一開始，趙秀芝相中的卻是比她大了十幾歲的陳清和——容貌儒雅、前途無量、家資頗豐的舉人老爺和鎮日臥病在床的藥罐子，傻子也知道怎麼選。

兩人想得倒美，卻不料陳清和對趙氏幫趙昌和李靜文作媒的事根本理都不理。加上曾在秦迎房裡伺候的丫鬟說走了嘴，言說夫人過世時拉著靜文小姐和老爺的手淚流不止，希望二人能結為夫婦，共同養育兩個孩子……

趙昌一下傻了眼，這要是陳清和和李靜文真成了夫妻，還有他們兄妹兩人什麼事？兩人一合計，怎麼著也要拆散這樁姻緣！

最後竟是把眼睛盯到了陳毓身上——陳毓可是陳清和的命根子，真是在李靜文手裡出了問題，陳清和再如何疼惜自己的小姨子，也肯定得翻臉。因此趙昌趁元宵節燈會時對陳毓下了手，本以為天衣無縫，卻不想竟是被李靜文察覺出蛛絲馬跡，更被一路跟蹤來到這裡，到了這時候，趙昌自然明白瞞是無論如何也瞞不住了，也就索性撕破臉皮。

因為手腳都被捆著，李靜文只得拚命扭開頭，想要躲避趙昌的魔爪，看向趙昌的眼神恨得能滴出血來。「果然是你帶走了毓兒！趙昌，你把毓兒送哪兒去了？啊，你告訴我，他還那麼小……」

「想知道？」趙昌越發得意，從前這女人何等高高在上，連看自己一眼都不屑！這會兒卻在自己面前哭成這個樣子。「賤人，要是妳早答應嫁給我，我也不至於對那個小崽子如何……要怪，就怪妳和妳那個姦夫姊夫……想知道那小子的下落，那就等我辦完了正事，妳來求我，我就告訴妳……」

口裡說著，身上一陣躁熱——沒想到這小娘皮哭的時候比平日裡還要更勾人，一個忍不住，探手就往李靜文胸前探去，可又在觸手可及時堪堪停住，回頭朝外面道：「誰？」

外面卻是闃寂無聲。

趙昌蹙了下眉頭，狐疑的瞧了一眼依舊恨恨盯著自己的李靜文，冷笑一聲，揪住李靜文的頭髮用力一扯，迫使李靜文柔軟的脖頸彎曲成一個可怕的弧度，惡狠狠的道：「除了妳之外，還有誰一起來了？」

不會是陳清和也一塊兒來了吧？可也不對呀，陳清和平日裡自來以正人君子自居，又對這個小姨子看重得緊，方才看她如此狼狽，無論如何也會衝出來阻止，怎麼可能忍得下去？

可除了陳清和之外，趙昌實在想不出李靜文還會帶什麼人來？他越想心裡越發毛，終是決定還是往外面看一看，等沒人了，自然想怎麼折騰就怎麼折騰。

心意已決，他隨手拿了條毛巾塞上李靜文的嘴，然後拉開門閂，手中大刀也同時舉起，卻在看清立在庭院裡那個人影時怔了一下，旋即聲音喜悅至極。「鍾大爺。」

雖然不知道這位鍾大爺真實名字叫什麼，來歷也神秘得緊，卻不妨礙趙昌明白，對方絕對是能有大作為的。認識鍾大爺這才多長時間啊，他的生活就發生了天翻地覆的變化，說句不好聽的，鍾大爺的話，連衙門口那裡都好使！若不是鍾大爺的手下幫忙，自己怎麼能人不知鬼不覺的就把陳毓弄走賣了?!

因為身體大半藏在陰影中，趙昌並沒有瞧見鍾大爺眼睛中的殺機帶著一縷狐疑。

鍾大爺早就隱隱意識到這次做的這件大生意應該會有危險，卻擋不住那豐厚報酬的誘惑。真是做成了，不獨這輩子，便是下輩子的錢也夠花了。本想著做完這件大生意就金盆洗手，卻沒料到竟然會平地起波瀾。

他從前幾天起就覺得情形不對，昨日更是得到消息，整個大周朝都數得上號的六扇門人正在向這一帶雲集，其中甚至有錦衣衛的人……更有眼線上報，有人去臨河縣調查過他。

聽了這消息，鍾大爺當時就嚇了一跳，但他還抱著一線希望，想去見見當初聯絡自己做下這幾起拍花的案子的人，卻沒料到那人早已杳無音信，連留下的姓名也是假的。到了這時候他怎麼不明白，這件拍花的案子定然是牽涉到了不得了的人，而因為那個神秘的指使者始終隱在幕後，他反而成了最危險的人。

驚動那麼多大人物，這次怕是九死一生。為了自保，鍾大爺自然要消除掉所有潛在的可能威脅，而趙昌正是要除去的最後一個！好在趙昌自己作死，竟挾著人到了這麼一處荒涼的所在……

那邊趙昌已是跟見了財神爺似的，不獨隨手把手裡的大刀給扔了，還一臉興奮的又是作揖又是拍胸脯。「大爺有什麼事派人知會我一聲就行了，怎麼敢勞動大爺親自跑了來？」

似是又想起什麼，神神秘秘的往房間裡一指。「對了，我今兒個弄了個尤物來，絕對是個雛，大爺要不要先嚐嚐？」

看鍾大爺不說話，趙昌以為對方應該是默認了，轉身屁顛屁顛兒的就要領著對方往房間裡而去。才剛轉身，後面的鍾大爺就以迅雷不及掩耳之勢，拾起方才趙昌丟在地上的大刀，朝著趙昌後心扎去——

待會兒再拿著趙昌的手掐死裡面那女人，再把大刀遞到女人手裡，嗯，完美。

卻不防趙昌「嗷」的一聲，猛地蹦了起來，漢子手裡的刀收勢不及，竟是正好從褲襠處扎了過去。

等趙昌反應過來，好險沒痛得暈過去，下面的命根子被扎了個正著，倉促間回頭瞧去，正好對上一雙冰冷得沒有一絲情緒的眸子。

到了這時候就是再傻，趙昌也明白發生什麼了。鍾大爺竟然想殺了他！他頓時只覺宛若墜身冰窟，趙昌摀著下身，拚命的就想往近在咫尺的房間裡衝。

鍾大爺臉上戾色一現，心裡不知為何忽然有些發慌，心緒浮躁之下，也顧不得布置什麼完美的殺人現場，不講究章法的反手一刀，趙昌的兩條腿頓時被齊齊切斷。

「啊！」趙昌慘叫著在地上不停打滾，這會兒終於明白什麼叫地獄的滋味，眼淚鼻涕更糊了一臉都是，蜿蜒的身體在地上留下一道血印。「鍾大爺、鍾大爺，你饒了我！」

鍾大爺舉起刀，就要朝趙昌胸前插下，不防一聲輕笑卻忽然在身後響起。他立時彷彿被人施了定身法般，手裡的刀一下定在了那裡，下一刻一腳把趙昌剩下的半截身子給踢開，耳聽得「嗵」的一聲響，好巧不巧，竟直接滾進了屋子。

他也借這一踢之力，身形陡的躍起——

不想一陣鑽心的痛隨之而來，緊接著一隻左腳飛出，鍾大爺躍起的身形一下從空中跌落。

同一時間，一聲慘嚎從房間裡傳來！

趙昌被一腳踹進屋裡的那一刻，痛不欲生之餘更有劫後餘生的驚喜。雖然不知道那位鍾大爺到底招惹了什麼人，可好歹能聽出來必然是鍾大爺的勁敵到了。至於房間裡，就只有一個弱女子李靜文罷了，還是被捆成了個粽子一般！根本不足為懼。

只是生生被砍去雙腿的痛實在太難忍受了，還有十之八九已經被廢了的命根子，疼痛太過之下，趙昌竟是連昏過去都做不到，邊毫無章法的胡亂叫罵著，邊拚了命的張開手把住床沿，另一隻手就想去抓李靜文。「賤人，哎喲，疼死我了，賤人，滾過來！」

手下好像一軟，這是抓到了？

太過難受之下，趙昌不停嚎哭著，手更用力掐著攥著的物事。「賤人，過來，我給妳解開繩子，帶我走，快，帶我走，不然我就殺了妳……」

孰料眼前一花，一陣痛徹心腑的感覺一下從左眼處傳來，趙昌慘嚎一聲，鬆開手歪倒地上，左眼上正正插著一把匕首，頓時有鮮血汩汩的從眼眶中流出，慘白月光下，襯得趙昌的模樣尤其可怖。

而躺倒地上的趙昌也終於在這一刻隱隱約約看清了床上的情形。

李靜文哪裡是被繩子捆著，分明是毫髮無損的坐在那裡，更不可思議的是，她的懷裡還死死的摟著一個小男孩，不是被自己找人弄走的陳毓又是哪個？

卻不知若非李靜文太過激動之下抱陳毓抱得太緊，說不好趙昌這會兒連命都沒有了！

到了這會兒陳毓如何不明白？上一世姨母也定然是發現了趙昌身上的不妥，只是彼時爹爹出外尋找自己，趙氏又根本靠不住，不得已只能一個人追上去，卻被趙昌這畜生用了詭計賣入萬花樓……

陳毓死死的盯著趙昌，牙齒咬得咯吱咯吱響，用力太大，竟是嘴角處都有鮮血流淌出來……

「毓兒、毓兒，你怎麼了？別怕啊，別怕，有姨母在呢！」陳毓的模樣實在太過可怕，李靜文心疼得跟什麼似的，忙把陳毓抱在懷裡，手一下下輕撫著陳毓僵硬的脊背——或者在趙昌眼中，這會兒的陳毓簡直和地獄中凶惡的小鬼一般無二，李靜文心裡卻唯有滿滿的痛——能讓毓兒那麼乖巧的孩子變成這樣，也不知是在這趙昌手裡吃了多少苦頭。

她不停摸著陳毓的頭，又去檢查陳毓的手腳，只覺手下全是硌人的骨頭。「好毓兒，告訴姨母，這壞胚打你哪裡了？有沒有傷著，還痛不痛？」

到底吃了多少苦，孩子才會瘦成這樣？李靜文的眼淚唰的就下來了。

「喲，這小子還真慘。」徐恆邁步進屋，點燃火摺子，看著陳毓的臉上分明很是激賞。若非他一旁協助，徐恆還真不能這麼容易把人抓到。

本以為走錯了路會錯失先機，卻沒料到錯有錯著，竟然在這清豐縣找到了正在追蹤的凶犯蹤跡。

陳毓年紀雖小，心思卻縝密得緊，畢竟如果不夠機靈，外加有大福報，也不可能從那樣一群組織嚴密的人販子手中脫身。要說這樣的性子，還真投了自個兒的胃口。

徐恆又頗感興味的瞟了陳毓一眼，指了指扎在趙昌眼中的刀子。「你幹的？」

陳毓尚未說話，李靜文卻是嚇了一跳，唯恐徐恆會對陳毓下手，抖著嗓子道：「是我！是我做的，你別難為我的孩子。」

「賤人！」趙昌明顯聽到了李靜文的話，卻是翻滾著一下抱住了徐恆的腳踝。「大爺，救我，我、我是臨河縣衙差，來抓賊，我、我有錢，很多錢，到時候，都給你……」

李靜文臉都白了，一手更緊的摟住陳毓，另一手攥緊一根銀釵，待會兒稍有不對，她拚死也要拖住那漢子好讓毓兒逃出去。

一片靜默中，陳毓忽然探出頭來，用手指點了下地上的趙昌。「徐叔叔，這個人你要嗎？」

「啊？」徐恆愣了一下，想了想道：「這個人我還有用，不過你放心，他既然敢惹你不快，這口氣，叔叔也一定會為你出。就先去了他的兩隻手如何？」

趙昌終於徹底絕望了，萬想不到這個窮凶極惡的人竟然同陳毓是一夥的，兩人之間明顯熟悉得緊！還有，去了自己兩隻手又是什麼意思？

一念未畢，徐恆已經抬起腳來，耳邊聽得喀嚓兩聲脆響，趙昌的慘嚎聲再次響起，兩隻手已然盡皆折斷。

一陣嘈雜的腳步聲也旋即在外面響起。

這會兒正值夜深人靜，那樣的嚎叫聲實在太過慘烈嚇人，早驚動了看守院子的僕人並四鄰，進而引來了官府的人。

待清豐縣捕頭張興按著僕人的指點衝進院子，在燈籠火把的照耀下，頓時被院子裡慘烈的景象給嚇得呆了。偌大的院落裡，到處鮮血淋漓，眼前不遠處還有兩條斷腿並一隻斷腳，再往前些的院牆下，還躺著個被捆得結結實實、渾身血跡的男子，也不知是死是活。

不過是一個小縣城的捕頭，張興還是第一次看到這麼血腥的場面，一時兩腿不住打顫，更有身後膽小的捕快，差點兒沒吐出來。

到底是怎樣窮凶極惡的江洋大盜，才會做出這等駭人聽聞的凶殺案？

房間裡的陳毓皺了一下眉頭，姨母這會兒可依舊是閨閣小姐，真是被人發現竟然出現在凶案現場，即便是被害者的身分，也必然有損清譽。

也因此，在聽到外面動靜的第一時間，陳毓先以最快速度吹熄徐恆手中的火摺子，然後輕輕道：「徐叔叔，外面的人還得請徐叔叔想法子幫著打發了。」

房間裡燈火突然熄滅，令得外面的張興等人更是把心提到了嗓子眼上，正想著是不是回去稟明縣太爺，房門卻吱噠一聲自己開了，就見一個身材壯實的男子倒提了個血葫蘆似的人從房間裡走了出來。

「救我，我是，臨河縣衙差！」趙昌掙扎著求救。

一句話出口，張興等人更是嚇得一哆嗦，這歹徒也太猖狂了吧？竟敢公然打殺官府中人不說，還這麼有恃無恐！

張興嚇得手裡的大刀一下舉起，刀尖正指著徐恆。至於圍觀的眾人，則嘩啦一下紛紛往後退。

「何方匪徒，當真膽大包天！」

還要再說，卻見對方從懷裡摸出一塊腰牌，神情冷漠而凜然。「鎮撫司辦案。」

一句話出口，張興等人臉色一白，再不敢多說話。至於趙昌，終於徹底絕望的暈了過去。

大周朝誰人不知，鎮撫司專理詔獄，但凡鎮撫司的人插手，定然是發生了驚世大案。

而今日他不但惹上了傳說中的鎮撫司，那鎮撫司使者，更是陳毓口中的「叔叔」！

秦家老宅發生凶殺案的消息很快傳遍了整個清豐縣城，連本來還在睡覺的縣令聽說後也一身冷汗地從被窩裡爬了起來。

因為鎮撫司的特殊性，便是裡面隨隨便便出來一個雜役也會讓人驚嚇莫名，更不要說來者可是鎮撫司的百戶大人！

而受驚嚇更大的則是秦家看管老宅的那幾個忠僕，要是秦家真被鎮撫司的人盯上了，說不好連姑爺陳清和那邊都會受牽累，驚嚇之下，忙悄悄連夜派人趕往臨河縣報信。

誰知一直到天光大亮，鎮撫司的人倒是沒再來，卻等來了二小姐和孫少爺。不久之後，清豐縣縣令大人也親自駕臨，不過不是來抓人，而是來安撫的。

眾人實在鬧不清楚這戲法是怎麼變的，只知道自來高高在上的縣太爺待二小姐和孫少爺都客氣得緊，還一再道歉，說是「防護不周，致使奸人驚擾民宅，還請二位見諒」云云。

一番作為，不但令得四鄰安心，便是上門來本欲興師問罪的族長瞧著李靜文的面色都和煦不少。

不怪族長如此，先頭聽說這件事，委實嚇得魂兒都飛了。但凡鎮撫司插手的案子，十之八九都會牽連甚廣，哪知道正自憂心如焚，事情竟又峰迴路轉——秦家外孫陳毓竟然是鎮撫司貴人看重的子姪輩！

一開始還有些不信，直到徐恆在縣太爺的恭敬引導下，親自過來安排李靜文和陳毓回家事宜，族長驚得臉都白了，說是手足無措也不為過，一迭聲的拍著胸脯保證，讓貴人只管去忙，他一定派人把李靜文和陳毓平平安安送回臨河縣。

當初，因為秦家二老膝下只有秦迎這麼一個女兒，可是沒少被欺負，甚而秦迎會接李靜文離開老宅到臨河縣住，就有這樣一個很重要的原因。這其中固然有族人們的貪心，可和族長睜一隻眼閉一隻眼的縱容也不無關係。

族長更是打定主意，等貴人離開，一定要嚴令所有人，儘管這一房沒有子嗣也要好生供養。不獨要另眼相待，便是原來利用種種名頭貪占的便宜也要盡數吐出來。

畢竟那可是鎮撫司啊，招惹上這個衙門，抄家滅族都是有的。

徐恆倒是不以為意，陳毓這小傢伙委實投了自己的性子。如果說之前還只是把送陳毓回家當成一個任務，這會兒卻委實有些惺惺相惜，瞧得不錯的話，假以時日，這小子必非池中之物。

「我先著人送你回家，稍後再去看你。」徐恆說著，親自抱著陳毓送到了馬車上。

旁邊的秦氏族長簡直嚇得嘴巴都合不攏了，便是旁邊的縣太爺也暗暗心驚，連帶著對陳清和的名字也記在了心上，一個舉人罷了，竟有這麼了不得的關係。有機會了可要好好結交一番才是。

殊不知，這會兒臨河縣陳家已是亂成了一鍋粥。

秦家僕人果然忠心，連夜把信送到陳家。

陳財接到消息，登時就傻了眼，忙緊急派人去外面尋找陳清和。這麼多日來，老爺接連遭受致命打擊，先是小少爺上元節上被人拐走，再是家裡帳面上的銀錢幾乎被小姨子李靜文偷了個乾乾淨淨，現在倒好，秦家那邊怎麼又冒出一宗命案來了？

只老爺這會兒還不知在哪裡苦苦尋覓小少爺的蹤跡呢，家裡掌事的也就老爺的繼母趙氏罷了，無奈之下，只得趕緊派人進去回稟。

趙氏這幾天心裡有事，本就有些睡不著覺，聽了陳財的回稟，又急又怕又氣，連帶死去的秦迎都被罵了進去。「哎喲，這都造了什麼孽啊，一個、兩個全是害人精！一個偷我家的錢，另一個就是死了也不讓人安生——虧清和還看重得跟什麼似的，叫我瞧著，這秦家女子根本就是和老陳家相剋，來敗壞我們家的還差不多！」

「姑母，誰又惹您老生氣了？」伴著一聲問候，一個衣著鮮亮的粉衣女子笑吟吟走了過來，可不正是趙氏的娘家姪女趙秀芝？

待瞧見趙氏急赤白臉的模樣，趙秀芝不由嚇了一跳。即便別人不知道，趙秀芝卻是清楚得緊，姑母趙氏這些日子委實過得快活得很，真真過足了說一不二的老夫人的癮。

成為陳府名副其實的掌家太太可一直是姑母最大的願望。只可惜姑母錯走一著，當年不該在繼子未成年時就急火火把人趕了出去，以致陳清和這份偌大的家業竟是再沒有插手的餘地。直到繼子媳婦秦迎去世後，陳府驟失女主人兵荒馬亂之際，姑母才好容易重拾管家權，卻也只有一半罷了，至於另一半，則依舊牢牢把持在秦迎的義妹李靜文手裡。

若非李靜文「丟了」陳毓，姑母想要管家還有得熬呢。

這般想著，趙秀芝從懷裡掏出一個匣子，打開來，是一支華美的金鑲玉壽紋簪，托在她白皙的手心裡，說不出的貴重大氣，可就不是鎔了那李靜文的首飾後，重新鑄造而成？

「姑母，這是您前兒個給我的好東西打出來的簪子，我尋思著，自個兒年紀太輕，壓不住這麼貴重的東西，也就姑母這樣福大命大的老封君才配得上！」

趙氏哼了聲，心情果然好了些，接過簪子翻來覆去看了下。「剩下的也都抽空送過去讓他們全鎔了重新打製，到時候妳揀幾樣樣式時興的留著戴，剩下的留給清文做聘禮用。」

趙氏又想到另一點，臉上浮起的一點笑容不免有些勉強。

能夠擁有這麼多漂亮首飾固然讓人心裡高興，可是和繼子的萬貫家財比起來，這些首飾又算得了什麼？

倒沒想到，這麼貴重的一枚簪子都沒讓見錢眼開的姑母露出個笑臉，趙秀芝是真的驚詫莫名了。倒不知道是什麼人竟這麼大本事，能惹得姑母這般不快？

趙氏倒也沒有和趙秀芝繼續兜圈子的意思，只重重的嘆了口氣，神情無措裡更有著濃濃的不安和沮喪。「秀芝，妳說，要是秦氏娘家犯了事可怎麼辦？朝廷會不會連秦氏的嫁妝也一併收繳了去？」

如果說李靜文留下來的首飾已是讓趙氏眼花撩亂，那得了掌家權後，盤點的秦迎嫁妝之豐厚則更是讓趙氏垂涎三尺！

「再怎麼說也是出嫁女，朝廷不會這般趕盡殺絕吧？」趙秀芝臉色頓時有些蒼白。她可是一門心思要嫁給表哥這個舉人老爺的，要是陳家成了空殼子，自己還嫁過來做甚？

趙氏搖手打斷，看外面並沒有人守著，才壓低聲音道：「秀芝妳不知道，秦家這次招惹上的可是鎮撫司！」

即便是深宅婦人，鎮撫司辦案時的鐵血手段也是聽說過的，甚而即便說到那三個字，趙氏嘴裡都有些發乾，連帶的嗓子眼也有些發緊。她無論如何也想不通，秦家父母都已經死去這麼久，連帶秦家唯一的骨血秦迎都已然故去數年，怎麼又會招惹上鎮撫司那樣一個可怕的怪物？

「難不成是秦家的錢財有些來路不正？」趙秀芝蹙了下眉頭，半晌卻又緩緩展開。「姑母莫要擔心，照姪女兒瞧著，這件事也未嘗不是好事。」

「好事？」趙氏明顯怔了一下，不懂趙秀芝為何如此說。

「可不！」趙秀芝越想越興奮。「姑母也說了，家中泰半產業都是秦氏的嫁妝，既是嫁妝，那可是都要留給自己孩兒的。」

以表哥對秦氏的看重，怕是絕對不允許任何人打秦迎嫁妝的主意。可若是抓住這個契機曉以利害，十之八九陳清和就會同意讓自己和姑母幫著處置那批嫁妝——或變賣或索性直接變更到陳家人名下，只要陳清和點頭，自然解決了未來一大隱患……

姑姪倆正自額手稱慶，外面卻忽然響起一陣喧譁聲。趙氏撇了撇嘴，慢悠悠的拈起那根珠光寶氣的壽紋簪交由趙秀芝幫自己插在頭上，又對著鏡子前後左右照了一番，臉上露出些許滿意的神情，這才在趙秀芝的攙扶下緩緩走了出來，迎面正好瞧見神情焦灼的陳財，當下慢聲道：「這又是怎麼了？不是讓你去尋清和回來嗎，你跑後院轉悠什麼？」

陳財擦了把汗。「已經尋著老爺了，也就是這一時半會兒應該就會回來，只是這會兒，秦家族長的馬車已經到了咱們府外。」

秦家族長的馬車？難不成是鎮撫司著人來興師問罪的？趙氏和趙秀芝頓時面面相覷，方才設想得再好，這會兒還是有些腿軟。哆嗦了好一會兒，趙氏才道：「馬車到時就只說老爺外出，家中唯餘女眷，實在不適合待客，無論如何也要先打發他們離開才是。」

交代完，兩人便忙不迭的躲回了後宅。

兩人前腳進了後院，後腳就聽見府門處傳來一聲嗚咽，雖是有些模糊，可還能聽出分明就是陳財的聲音。

兩人嚇得一哆嗦，難不成真讓自己料著了？這可怎麼辦才好？趙氏忙不迭派出丫鬟前往查探。

這邊派出去丫鬟，那邊趙氏則是雙手合十不停求佛祖保佑，剛唸了幾句「阿彌陀佛」，那奉命前往打探消息的丫鬟就飛也似的跑了回來。

從未見過丫鬟如此失態的模樣，趙氏頭上頓時沁出了一層冷汗，強撐著對外訓道：「跑什麼跑？什麼天大的事……」

話音未落，那丫鬟已經「撲通」一聲跪倒在地。「老太太大喜，外面是親家小姐和小少爺回來了！」

趙氏正好走到門檻旁，聞言猛一趔趄，堪堪強撐住門框才站穩身子，不敢相信自己的耳朵。「妳說什麼？誰回來了？」

「回稟老太太，是親家小姐和小少爺！」那丫鬟忙又磕了個頭，脆聲回道：「管家說請老太太快準備打賞的銀子……」

趙氏只覺得頭「嗡」的一下，還要再說什麼，一眼瞧見正從院外手扯著手進來的一高一矮兩個人影，可不正是被自己視為眼中釘肉中刺的李靜文，和繼子拿來當命根子看的長孫陳毓？

「你、妳……」趙氏臉色青白交錯，身子差點兒軟倒。

趙秀芝也是冷汗淋漓，心裡更是不住詛咒哥哥——不是說這回絕不讓李靜文有再回來的機會嗎，倒好，不但李靜文回來了，便是陳毓也跟著回來了。若是事情真的敗露，以陳清和對陳毓和李靜文的看重，趙家兄妹膽敢這麼算計他們，簡直不敢想像會有什麼樣的後果！

她當下擠出一個比哭還要難看的笑容。「靜文姊姊、毓兒！」又用力扶著趙氏向前，帶著顫音道：「姑母，這些日子，您日裡夜裡盼著的，不就是、不就是這一天嗎？」

趙氏也終於明白過來，白著臉上前就想去抱陳毓。「哎喲喂，祖母的孫喲，這麼多天不見你，祖母的心都要碎了！」

哪知卻拽了個空，陳毓神情驚懼的往後一縮，正好躲在李靜文懷裡，竟是根本沒有和趙氏親近的意思。

虧自己向來小心供著這小兔崽子，和他爹一樣，就是個養不熟的白眼狼！趙氏氣得肝都疼了，卻不敢表現，只拿著巾帕捣了眼睛嗚嗚咽咽的哭。「到底是哪個殺千刀的？竟然誑了我大孫子去！瞧瞧這是受了多少苦，竟是連我這個祖母都不認得了……」

一旁扶著趙氏的趙秀芝也紅著眼睛道：「自從毓哥兒不見，姑母就每日裡哭泣，但凡能起身，就去後面小佛堂磕頭，好在毓哥兒可算回來了，再不家來，說不好姑母也會和二表兄一般纏綿病榻、臥床不起了。靜文姊姊，我替表哥和姑母謝謝妳了……」

說著深深的福了一福，道：「靜文姊姊一個弱女子，不定吃了多少苦處才能把毓哥兒尋回來——妳不知道，表哥前兒回來，整個人都瘦得不成樣子了……聽表哥說，銀子淌水似的花出去，日裡夜裡的帶人四處去找毓哥兒，可就是連一點影子都沒有……得虧了靜文姊姊是個有本事的，表哥回來，也不知道會得多感激姊姊呢！」

趙秀芝一番話說得情真意切，聽在眾人耳中卻有些不對勁，本是急得除了借哭泣來掩飾心慌的趙氏頓時回了神，敏感的意識到一個問題——

對啊，怎麼陳家翻了天似的到處尋找陳毓，愣是沒有一點兒消息，沒道理這李靜文一個弱女子，才出去不過數日就把人完好無損的帶了回來！

陳毓沒想到趙秀芝果然膽大如斯，竟是死到臨頭還不覺悟！這番話明顯暗示，要麼自己失蹤本就和姨母有關、要麼姨母知道並能利用某種途徑，才能這麼快找到自己的下落……無論哪種說法，都不獨挑撥了爹爹和姨母的關係，更於姨母的名聲大大不利。

前一種分明就暗指姨母毒害自己，再結合之前府裡流傳的娘親想要姨母為爹爹續弦的傳聞，怕是所有人都會以為，姨母害自己是在為以後她的孩子清路，真是傳揚出去，定然會被千夫所指；而且以爹爹和娘親的感情以及對自己的看重，但凡有一點點會對自己不利的可能，爹爹和姨母的姻緣都必然作罷。

至於後一種，再如何都是閨閣女子，這般出去拋頭露面，甚而無數大男人做不成的事，一個深閨獨處的女子卻是做到了，外人浮想聯翩之下，不定會加入些什麼骯髒想法。

無論哪一種，無疑都是往姨母頭上潑了好大一盆髒水！

虧得陳毓早有應對之道，當下站住腳，微微讓開些。

身後秦家僕人會意，忙上前一步道：「小娘子是不是誤會什麼了？毓少爺不過是和二小姐在家裡住了一段時日罷了。」

一句話說得趙秀芝神情大變。難不成，不是李靜文著了哥哥和自己的道，而是自己兄妹兩人反而被她設計了？能知曉先機，提前把陳毓藏好，又故意露出破綻讓哥哥察覺，然後再等著自己和哥哥得意忘形露出馬腳……

這李靜文果然好毒辣的心思！看起來什麼也沒有做，卻生生逼得自己和兄長陷入萬劫不復的境地。

這般想著，即便趙秀芝心裡恨不能撕了李靜文，卻也再不敢多言，只拚命拉著趙氏，想先讓一步，避其鋒芒，以後再慢慢徐圖他事。

誰知趙氏「嗷」的一聲就蹦了起來——

方才只是太過慌張，這會兒趙氏的理智完全回籠，再結合趙秀芝存心挑撥的那番話，卻是完全陰謀論了。趙氏甚至以為，這是繼子陳清和為了趕自己走，特意聯合李靜文設的圈套，便是李靜文的那包首飾，也定然是特意留下來栽贓的！

趙氏打小就把銀錢看得最重，更不要說這麼多年來對府中萬貫家財所起的無限貪慾！若是從沒有到手的可能也就罷了，先讓自己嚐到些好處，轉眼間就要一點兒不剩的奪走——一想到這個可能，趙氏真覺得比讓自己死了都難受！

暴怒之下，趙氏反手一把抓住身邊一個得用的奴才——正是趙氏心腹王婆子的兒子王狗兒，一迭聲道：「快去！快去衙門裡找昌兒報官，就說得了那偷了我家寶貝孫子的賊……李靜文，妳個小娼婦養的，我今天跟妳拚了！」

娘家兄弟早說過，讀書人最愛的就是臉面，繼子又是馬上就要去做官的人，就不信他敢把事情鬧大！

趙秀芝嚇了一跳，心裡暗暗叫苦。真是驚動了官府，怕是自己等人更沒有好果子吃！而且兄長那裡十之八九也出了事，不然何至於都這時候了還不見個人影？

她忙要去攔，卻被趙氏一把推開。

趙氏這人用鄉下人的說法就是典型的滾刀肉，能算計就算計，算計不到就開始跟人耍賴。別看她年紀大了，偏是力氣還不小，趙秀芝一個不防，往後踉蹌了好幾步，一下跌坐在地，正好倒在李靜文旁邊。

眼瞧著趙氏還要向前衝，趙秀芝眼中閃過一抹厲色。罷了，人不為己天誅地滅，別說是姑母，就是親娘這會兒也顧不得了！她站起身悄悄靠近李靜文——這會兒所有人注意力都在姑母身上，根本沒有一個人往這邊瞧，她做些小動作也不會有人發現。即便到時候李靜文辯解說是趙秀芝推她，又有幾人會信？畢竟，趙氏可是自己的親姑母。

待會兒只要用力把李靜文推出去，兩方相撞，姑母必然往後跌倒，而姑母身後不遠處就是一塊黛青色的假山石——那麼大一塊石頭，真要撞上去，輕則頭破血流，重則殞命。

到時候趙秀芝只要回家告訴爹娘和各個叔伯，只說李靜文刁蠻，意圖謀殺姑母，不獨可以逃過一劫，說不好還可以得到一筆豐厚的錢財。

趙秀芝自以為籌劃得當，卻不料剛抬起手，一陣森冷的感覺忽然從腿上傳來，忙不迭低頭去瞧，竟是一條土黃色的小蛇正順著褲腿往上爬，而小蛇的尾部正攥在一個孩子的手中——不是陳毓，又是哪個？

趙秀芝直嚇得「呀」慘叫一聲，一下把陳毓踹倒，自己也下意識的蹦了起來，落地時正好踩在生了青苔的濕滑方磚上，竟是不受控制般朝著趙氏迎面就撞了上去。

等眾人聽到聲音回頭去瞧，那條小蛇早沒有了蹤跡，落在周圍人眼中，分明是趙秀芝被趙氏推倒後惱羞成怒，先是踢了陳毓一腳，然後又不管不顧的朝趙氏衝去……

幾乎是在一瞬間，一老一少兩個趙家女人就「咚」的一聲撞到一處又各自分開，趙氏畢竟年老，被趙秀芝全力一撞之下，哪裡站得住腳？就如趙秀芝預料的那般一下跌倒在岩石上，登時血流滿面，昏了過去。

「姑母！」趙秀芝徹底傻了眼。等醒悟過來，瘋了似的指著陳毓。「是你！是你要害我和姑母！」

話說到一半卻又噎住，實在是陳毓的眼神太過可怕！趙秀芝激靈靈打了個冷顫，只覺腦海一片空白。

陳毓居高臨下的瞧著地上狼狽不堪的趙秀芝，一字一字大聲道：「竟然想在我陳府殺人，趙秀芝妳好大的膽子！難不成是妳做了什麼虧心事，所以才這般急著殺人滅口？陳財，快著人去找大夫救我祖母，然後把這女人堵了嘴捆了，另外，派人去縣衙報官！」

陳財應了聲忙照著吩咐去做，等走出大門才意識到，怎麼數日不見，小少爺如此氣勢十足？那般氣度，竟是比老爺還要端嚴幾分，令人聽後除了照做，竟生不出絲毫反抗的念頭。

第三章　惡有惡報

趙氏這一跤當真摔得不輕，不獨腦袋上破了個大窟窿，便是右腿也骨折了。好在醫館離得近，坐堂大夫又是外傷好手，雖是暗嘆不知誰人下手這麼狠，竟是把個老太太折騰成這樣，卻還是很快處理完畢。

待送走大夫，李靜文才想起，姊夫的弟弟陳清文就在後院養著呢，忙不迭派人去叫，至於自己，雖是深厭趙氏常日所為，此種情形之下也不好丟下不管，早有丫鬟掇了個繡墩過來，服侍李靜文坐下。

因著趙氏待人太過刻薄，掌管內務這些時日以來，倒是沒多少人願意跟她親近。之前聽候吩咐不過是懾於形勢，以為李靜文再也回不來了呢。現在靜文小姐不但回來了，還找回了小少爺，老爺感激之下，說不得二人好事就近了，到時候還會有趙氏什麼事？

因此奉茶的奉茶、捶背的捶背，倒是比平日裡侍奉趙氏殷勤得多。

趙氏醒來，正好看到這刺眼的一幕，只氣得渾身直哆嗦，剛要喝罵，卻傳來一陣腳步聲，門簾一挑，兩個丫鬟扶著一個頗為瘦弱、一臉病色的年輕男子走了進來。

可不正是平日裡趙氏拿來當心肝寶貝疼的二公子陳清文？

陳清文眉目間倒是和陳清和有幾分像，卻因為身子骨弱，臉色更蒼白些。

雖然來時路上已經聽丫鬟大致說了事情的來龍去脈，可一眼瞧見趙氏的淒慘模樣，不由嚇了一跳。「娘，您這是怎麼了？」

趙氏只覺渾身鑽心蝕骨的痛，又是委屈又是憤怒，一把攥住陳清文的手就哭罵起來。「清文喲，你大哥這是容不下咱們娘倆了，想要和李靜文那個小娘養的一起弄死我啊！」

陳清文再沒有料到，娘親甫一睜開眼來，就這麼沒頭沒腦的亂罵一氣。

明明方才丫鬟說得清楚，害娘親跌倒的是表姊趙秀芝，娘親怎麼不分青紅皂白的對著李靜文亂罵起來？用語還這般粗俗難聽！陳清文一時又是尷尬又是抱歉，忙強撐著起身對李靜文一揖。「靜文姊姊，對不住啊，我娘定是疼得過了，才會如此胡言亂語。」

雖是有趙氏這麼一個娘，陳清文的性子卻更多是隨了自己老爹陳正德，倒是個忠厚的，也和陳正德一樣，老實之外，更有些懦弱。因此，雖明知道趙氏身上的傷乃是不小心和表姊撞到一處才弄出來的，卻也不敢指責，只是不住的和李靜文道歉。

「什麼胡言亂語？」趙氏簡直氣得發昏。自己這邊分明已和李靜文勢同水火，寶貝兒子倒好，竟當著自己的面對那賤人低聲下氣！

「你好歹是陳家二公子，這個賤人算什麼東西！你是主子，至於這賤人，和要飯的有什麼區別？哪來這麼大臉，讓你好聲好氣的哄著供著？你個沒心眼的，鎮日裡倒是把人家看成親哥哥一般，連個殺千刀的不沾邊的小姨子也看得金豆似的，卻不知別人眼裡哪還有你這個弟弟？說不好，今日害了我，明日就會拿根繩子勒死你！」

「娘，您莫要再說！大哥哪裡和您說的那般？」饒是陳清文，雖是心疼趙氏身上有傷，依舊覺得這話說得太過了。這麼多年來，家裡還少牽累大哥了？便是往日裡沒搬到縣城，大哥也經常幫自己求醫問藥。自從搬到一起住，兄嫂更是事事周詳，有什麼好吃的好玩的，但凡秀姊兒、毓哥兒有的，就不缺自己的……

趙氏本就受了傷，這會兒不過說了繼子幾句，一心護著的小兒子就一百個不情願，頓時更加暴怒。自己這麼做是為了誰？偏兒子根本一點兒不領情的樣子，還每每幫著那兩口子說話，現如今自己都被害成這個樣子了，兒子不說給自己出氣，還句句幫著繼子和那個毒婦！

她忽然掙扎著抓起個杯子朝著李靜文就擲了過去。「妳這個心如蛇蠍沒臉沒皮的毒婦！別以為籠絡了我兒子，就沒有人替我出氣了！等我娘家兄弟和姪子們來了，看不治死妳！對了，秀芝呢？妳把我姪女兒秀芝怎麼了？」

趙氏之所以敢在陳家這麼猖狂，一直以來最大的依仗就是那幫娘家人，便是平日裡，也總是把娘家人當自家人，把陳清和這個供養著自己的繼子當外人。

她知道這次事情難以善了，更是存了破釜沈舟的意思，鐵了心拚著翻臉也要領著娘家人在陳家大鬧一場。她怎麼說還是長輩的身分，就是說破天去也占著個「理」字，所謂光腳的不怕穿鞋的，就不信繼子還真就敢和自己一樣，連臉都不要了。

這麼想著，又指著李靜文開始破口大罵。「不要臉的小娼婦！別以為把我害死了，妳就能和妳那好姊夫雙宿雙飛，我今兒就是拚了這條命，也得讓人知道你們這倆不要臉的做下的骯髒事！」

正自喝罵，門突然啪嗒一聲響，陳毓推開門走了進來。

陳清文一下張大了嘴巴。方才來得匆忙，只聽說娘親受傷，倒沒想到失蹤的姪子竟然回來了！一時又驚又喜，忙上前想要去拉陳毓的手。「毓兒、毓兒，真的是你回來了？」

陳毓頓了一下，本想抽出手，卻在觸及陳清文有些硌人的手指骨時又任他握住，心情更是複雜無比。

這個叔叔的心腸倒是不壞的，就可惜和祖父一般，全沒有一點兒主見。前世時這兩人倒也不是不想護住自己姊弟，可惜一個、兩個的全都被老婆死死挾制，竟是見了大小兩個趙氏和老鼠見貓一般。每當趙家兩個女人折磨自己和姊姊時，這兩人做得最多的就是抱著頭陪自己和姊姊一道流淚，甚而自己逃離後不多久，聽說祖父和小叔就先後離世。

男人立不起來，別說護著別人了，就是自個兒也鎮日裡和生活在沼澤中一般罷了！

嘆了口氣，終究緩慢而堅定的抽出手，剛要說什麼，外面又傳來一陣雜亂的腳步聲，陳財的聲音隨之傳來。

「老爺、老爺，您慢些，您的鞋子……」

陳毓似有所感，倏地回頭，正好瞧見衝在最前面那個面目黧黑嘴唇乾裂的清癯男子——不是爹爹陳清和，又是哪個？

印象裡爹爹最是講究，素日裡穿的衣服即便不是什麼好料子，也從來都是漿洗得乾乾淨淨。再看眼前人，身上的袍子根本連本來顏色都看不清了，甚至下襬處還撕裂了幾處，連帶著還光著一隻腳！

陳毓只覺頭昏昏的痛，眼睛更是澀得不得了，不管不顧的朝著那個久違的懷抱衝了過去。「爹爹！」

力氣太大了些，陳清和猛往後一踉蹌，一下坐在門檻上，腦袋撞在門上，一陣一陣的痛，手卻是死死的扣住懷裡的兒子，眼睛也一眨不眨的瞧著陳毓，那模樣，唯恐一眨眼兒子會再次不見了似的。

抱得太緊了，陳毓被勒得生疼，連帶著爹爹身上也是一股霉味並汗味，陳毓卻絲毫沒有掙脫的意思，反而把頭埋在陳清和懷裡「哇」的一聲大哭起來！

後背被門框硌得一陣陣刺痛，陳清和彷彿感覺不到，滿是血絲的眼睛始終不錯眼的盯著懷裡的幼子，過於激動的他喉結處上下滾動著。

陳清和不敢開口，唯恐一張嘴，就會止不住大聲哭出來。

「弟弟、弟弟，真的是你嗎？」一個嘶啞的聲音也隨之響起，一個頭髮蓬亂的十歲左右的男孩噔噔噔跑過來，從背後一把摟住陳毓，直哭得上氣不接下氣。「弟弟呀！你可回來了！這麼多天你去哪裡了，都要嚇死姊姊了，你知道嗎……」

陳毓探出一隻手，一下摟住男孩。「姊姊……」

這便是著了男裝的陳秀。

陳秀的身後還跟著個五十許的老人，瞧著抱在一起哭得肝腸寸斷的一家三口，也不由老淚縱橫……

李靜文好不容易止住的淚也跟著落下，忙揮手讓下人都到外面候著，自己紅著眼睛親手浸濕了帕子，先去拉了陳秀在懷裡。「秀姊兒莫要再哭了，毓哥兒回來了是好事啊，快回房間去梳洗一番。」

一家人這般劫後重逢的溫馨畫面，落在趙氏的眼中卻是刺眼至極。

一齣戲作得倒是足！以為這樣就能騙過自己嗎？她有心發飆，在陳清和面前卻又不敢，至於兒子陳清文又是自己心肝寶貝，一腔邪火自然全都衝著陳正德燒了過去。「陳正德你個老不死的，你還是個男人嗎？自家婆娘被人坑成這個樣子，你問都不問一聲？從我嫁到你老陳家，就沒有享過一天福啊！臨老還被人這麼折磨……陳正德，你休了我吧，你休了我算了，這日子我一天也沒法跟你過下去了……」

拿話逼著陳正德休離自己，是趙氏未搬到縣城陳舉人府中的殺手鐧——夫妻相處，哪有不磕磕絆絆的時候？趙氏卻根本不允許陳正德挑戰自己的威嚴。

如果說一開始娶了個年紀比自個兒小了十多歲的老婆，陳正德真心疼愛之下，才會事事聽趙氏的，到後來卻完全是被趙氏長期的積威給嚇住了！

還是搬來和陳清和住的這幾年，趙氏因知道繼子不喜自己，自然不敢再事事壓陳正德一頭，人前也擺出一副溫良恭儉讓的模樣，只是私下裡關起門來，陳正德依舊是被指使得團團轉的那一個。

方才陳正德的注意力全集中在寶貝孫子身上，根本沒有注意到趙氏的情形，這會兒乍然聽到那久已不聞卻早已深入骨髓的責罵聲，挺直的脊背頓時不自覺彎曲下來，神情也變得有些誠惶誠恐，忙不迭就要上前，卻被陳毓叫住。

「祖父！」陳毓從陳清和懷裡掙脫出來，先是對李靜文和陳秀道：「姨母先帶姊姊去梳洗吧。」

看陳秀始終戀戀不捨不願離開，陳毓抬手抱了抱陳秀。「姊姊放心，毓兒會好好的，一直在這裡。」

陳秀怔了一下，雖然說不出哪裡不對，終究抹著眼淚一步三回頭的跟著李靜文離開了。

陳毓這才回身，先跪下朝著陳清和「砰砰砰」連磕了三個響頭。不待陳清和反應過來，又轉身跪倒在陳正德身前，也是三個頭磕了下去。

陳正德素日裡倒是最疼陳毓，待陳毓之嬌寵甚而還在老來子陳清文之上，這會兒看到陳毓瘦得巴掌大的小臉，早心疼得跟什麼似的，哪裡受得了陳毓的這三個頭，忙不迭上前，就要把人拉起來。「好毓兒，快起來，回來了就好，回來了就好！別給祖父磕頭了，待會兒祖父抱著你去給祖宗磕頭，謝謝祖宗保佑。」

他伸過來的手卻被陳毓讓過，先是含淚對陳清和道：「兒子不孝。」這才轉身定定的瞧著陳正德和陳清文。「祖父和叔叔知不知道，毓兒這些日子是怎麼過來的？」

一句話問得沒頭沒腦，不獨陳正德和陳清文，便是陳清和也有些愣住了。

陳毓也不說話，只默默解開衣衫。這段時間的流離，陳毓早已是骨瘦如柴，也因此，更顯得那大大小小的青紫痕跡觸目驚心，直到最後脫下鞋子、解開綁帶，露出血肉模糊的一雙腳……

陳正德再次老淚縱橫，旁邊的陳清文臉色蒼白的摀住胸口。「畜生，這些畜生！」

陳清和只覺喉嚨好像被人扼住，怎麼也喘不過氣來的感覺，緊緊攥著拳頭，眼睛中除了森然的恨意還有無邊的冰冷。

兒子自小聰明，又知道這會兒大家正心疼他，故意裸露出傷痕定然不是為了刻意讓親人愧疚。難不成，那擄走了毓兒又對他百般虐待的人，竟然和房間裡的人有關？

不會是爹，不會是清文，那麼，就只能是趙氏！

趙氏這會兒也有些呆了，隱隱覺得有些不對——

若真是苦肉計，陳毓這臭小子也折騰得太慘了吧？陳清和素日裡如何疼愛兒子，她也是瞧在眼裡的，必不肯這麼下死手折騰……難不成，是李靜文一個人的主意？

可繼子這是什麼眼神，好像是她害了他兒子一般！

趙氏有心想罵，但陳清和的眼神委實太過嚇人，趙氏不自覺往後縮了一下。「你這麼看我做什麼？是李靜文！都是李靜文那個婊子折騰出來的！」

還要再說，卻被陳清和斷喝一聲。「閉嘴！」

他平日裡再如何厭惡趙氏的為人，可畢竟是繼母，便是看在弟弟的面子上，陳清和也會給趙氏一份體面，這般當眾呵斥當真是破天荒頭一遭。

一向強勢慣了的趙氏哪裡受得了這般？「嗷」的一聲就哭了出來。「好你個陳清和，你這是鐵了心要遂了那個婊子的願！」

話還未說完，本來靜靜站著的陳毓忽然上前一步，死死瞪著趙氏。「再敢罵我姨母，我就殺了妳！」

如果擔了惡名才能攆走這個女人，那就自己來做這個惡人吧。

他轉頭含淚瞧著陳正德。「祖父和叔叔不是想知道是誰把我給弄走賣了嗎？就是趙昌！我親耳聽見趙昌說的……他和趙秀芝商量……要把我賣了……」

又無比仇恨的對趙氏道：「妳也知道的對不對？是你們偷了姨母的首飾，還偷了家裡的錢，是你們三個做的！卻要誣賴到姨母頭上！妳不是說最疼我嗎？最疼我，又為什麼要把我賣了？為什麼要把我賣了?!」

陳正德宛如雷擊，簡直不敢相信自己的耳朵。至於旁邊的陳清文則一下跌坐在地，愣愣的瞧著趙氏。竟然是娘和表哥、表姊他們，把自己的姪子、陳家唯一的孫子給賣了?!

趙氏沒想到這麼個黃口小兒都敢欺負自己，更可氣的是陳正德和兒子陳清文瞧著自己的那是什麼眼神啊！分明就是相信了的模樣！她真是被氣得昏了頭，抬手一下推開陳毓。「小王八羔子，連祖母都敢誣陷，可真是反了你了！」

陳毓一個踉蹌，一下跌坐在地，陳清和忙上前一步把兒子抱在懷裡。陳毓一下扎在陳清和懷裡放聲大哭起來。「爹！爹……那個壞女人、那個壞女人——」

卻是一口氣上不來就厥了過去。

陳清和驚得顧不得理趙氏，抱起陳毓就往外跑，跑得太急，甚至還撞了陳正德一下。

陳正德悚然回神，呆呆地瞧著踉踉蹌蹌抱著陳毓衝出去的兒子——陳毓淚眼狼藉的模樣，逐漸和幼時那個剛剛失了親娘、無助揪著自己衣襟的小清和重合在一起。

先是兒子，然後又是孫子，趙氏分明是想毀了兒子一家啊！

趙氏簡直氣懵了，捶著床又哭又叫的發作起來。「陳正德，你是殺千刀的！就這麼瞧著你兒子、孫子這麼欺負我？我上一輩子是做了什麼孽啊？都快被人打死了，也沒有一個人幫我出頭！誰有我這麼苦命啊！嫁了這麼個廢物男人，這日子沒法過了！陳正德，你真是個男人就把我休了算了……」

「好。」一個突兀的聲音忽然響起。

趙氏正哭得帶勁，猛不丁聽到這個聲音，頓時噎了一下，下意識的抹了把臉，呆呆的瞧著陳正德。「你說啥？」

陳正德伸出手，紅著眼睛哆嗦著一下掐住趙氏的脖子。「妳這個毒婦！妳這個毒婦！我要休了妳！」

趙氏作夢也沒有想到，陳正德竟會是這般反應。這個男人分明一輩子也沒敢在自己面前說過個「不」字啊，這一次怎麼就敢和自己對著幹？他方才說什麼，要休了自己？難道他忘了，自己娘家可是足足有七個兄弟還有一、二十個姪子！

由於太過匪夷所思，直到脖子被一隻抖得不成樣子的手給死死扼住，趙氏才意識到發生了什麼，忙拚了命的掙扎，無奈女人力氣本就比不上男人，更何況陳正德又在盛怒之下。

趙氏臉色漸漸變成了鐵青色，便是本來高高在上的尖刻憤怒眼神也變成了哀求，奈何陳正德根本不為之所動。

眼看趙氏眼睛都鼓突出來了，旁邊的陳清文才回過神來，撲上來拚命去扳陳正德的手，抽泣著道：「爹、爹！您快鬆手、快鬆手啊！」

陳清文情緒起伏過大，再也站不住，身子軟軟的向後倒去。

陳正德吃了一驚，忙鬆手接住小兒子軟倒的身體，紅著眼睛道：「清文、清文你怎麼了？」

「清、清文……」趙氏劇烈的咳嗽著，神情又驚又懼又恨。

方才那一刻，趙氏能清楚的意識到，陳正德竟然真的想要殺了自己！若非兒子苦求，說不好這會兒自己連命都沒有了！

「老太太、老太太——」外面忽然響起王狗兒的聲音。

竟然是自己方才派了去報官的王狗兒？趙氏頓時來了精神，嗷的一聲就哭叫起來：「官爺啊，救命啊，要殺人了呀！」

她的嗓音實在太過淒厲，驚得外面的官差也顧不得了，上前一腳踹開門，房間裡的情形頓時一目了然——除了躺著的一個老婦人，也就一個老漢和一個病弱的年輕人罷了。

官差內心狐疑無比。看這兩人的樣子，都不像是窮凶極惡的人啊！

陳清文臉色越發蒼白，方才陳毓說的那番話，雖然感情上不願接受，可理智上陳清文卻是信了八成的。這麼多年了，外家如何貪婪陳清文也是有所領教的。

當初在老家時，幾位舅父或者表兄每每到家裡打秋風——不說別的，便是大哥托人給他捎來的玩具，自己總是還沒玩夠就被舅父拿走，說是給表兄弟玩。

這樣的事簡直不勝枚舉，甚而家裡省吃儉用好不容易攢下的銀錢也總會被眾位舅父以這樣那樣的藉口給借走，只是名義上說是「借」，卻從來都是有去無回。他也曾提醒過，偏生娘親絲毫不以為意，還巴巴的把他們當最親的人，教他一定要多同外家親近，防著些大哥。

陳清文又不是小孩，怎麼會分不清誰才是真正對自己好的？

搬到縣城來這些日子，明明老家那裡的田地幾乎全給舅家佔了，他們依舊不知足，還想著到大哥這裡來打秋風，更以大哥的親舅舅般自居！這般厚臉皮，便是陳清文想來也覺得汗顏。

因為嫂子掌家，佔不著便宜，不獨娘親屢屢在陳清文耳邊抱怨，便是舅家的人，又何嘗不是經常教唆自己和大哥鬧？自己更是親眼見過吃了閉門羹、灰溜溜離開的表哥趙昌咬牙切齒的樣子！

所以方才陳毓說是趙昌找人把他賣了時，陳清文一下就信了，表哥當日可不是屢屢恨恨的說總有一日要給大哥好看?!

娘親更是個糊塗的，這麼多年了，不但還沒有認清外家的貪婪，更始終對照顧了一家子的大哥看不上眼。陳清文一時又是心酸又是無奈，更兼對著冥頑不靈的娘親灰心不已，顫顫的對著趙氏道：「娘親，您是不是真要逼死了兒子才甘心？」

說著轉向衙差，木著臉一揖到底。「我娘的傷委實是被我表姊給作弄出來的，既然我娘要追究，那差爺就跟我來，只管把人帶走訊問便是！」

一番話說出口，令得趙氏登時傻了眼。

一定是撞了邪了吧？先是丈夫敢放言要休了自己，然後一向最疼愛的兒子也竟敢忤逆自己！可她想要告的人分明是繼子和李靜文那個賤人啊，這要是真把秀芝帶走了，自己可怎麼回去跟娘家人交差！

知道兒子根本受不得刺激，趙氏也不敢和對待陳正德那般混鬧，只得忙忙道：「差爺、差爺，我姪女兒撞到我全是意外，我不是要告她，我是要替我姪子趙昌伸冤啊！趙昌先前也在縣衙做事，你們也都認識的對不對？我姪子被我那狠心的繼子給害了啊，你們要替他伸冤啊！」

「趙昌？」那差人也是一愣。趙昌前些日子請了假外出，按道理昨日就該回衙銷假了，卻一直沒見人影，怎麼這陳府老太太的意思竟然是已經被人給害了？

謀害官差那可是重罪，更不要說被告的那人還是陳清和這個舉人老爺！

如果說僅僅是拿個下人，自己還能夠作主，可若是要對付陳清和這樣一個舉人，那就不是自己能擔得起責任的。

好在縣太爺也一道跟著來了的！差人忙不迭的轉身出來，小跑到外邊滿面寒霜端坐的縣令程英身旁小聲回稟——

程英好歹是一縣的太爺，本來這樣的事情並不需要親自出馬，無奈這幾日整個懷安官場都不大平至極。

程家算是大家族，在官場裡頗有根基，也因此程英雖不過是一介縣令，消息卻靈通得緊。這幾日接連接到家族傳書，說是幾日來已有幾縣縣令革職待審，而讓這些一縣之長落馬的原因，全是牽扯到了一宗拍花的案裡。

雖然以程家人的身分，尚不知道這起拍花的案子到底撥動了朝廷的哪根弦，卻隱隱猜出，怕是必然涉及官場中人。

至於陳舉人家上元節走失了小少爺陳毓一事，也早就是闔縣皆知。冷不丁聽陳家僕人來告官說陳少爺回來了，連帶著坑賣了孩子的人也已經得了，程英登時就坐不住了。堂堂舉人家的小少爺都敢坑了去，說不好，和家族傳來訊息中的拍花的案子是一起的，他若是不能小心處理，會牽連到頭頂的烏紗帽也不一定！

可沒料到一進府倒是沒見著相關人等，只有一個傷病臥床胡言亂語的老婦人。這會兒又聽竟然還牽扯到自己府內一個衙差，程英不由蹙起眉頭，半晌道：「讓趙氏說得仔細些！」

沒想到官差去而復返，更沒有料到竟是連縣太爺都給驚動了，房間裡包括陳正德在內，三人都有些被嚇住了。

反倒是趙氏，明顯覺得自己有了依仗。

縣太爺肯親自屈尊駕臨，毫無疑問是因為姪兒趙昌啊！又想到姪兒這會兒不但生死不知，更是被陳毓那個兔崽子潑了一身的髒水，還有方才繼子想要殺人似的眼神，以及怕了一輩子的丈夫對自己下的狠手……

趙氏心一橫，不顧身上傷口的劇痛，掙扎著從床上爬起來。「太爺、太爺，你可要為民婦作主啊！是我那繼子看我不順眼，和那個小婊子李靜文合計著算計老婆子，故意把我孫子藏起來！還有我姪子趙昌……太爺啊！昌兒一直跟著您老做事的，最是老實不過的一個孩子，這會兒說不好也被我那狠心的繼子給謀——」

話未說完，就被臉色青白交錯的陳清文給打斷。「娘，您胡說什麼！」

陳正德也哆哆嗦嗦的跪下磕頭。要是縣太爺真信了這番話，長子可就真要被毀了！「毒婦，妳好歹毒的心腸！妳等著，我這就把休書遞過去！」又無限哀肯的對程英道：「青天大老爺明鑑！是趙昌和他妹子趙秀芝合謀弄走了我孫兒啊！跟我兒子沒有一點兒關係！」

一句話說得程英一下變了臉色，冷臉斥道：「胡說八道什麼！即便你兒子是舉人，隨便陷害公差可也要判重罪！」

趙昌可是自己手下，真是牽扯到這起拍花的案子裡，怕是自己也摘不清了！

「程大人，我爹說的句句屬實，之前確然是趙昌那狗賊坑害了我兒子。」隨著說話聲，換完衣衫的陳清和扯著陳毓的手一起進了房間。

程英臉色一下變得更加難看，鐵青著臉道：「陳清和，即便你是舉人，可本縣令也得提醒你一句，無憑無據的話還是不要亂說。」

一個趙昌在自己眼中根本不算什麼，可事實上很多大人物會倒臺恰恰是因為身邊那些無足輕重的小人物所致。程英可不想自己剛剛踏入仕途，卻因為一個趙昌而陰溝裡翻船。

程英的這番做派，落在趙氏眼裡卻被解讀為其他意思，大喜之下，顧不得旁邊陳清文哀求的眼神，邊嗚咽邊磕頭。「哎喲，我就知道縣太爺是青天！這街面上的人哪個不知，我那姪兒就是個再老實不過的，怎麼會做出坑蒙拐騙的勾當？」

又指著陳清和罵道：「就是你個黑心賊，嫌棄我這老不死的！再怎麼說你也要叫我一聲母親的，怎麼就這麼狠的心，一定要坑害了我不成！便是老婆子礙了你的眼，我那姪兒又何辜？你害我一個還不行，竟生生要害了我老趙家全家啊！」

「娘……」陳清文眼前一陣陣發黑，終於一個受不住。「撲通」一聲栽倒在地。

「清文！」趙氏只覺頭「嗡」的一下，驚得暫態住了口，也顧不得腿上的傷，爬過去一把抱住陳清文。「清文，好文兒，你怎麼了？文兒！」

暴怒的陳正德上前，一巴掌將趙氏抽倒在地，那邊陳清和已經快步上前抱了陳清文在懷裡。「二弟、二弟，你醒醒！」

趙氏也嚇得傻了，連身上的劇痛都顧不得了，拚命的要爬過來去推陳清和。「放開我兒子，你這個黑心賊！害了我姪子還不夠，還要弄死我兒子不成？都是你！都是因為你，我兒子才成了這樣啊……」

也不知長子一家給小兒子吃了什麼迷魂藥，竟是令得小兒子這般不要命的維護他們！還要再罵，陳清和卻是一下抬起頭來，那森冷的眼神嚇得趙氏一哆嗦，到了喉嚨口的辱罵又嚥了回去。

好半晌，陳清文才再次悠悠醒轉，瞧了一眼跌坐地上滿臉淚痕的趙氏，又是心痛又是傷心，連帶著，更有對大哥陳清和的愧疚，憋悶之下，只覺心口處一陣一陣的刺痛……

「把二公子送回房。」陳清和吩咐道，又著人扶起趙氏，依舊送回床上。

趙氏本還想繼續撒潑，卻在瞧見小兒子悽愴絕望的模樣時滯了一下，再加上傷處委實痛得厲害，只從鼻孔裡冷冷的哼了聲，終究又躺回床上。

程英已是不願再留，又唯恐陳清和再把兒子走丟一事賴到趙昌身上，以致最後殃及自己，便有心敲打一番。「我朝以孝治天下，再是繼母，可也得叫一聲娘親，切莫因為私心作祟而毀了一世令名，你和趙家的恩怨，本縣只當從未聽說過，以後切記莫要囿於私情，便做出忤逆長輩之事——」

一番話說得趙氏大喜過望，邊強撐著在床上磕頭邊不停念叨著「青天大老爺」，連帶著看向陳清和的眼神也越發得意。

再是繼母，可也占著個「母」字！繼子這會兒就是硬撐著，待會兒還得向自己低頭。有縣太爺撐腰，怎麼也要壓著陳清和跟自己磕頭賠罪！

然而陳正德卻重重的咳嗽了一聲，連帶著一雙本是渾濁的老眼，也鈎子似的朝趙氏剜過去——

都是自己娶妻不賢，竟使得長子被縣太爺怪罪！本還想著念在這麼多年的夫妻情分上，待趙氏養好傷再一紙休書打發回娘家，現在瞧著，是等不得了。

趙氏冷笑一聲，也斜了他一眼，神情中益發不滿——

這會兒架子端得倒高，等她娘家人來了，定要他好看！

旁邊的陳清和則不由皺眉，從聽陳毓說，便是鎮撫司的人也插手了這件拍花的案子，即便眼下還不是官身，陳清和也敏感的意識到不對，想了想道：「程大人，能否借一步說話？清和還有下情要稟——」

「你不用說了。」程英一聽就知道，陳清和口裡的「下情」必然和趙昌有關，臉上神情越發不痛快，這陳清和怎麼這般沒眼色？自己一再暗示，就差挑明了說了，這人倒好，還就是要揪住這件事不撒手了！

「本官很忙，沒空聽你的『下情』。另外，陳舉人不過區區一介舉人罷了，切記手莫要伸得太長。」

說著昂然起身，警告的瞪了陳清和一眼，大踏步就往外走，可剛出院門，就差點兒和外面一個壯實男子撞了個正著。

正站在陳清和身側的陳毓一眼看到來人，本是緊繃著的小臉頓時緩和，小跑著從房間裡衝出來，搶在程英的前面一下抓住男子的手。「徐叔叔！」

又回頭衝著正要蹙眉喝罵的程英和陳清和道：「程大人、爹，這位就是救了我又抓了趙昌的徐叔叔——」

抓了趙昌？程英神情頓時暴怒。難道趙昌已經被陳家送官？竟是隔了自己這個縣令直接抓人，簡直豈有此理！

程英剛要發火，陳毓慢悠悠的又說了一句。「徐叔叔可厲害了，他是鎮撫司的百戶大人呢！」

一句話宛若驚雷般在程英耳旁炸響——鎮撫司？趙昌竟是被鎮撫司的人給抓走了！那豈不是說，這件拍花的案子要直達天聽？更讓人意外的是陳家這個丟失的兒子，怎麼就同鎮撫司的人這般熟稔？由於驚嚇太過，程英竟是完全忘記了反應。

倒是陳清和神情還算妥帖，方才甫一聽到陳毓喊「徐叔叔」，陳清和就隱約明白了些什麼，唯一有些受驚嚇的則是這位百戶大人對待兒子的態度，實在是太過親熱點了吧。

陳清和穩穩心神忙小步上前，靠近程英時微不可察的揪了下對方衣襟。

畢竟出身大家族，程英倒是很快回過神來，忙斂起神情中的震驚，換上一副恭敬的模樣。「大人是鎮撫司的使者？下官臨河縣縣令程英有禮。下官有個不情之請，不知道大人身上可有相關憑證？」

這本就是應有之義，徐恆也不囉嗦，探手懷中取出權杖遞到程英面前。

待看到那面黑湛湛鐫刻著精美暗紋的權杖，程英頓時臉色煞白，最後一絲希望也破滅——可不正是貨真價實的鎮撫司百戶大人駕到！

正自六神無主，陳清和已經一揖到地。「多虧大人一路護佑，學生才能一家團圓。」說到最後，已是紅了眼眶。

他已經從陳毓的口中得知，不獨兒子，便是小姨子李靜文能回來也是多虧了這位百戶大人。若非徐恆出手相救，陳清和真是難以想像李靜文會遭遇什麼。

「哈哈哈！」徐恆爽朗一笑，雙手攙起陳清和。「言重、言重！應該說，你生了個好兒子啊！小毓兒這般機靈的孩子，實在是徐某生平僅見！」

徐恆話裡話外，絲毫不掩飾對陳毓的欣賞和喜愛。

本來周大人和自己探查案情無果，已經準備離開翼城縣境，若非陳毓，這件拍花的案子說不好就會石沈大海。他越想越開心，竟是不顧陳毓的抗拒一下把人抱了起來，「啾」的親了一口才遞回陳清和懷裡。

然後轉向程英，神情卻是有些肅然。「你是程英？聽說趙昌就是在你的手下做事？」

程英額頭上此時泌出一層細密的汗珠來——

真是怕什麼來什麼，本以為堵了陳清和的嘴，就可以暫時把趙昌的事情給壓下來，等他把人攆走，任他們折騰去。卻哪裡料到，趙昌竟然早就落到了鎮撫司的手中。

程英一時焦心不已，卻又想不出別的話來給自己解釋，只得擦了把冷汗乾巴巴的認罪道：「是下官無能，竟然讓這等小人鑽了空子……」

程英心裡沮喪得緊，想他兩榜進士出身，為官以來，自忖也算兢兢業業，本想著要在仕途上有所作為，卻不料這才一入官場就要栽個跟頭！

他正自怨自艾，旁邊的陳清和突然插口道：「程大人太過謙虛了，方才之事，清和還未謝過大人呢——」

一句話說得程英心一下提了起來，連帶的看向陳清和的眼神都隱隱有些不對。看來自己方才果然把人得罪得狠了，陳清和這是要告自己的狀？

一念未畢，陳清和卻已是轉頭瞧向徐恆，神情誠摯。

「趙昌聯合外人擄賣犬子想來大人已是知道了？其實除了趙昌之外，一起謀劃作案的還有其妹趙秀芝。可恨學生有眼無珠，竟把這樣兩個狼子野心的人當成自家親戚，若非方才程大人特地駕臨提醒，並著人緝拿了趙秀芝，學生還不知道竟招了這樣的家賊！

「不瞞兩位大人，方才管家來報，說我家帳面上的銀兩已經一文也無，想來已是盡數落到了這兄妹二人手中……若非程大人點醒，怕是這個家也要被他們強佔去了。徐大人救了我家毓兒、程大人使學生免遭小人算計，兩位都是陳府恩人啊！」

程英再沒有想到，陳清和竟會說出這樣一番話來。趙秀芝既是趙昌同犯，鎮撫司的人也必然會帶走的，既然進了鎮撫司，又確然牽涉到了這起拍花的案子中，想要囫圇個走出大牢，已經幾乎沒有多少可能。

而本來最輕也可能要擔個「識人不明」考語的他，卻因為陳清和這一番話，搖身一變就成了有先見之明、幫著抓捕趙昌同犯的功臣！不但前罪可免，真是運作好了，說不好還有好處可沾。

想通了所以然，程英看向陳清和的眼神已經不是一般的感激。所謂以德報怨，說的就是陳清和這樣的人吧？虧自己之前竟然還那般做派！

感激之下，程英探手大力把住陳清和的胳膊，深吸一口氣，好容易把思路給捋順了。「賢弟說話太客氣了，亂臣賊子，人人得而誅之，那趙家受你恩惠，不思回報，反而行此毒計，落得如此下場，本來就是天意，愚兄又焉敢居功？你這般說，倒讓我無地自容。你和徐大人且安坐，我這就去提審那趙秀芝，無論如何，也會替賢弟把損失的財物追繳回來。」那般慷慨激昂的模樣，就差拍胸脯保證了。

他又對徐恆打了個躬。「大人想來也是要提審趙秀芝的吧，除了擄賣人口，還有陳家丟失財物也要著落在這女子身上，不然就先結了陳家的案子……」

按理說把趙秀芝帶走審訊更合適，可既承了陳清和這麼大一個人情，索性再幫他解決個麻煩。方才瞧著，陳家這位繼母明顯是個不安分的！

正說著，錯眼瞧見在外面探頭探腦的王狗兒，臉色頓時一寒，冷聲吩咐道：「先把那鬼鬼祟祟的制住了！」

王狗兒嚇得臉都白了，嗷的叫了一嗓子轉頭就要跑，卻被人一下摁住，反剪雙手給捆了起來，驚嚇太過的他只差沒哭出來。「老太太救我！是表小姐讓我來看看這裡情形……」

哭喊聲音太大，驚得本來在房間裡躺著的趙氏一激靈，忙支起身子隔著窗戶向外瞧，雖距離有些遠，還是模模糊糊辨認出那被如狼似虎的官差給扣起來的可不是王狗兒？

正想著莫不是這王狗兒太過蠢笨，以致衝撞了官差？下一刻便看見又有兩名官差押解著一個女子進了院子，不是姪女兒秀芝又是哪個？

趙氏臉色都變了。明明方才縣太爺不是斥責了繼子，給自己撐腰的嗎，怎麼這會兒工夫又開始折騰起自己姪女兒了？想來想去，定然是繼子不定又弄出了什麼么蛾子，越想越心慌，一迭聲吩咐丫鬟扶了自己出去。

那邊趙秀芝已經被差人帶了過來，畢竟不過閨閣女子，即便當初謀劃時如何狠絕，趙秀芝這會兒依舊嚇得腿肚轉筋。正尋思著脫身之計，卻正好對上一雙黑湛湛的眼睛——陳毓正不錯眼的看過來。

那般冷冰冰如同看著死人一般的眼神，如此突兀的出現在一個孩子臉上，怎麼看就覺得怎麼嚇人。

趙秀芝倉皇的扭過頭來，下一刻又強迫自己轉回去，正對上陳毓的眼神。「阿毓，姑姑那麼疼你，你可不能害姑姑啊！姑姑知道你是個好孩子，方才是有人指使你往我身上丟蛇對不對？」

任她哭得梨花帶雨，陳毓根本沒有半點反應，連帶著看向趙秀芝的眼神也如同瞧個白癡，到得最後，更是無聲的做了個「活該」的口型。

趙秀芝驚恐的往後退了一步，尚未回神，已經被差人狠推了一下，撲通一聲跪倒。她耳邊隨即響起一聲斷喝。「還愣著做什麼？還不給鎮撫司徐大人和咱們縣太爺磕頭？」

鎮撫司？趙秀芝嚇得眼淚立馬止住了，駭然看向徐恆。鎮撫司的名聲實在是太響了，即便是閨閣女子，趙秀芝也早有耳聞。

還未醒過神來，程英已經冷笑一聲，拿起一個包袱在趙秀芝眼前一晃。

「趙秀芝，妳可認得此物？」

不得不說某些時候，衙差辦事也是相當的雷厲風行，不過這片刻時間，就在趙秀芝的房間搜出一包首飾來。

趙秀芝只看了一眼就面如死灰——可不正是姑母吩咐得空全鎔了的李靜文的首飾？尚未回過神來，一摞帳簿又被「啪」的一聲摺到趙秀芝眼前。

「還有這些帳簿上不見了的銀子，妳又該如何解釋？」

趙秀芝和趙氏畢竟掌家日淺，根本就沒培養出來什麼心腹，兩人又是小門小戶出身，於管帳方面並不在行，再加上趙秀芝對陳毓和李靜文絕不會再回返一事太過篤定，那帳目做得委實粗疏得緊，說是漏洞百出也不為過，趙秀芝本想著日後得空了把帳面抹平，卻不料沒來得及動手就被揭破……

趙秀芝如遭雷劈，一下癱在地上。正自徬徨無助，正好瞧見強逼丫鬟把自己抬出來的趙氏，頓時如同抓住最後一根救命稻草似的嚷嚷起來。「老爺饒命啊！這些事都是姑母指使我做的！我一個弱女子又能做些什麼？都是姑母眼饞大表兄的家產，想要霸佔了來給二表兄，才會指使我和兄長對毓兒下手，還有李靜文的這些首飾，也是姑母說本就是陳家的錢買來的，怎麼也不能便宜了外人，才吩咐我收了送到外面鎔了，再打些新樣式回來。」

再如何姑母都是陳清和的繼母，就不信陳家還真連臉皮都不要了，把姑母也一併送進大牢。

趙氏正好進到院中，聞言差點沒昏過去，氣得哆嗦著斥道：「秀芝，妳胡說些什麼！我什麼時候指使妳……」

話音未落卻被徐恆打斷，揚了揚手中的帳本對趙秀芝道：「這上面的缺口足足有一千五百兩，除了趙昌承認的八百五十兩之外，另外六百五十兩跑哪裡去了？」

趙氏不敢置信的抬頭！不是說錢全被李靜文帶走了嗎？姪子得了八百五十兩又是什麼意

思？還有什麼剩餘的六百多兩，自己不過貪占了三、四百兩罷了！

趙秀芝已是心如死灰。她當初分筆交到哥哥手中用來堵那些人嘴的，可不就是八百五十兩？那豈不是說，哥哥眼下也被鎮撫司的人給抓走了？恐懼之下，更是死死咬住趙氏不放。「剩下的銀兩有四百兩被姑母拿去了，大老爺只管去搜，那銀票一準兒就在姑母房間中一個紫檀木匣子裡，還有剩下的二百五十兩，也是被姑母差民女送給家中長輩購買田地所用……」

一句話未完，趙氏抓起旁邊楞棍一下扔了過去。「臭丫頭，妳胡說什麼？我什麼時候……」心裡更是憤恨交集，這個臭丫頭怎麼敢！自己也不過得了幾百兩罷了，這丫頭和趙昌那個小畜生就敢拿了上千兩的銀子，到了頭，還把所有罪責推到自己身上。

趙秀芝被砸了個正著，腦袋上頓時滲出血來，卻依舊死死咬住趙氏不放。「姑母，您就認了吧。哎喲……大老爺明鑑，委實是姑母脅迫，民女才不得不聽命啊……」

她還想再說，卻聽耳邊一聲斷喝。「到這時候了還敢攀扯別人，果然是死不悔改！來人，堵了嘴拉下去！」

程英眼見目的已然達到，自然不容許趙秀芝再說。他本就是為了幫趙氏送個把柄到陳清和手裡，要是鬧得把趙氏當犯人帶走了，可就不是幫人而是害人了！

當下便有官差上前，一下堵了趙秀芝的嘴。

看徐恆沒有異議，程英明白自己方才的猜測是對的。這位徐大人果然和陳家關係匪淺。

臨告辭時，又忽然想起一事，忙忙瞧向陳清和。「啊呀，倒是忘了，之前聽聞賢弟謀了吏職，如今可有了結果？」

陳清和面有慚色。「聽說上官已是分派了方城縣教諭一職，應該不日就會啟程。」對讀書人而言，考取進士才是正途。只是先是妻子過世，他又數次春闈失利，連番打擊之下，自然不免灰心，索性去吏部掛了號，正好自己同窗好友顏子章本身就是官身，前兒托人捎來書信，說是他被派了方城縣教諭一職……

程英如何不明白陳清和的失落，當下安慰道：「英雄不問出身，賢弟有大才，他日定然青雲直上。對了，賢弟前往赴任時切記告知愚兄，到時愚兄必要給賢弟餞行的——」

方城縣教諭？徐恆腦子裡轉了個彎——記得不錯的話，這方城縣令已然因為牽連到這起拍花的案子中而落馬。來時周大人囑咐過，若然陳家有什麼難處，便可出手相幫。雖則陳清和出仕為官自己幫不上什麼忙，或許周大人願意施以援手也不一定。

自然，事情沒有確切結果前，徐恆也不會拿來說嘴，只囑咐陳清和耐心等候數日，待消息確切了再啟程不遲。

陳清和應了，程英這才離開。

徐恆從懷裡摸出一個權杖，塞到侍立在旁的陳毓手中。「小傢伙，這個權杖你拿著，什麼時候得空了，就到京都鎮撫司衙門尋我。」

那牌子並不大，卻是暗沈沈的，瞧著就讓人有些發怵。

陳清和愣了一下，神情裡又是感激又是無措，先衝徐恆一拱手。「多謝大人。」又幫著陳毓婉拒。「只是這般重要物事，如何能送給毓兒這麼個娃娃？若然他小孩家家的拿來胡鬧，清和可不要愧死？還是大人收著為好。」

這樣的權杖自己也聽說過，正是鎮撫司中標示持有者身分的。因著鎮撫司的特殊性，每一個進入這個衙門的人都有屬於自己的獨特身分標識，即便升官，那權杖也不會再收回去，而是交由持有者處置。

大多持有者會保存下來，或者送給賞識的人，用來作為推薦入鎮撫司的信物，當然無疑也是向外人昭示，手持權杖的人乃是鎮撫司護著的。

「送出來的東西哪還有收回來的道理？」徐恆擺了擺手。「我和小毓兒也算有緣，即便長大後小毓兒不願進入鎮撫司，好歹也能做個護身符，就當是我對小毓兒的一點謝意罷了。」若非沾了陳毓的光，自己如何能立此大功？眼看著升官在即，把百戶權杖送出去，也算自己的酬謝。

等徐恆並程英一行人離開，院子裡頓時空落落的。

本是氣焰囂張的趙氏早在趙秀芝被人戴上枷鎖押走的那一刻就嚇癱了，好在那些官差自始至終沒有往她這邊瞧上一眼，趙氏也就屏住呼吸，唯恐喘氣的聲音大了讓那些差人注意到還有自己這條漏網之魚。

此時陳正德重重的咳嗽了一聲，嚇得趙氏一哆嗦，待回頭瞧見陳正德，下意識張口就要喝罵，又忽然想到什麼，生生又把斥罵嚥了回去，小心道：「當家的……」

趙氏也不是全無自知之明，到這會兒哪裡想不明白，那些官老爺定然是看在繼子的臉面上才放過她一馬。想通了這個關節，連帶著對陳正德也多了幾分討好的意思。

哪知她臉上剛添了些小模樣，就聽陳正德冷冷道：「我們陳家的廟小，怎麼也容不下妳趙氏女這尊大佛，妳回去收拾收拾，我這就著人連妳和休書一併送回趙家去。」

「當家的！」趙氏這才明白，之前陳正德說要休了自己竟然是當真的，頓時一陣頭暈目眩。

方才聽了趙秀芝的一番話，趙氏心裡不是不恨，既恨繼子逼人太甚，更恨姪女、姪子不知感恩反來禍害自己。只是經此一事也明白，怕是從此就和娘家結了怨，再想讓娘家兄弟幫自己出頭怕是不可能了。

千算萬算，怎麼也沒想到到頭來卻是搬了石頭砸自己的腳，自己也好、兒子也罷，終究離不開繼子照拂。

正盤算著如何低頭討饒，陳正德卻忽然說了這樣一番話，趙氏當下就紅了眼睛，哀求道：「當家的，我知道自己錯了，你就原諒我這一回，嫁給你這麼多年，我沒有功勞也有苦勞不是？再怎麼著不是還有文兒嗎，看在文兒的面上，你就饒過我這一次吧！」

不說陳清文還好，說起陳清文，陳正德臉色更加猙獰。「妳這毒婦還敢提文兒？若不是妳，文兒怎麼會到現在還未醒來！」

就在方才後院傳來消息，說陳清文好不容易捱到房間裡，可在聽說趙氏依舊堅持和長兄對簿公堂後再次暈倒，到這會兒還沒有醒過來……

「你說什麼？」趙氏呆了一下，忽然發瘋一樣的就要朝後衝，偏偏腿上一陣劇痛，一個不支，再次跌倒在地。

陳正德一下跨至趙氏身前，眼中神情似是恨不得殺了這人。「這麼多年來，若非妳一再攪風攪雨日日生事，文兒又何至於一次比一次病得更重？妳身為人母，卻沒有半分慈心。但凡妳能對兩個孩兒一視同仁，老天又何至於這般懲罰我陳家？虧清和兩口子心地良善，才會再次接納妳，妳倒好，竟是又做出這等喪盡天良之事！妳不走，是想要逼死我兒子嗎？還是說，妳要等我把妳送到官府大牢中去？」

說著一迭聲衝外面道：「陳財，著人抬了這毒婦出去，立時送到衙門，再去請來族老，把這毒婦的事一樁樁一件件掰扯乾淨，再在祖宗祠堂休了她去……」

趙氏臉色頓時慘白，她做的事如真是傳揚出去，不獨再沒有臉面活在世間，便是兒子也頂了個謀奪長兄家業的罪名，這輩子都別想抬起頭來。她直嚇得一下抱住陳正德的腿，哭叫道：「你莫要如此，我走！我走便是了！」

陳正德抽出腿，令人拿了包袱並寫好的休書一併塞到趙氏手裡，頭也不回的往後院而去。

趙氏坐上馬車，眼淚撲撲簌簌掉了下來，走到大門處，正好和送人後回轉的陳清和迎頭撞上，終是令人停了馬，探頭對陳清和哀求道：「我欠了你的，自然會還，只求你莫要為難我兒子……」

陳清和冷眼瞧了一眼趙氏。「清文是我兄弟，他姓陳，和妳趙家有何關係？」口中說著，腳步不停的往後院而去。

趙氏呆了片刻，抬手掩面哭泣不止。

數日後，陳清文終於醒轉，同一天，傳來了趙氏因不堪娘家人辱罵在趙家院子裡自縊而亡的消息……

第四章　極品岳家

「我們家秀姊兒可真漂亮。」陳秀本就生得好，被李靜文巧手妝扮之下，更是讓人眼前一亮，當真是難得一見的美人胚子。

李靜文越看越愛，放下梳子剛要說什麼，回頭正好瞧見盯著自己和陳秀發呆的陳毓，不由抿嘴一笑，探手就要去抱陳毓。「瞧瞧，我們家毓哥兒都看呆了呢。」

陳毓猝然回神，身體下意識的後仰——雖然這會兒頂著個六歲娃娃的臉，內裡卻當真是個成年的漢子，這般親近的動作委實有些吃不消。

李靜文的手停在了半空，眼神明顯有些黯然，卻是很快掩飾過去，手落下時，撫了撫陳毓眼睛上的黑眼眶，很是心疼的道：「毓哥兒每天都起得這麼早，真是個好孩子，只是你還小，每日裡吃好睡好最重要，以後照舊睡去，什麼時候睡飽了，再著人把你抱來姨母這兒玩。」

陳秀畢竟年紀大些，自然看出了姨母的難過，有心要罵陳毓幾句，只是這麼多日不見，又委實捨不得。只拿眼睛用力的瞪了陳毓一眼。

李靜文已經下炕，抿了下頭髮道：「秀姊兒、毓哥兒先坐著，姨母今兒個給你們做些好吃的點心來。」

說是給兩人做，其實主要是給陳毓的。實在是這會兒的陳毓委實太瘦了，再加上身上的斑駁傷痕，一家人當真是心疼得什麼似的，便是陳清和，背著人也落了不少淚。

待李靜文離開，陳秀終於忍不住道：「阿弟這些日子是怎麼了？是有些記恨姨母嗎？」畢竟當初陳毓是在上元節和姨母一起看燈時丟的，難道是在心裡怨了姨母不成？

她小大人似的嘆了口氣，握住陳毓的手道：「阿弟，我知道你受苦了，可姨母也不是有意的啊！你忘了，姨母有多疼我們……」

當初燈市上的人太多了，趙昌的人又是有備而來。「姨母當時在燈市上瘋一般的尋你，最後暈倒被人送回家來，一雙腳都跑得爛了……還有這次，明知道趙昌是個壞胚子，姨母還是跟了上去，是真為了你豁了命啊……好容易你回來了，怎麼就同姨母遠了呢？」

陳秀張開手臂，慢慢摟住陳毓的脖子。「好阿弟，莫哭了，阿姊知道，我們家阿毓一直是最棒最棒的男孩子，有爹、有姨母、有阿姊，我們就是拚了命也不會再讓你受委屈，就算阿姊求你了，不要再怪姨母了好不好？」

也不知道為什麼，阿弟這次回來，平日裡喜歡的，他竟統統瞧都不瞧一眼，還有以前姊弟倆愛玩的遊戲，無論自己如何想法子逗他，也就一邊瞧著自己玩罷了，那般冷冷清清的模樣，總教陳秀一次次從惡夢裡醒來，總覺得弟弟人雖回來了，魂卻好像還在外面飄著。

陳毓怔了下，下意識的抹把臉，入手卻是一片濡濕——自己竟然流淚了？

雖然已經回家些許日子了，陳毓心中卻總覺得像一場夢。爹爹也好、姨母和姊姊也罷，這些上一世一個接一個先後離開自己的親人，陳毓總覺得他們只是自己的夢中人罷了。若然夢裡太過親近的話，說不好一睜眼這些人就沒了，天大地大，卻依舊是自己悽悽惶惶一個人罷了！

積攢了這麼久的眼淚，終於不可遏制的洶湧而下，陳毓一開始還只是無聲的流淚，到最後卻是嗚咽出聲，又宛若重傷瀕死的獸兒的嘶鳴。「阿姊……對不起……我沒有、沒有怪姨母，也沒有怪爹、怪妳。我只是覺得……我是在作夢……你們都沒有了，就只有、就只有我一個人……我怕碰了你們，夢就會醒……姊姊，妳不要走，妳和爹爹、姨母都不要走好不好……毓兒會很快長大、會保護你們，不讓任何人欺負你們……」

門「啪」的一下被推開，李靜文正站在門外，早已淚流滿面，她的身後則是同樣紅了眼睛的陳清和，腳下亂滾著各種形狀的小點心，李靜文卻瞧都不瞧，徑直哭泣著跑了過來，一把將兩個孩子攬在懷裡，直哭得肝腸寸斷。

「毓兒、毓兒，都是姨母不好，才讓你受了這麼多苦！都是姨母不好……」

陳清和則是用力撐著門框，指關節都有些泛白，眼淚也一滴一滴的落下來。

怪不得兒子總是睡不著，卻又起得最早，起來後也不說話，就是盯著每一個人看，原來這孩子是這麼的煎熬著啊！

陳毓再次醒來時，已經是晚上了。

他茫然的坐起身來，不由羞愧不已，還真是小孩子，竟是哭成那個樣子，甚至哭到最後睡了過去……

門「唠噠」一聲響，陳清和從外面走了進來，看到坐在床上揉眼睛的陳毓，愣了一下，很快露出一個溫和的笑容，上前親手拿了小衣服幫陳毓穿上。「醒了？想吃些什麼，我去讓人端來。」

陳毓有些愣怔。這真是自己那個兩、三歲時就能因為自己沒有背全〈三字經〉而狠下心來打自己手心的爹？

太過震驚，一直到陳清和握了他的小腳要幫著穿襪子時才猛地清醒過來，陳毓忙不迭的探手奪過來。「爹，我自己來。」

瞧著無比熟稔的自己套上襪子的兒子，陳清和心裡酸澀不已。以前總想著對兒子嚴一些，可不要養成個紈袴才好，可這會兒兒子連穿衣都不假手於人了，心裡卻又止不住鈍鈍的痛。到底受了多少苦，才讓之前那個吃東西都要人餵的寶貝兒子變成了這般模樣？

總覺得老爹的眼神有些過於詭異，陳毓手都有些不靈活了，終是被陳清和又堅定的把襪子拿過去，一點一點幫陳毓套上。

陳毓紅著臉，忽然又想起什麼，忙忙抬起頭來。「爹呀，可別驚動姨母了。」

姨母眼睛上的黑眼圈比自己還厲害呢，說不好比自己失眠還嚴重。

「傻孩子。」一聲輕笑響起，李靜文和陳秀各提著一個食盒走了進來，打開來一看，大的食盒裡是陳毓平日裡最喜歡的飯菜，小的食盒裡則是樣式精美的點心，明顯全是李靜文的手筆。

「不用管姨母，你好好的，姨母自然就會好好的。」

陳秀已經笑著拿了個小豬模樣的點心送到陳毓嘴邊。「阿弟快吃。」

阿弟要趕緊成個小豬一樣的胖仔才好呢。

李靜文拿手帕浸了水，溫柔的幫陳毓擦了手和臉，然後又拿了只盤子，每樣菜都撥了一點，遞給陳毓。

陳毓接了盤子，眼睛又一次發熱，半晌忽然抬頭懇求的瞧著陳清和。「爹，您娶了姨母好不好？我想讓姨母當我的娘。」

一句話出口，李靜文臉一下和塊紅布一般火燒火燎的，險些把食案給碰翻，慌慌張張的轉身，扭頭就往外走。

剛走到門前，就聽見一個溫潤的男聲道：「好。」

李靜文腳下一踉蹌，差點兒摔倒，虧得陳清和眼疾手快，上前一把扶住。好不容易李靜文站穩身形，下意識的回頭瞧去，正好看見兩個孩子又是搗臉又忍不住開心的笑容，只覺得一張臉更是要燒起來一般……

很快，陳府就傳出要辦喜事的消息。為了備嫁，李靜文又回了秦家老宅，雖然同樣一心巴望著姨母趕緊過門，陳毓卻還多了些跑腿的行當，比方說，去準岳父家送喜帖兼拜訪。

「你丟了這麼些時日，想來他家也是掛心的，現在既然回來了，總要去讓他們瞧瞧才好。」

岳父李運豐嗎？陳毓眼睛裡閃過些冷意。

李家老爺李運豐和陳清和並上一世救了陳毓的顏子章都是臨河縣的知名人物，昔日亦是同窗好友。三人求學時經常吟詩作賦、結伴而遊，當真是和親兄弟一般。甚而李運豐和陳清和成親的時間也相差無幾，當時兩人還曾約定，將來有了兒女便結為姻親。

可惜兩家頭胎生的都是女兒，後來李運豐倒是先得了兒子，卻是妾侍所生。四年後，秦迎和李運豐的妻子阮氏又一同懷孕，當年，陳清和終於如願得了個寶貝兒子，李家卻依舊是一個女兒，取名李昭，便依照前約，替兩個小娃娃訂了婚事。

因李家家貧，秦迎更是明著暗著資助李家，甚而進京趕考時，連盤纏也是一式兩份，李運豐和陳清和的一般豐厚。秦迎更接納阮氏不喜讀書的兄弟阮笙到秦家名下商行做事，卻不知這一切為將來埋下了隱患。

管事秦忠忠心，又有秦迎這個能人在背後坐著，阮笙自然不敢做些什麼。可當秦迎和陳清和先後故去，阮笙卻也再不能安分。

那可是萬貫家財，阮笙早已眼饞不已，很快和趙氏姑姪勾結在一起，又借了姊夫李運豐並彼時已經做了知府的兄長阮筠之力，生生把秦家要留給陳毓姊弟的財產給侵吞了去。

到現在陳毓還無比清楚的記得，自己和姊姊走投無路、求到李家門下時，不獨姻緣被毀，還不得不承受李家羞辱的情景。

「哪裡像讀書人？說是錢串子還差不多，簡直蠢物！每回子登門，總要占些便宜……」

「有那麼一個出身商家的娘，生出來的兒子又能是什麼好東西……」

「要不怎麼說，如何也不能為了點蠅頭小利娶商賈人家的女兒為妻，目光短淺不說，沒得毀了一家子……」

「想娶我家女兒，真真癩蛤蟆想吃天鵝肉！」

「少爺，以往每次登門，老爺也好、夫人也罷，都是備的豐厚禮物，今兒個可是少爺第一次獨自一人去岳家拜訪，帶這些東西是不是太寒酸了？」瞧著少爺準備的時令水果，甚而還有一大箱子的菠菜，喜子不由傻眼。

「無妨。」陳毓無所謂的擺了擺手，神情間滿是嘲諷。「他們李家可是書香門第，最愛的是吟詩作賦，這些時令東西也就罷了，若是錢帛之類的，說不好污了他們的眼睛也未可知。」

這些話倒不是陳毓說的，全是上一世時李運豐夫妻所言。

晌午時分，車子來到李家門外，陳毓的神情已恢復了平靜。

馬車停好，喜子先從車上下來，又趕緊幫著整了下陳毓素淨的衣衫。

要說這李運豐運氣也不甚好，三年前終於進士及第，卻不想這邊剛授了知縣的大印，那邊寡婦老娘太過興奮之下，一口氣上不來，竟是生生過身了。消息傳來，李運豐當場昏過去。

別人都說他果然是孝子，娘親過世竟心痛成這樣，陳毓卻覺得，李運豐怕更多是為還沒暖熱就不得不拱手讓給別人的知縣大印而悲痛。

自李運豐中舉後，李家便不事生產，寶慶鎮畢竟是小地方，雖也有殷實人家帶著家產來投，哪禁得住李家又是納妾又是蓄婢的？日子早過得緊巴巴的。

好容易進士及第，不獨可以一躍官門，更兼能擺脫之前困境，卻不料老娘竟然就死了！甚而阮氏背著人親口說婆母「死得真不是時候」！

因著三年守孝期已滿，李運豐眼下可正是需要花費銀兩謀取起復的關鍵時刻，這會兒說不好正盼著自己上門吧？只可惜，以後陳家的銀兩，他李家一文錢也別想得！

果然，陳毓剛來至李家門外，管家李福就從裡面迎了出來，眼睛先在陳毓身後的幾個箱籠上定了一下，臉上笑容頓時真誠不少。「原來是姑爺到了，還請姑爺在客廳稍待片刻，老爺很快就到。」

喜子就有些不高興了。若是往日，李家這般做派自然也沒錯，只眼下少爺才九死一生，不都說女婿是半子嗎？自家親爺們，這般拿喬做什麼？親家這般委實有些傷人了。

陳毓臉上卻看不出什麼，和上一世比起來，李家現在的反應還是太溫和了。畢竟，從李運豐進士及第，李家人心裡早已自覺高人一等，根本不把陳家看在眼裡，私心裡更以為這姻緣是陳家高攀了的。

雖然阮氏的肚皮不爭氣，阮氏的娘家兄長阮筠這會兒卻已得了勢。阮筠的妻子是大周朝有名的大世家之一，長臨潘家的遠支庶女，潘家不獨子孫後代為官者居多，甚而在皇宮裡還有一個頗得皇上寵愛的貴妃娘娘。

就在李運豐守孝期滿前，娘家那裡便傳來消息，阮筠已升做了知府。說不好這會兒，阮氏已經動了把女兒李昭許給娘家姪子做媳婦的心思了吧？

不得不說陳毓的推測極其準確，阮氏這會兒可不就對丈夫頗有怨言——陳家即便有些浮財又如何，頂天也就出了個舉人罷了，哪像自己娘家，這興旺的勢頭已經出來了。聽說這會兒嫂子娘家潘家第三代裡還出了個拔尖的女孩，宮裡已是瞧過了，據說幾個備選的太子妃人選裡，那女孩最出挑，十之八九就是太子妃了。那豈不是說，潘家將來會出個國母呢！

「別想那些有的沒的了。」說話的是旁邊一個生了一雙桃花眼的男子，正是李家當家人李運豐，邊起身往外走邊道：「我去前面看下，妳去把陳家帶的禮物安置一下，準備些合適的回禮。」

口中說著不自覺揉了揉眉心，自己妻子自己知道，委實太不食人間煙火了，上一次受了陳家的禮，竟然連回禮都沒有準備。為了防止再有這樣的事發生，不得不多嘴囑咐了一句。

阮氏撇了撇嘴，她哪裡是忘了？分明是有成人之美才對。陳家這麼巴巴的巴結著，不就是怕自家厭了他家嗎？她全都收了，也是給他們面子，讓他們安心罷了。

轉眼卻又是一喜，孝期滿了，家人自然可以出門訪客了，正好需要裁些新衣服。陳家名下經營的便有布帛生意，都是極好的，每次上門都會送些，拿來用可不是妙得緊？

陳毓跟在李福的後面，不緊不慢的往李家大廳而去。剛轉過一個抄手遊廊，一道脆脆的女孩聲音就傳了過來。「水晶肘子、八寶鴨，還有紅燒獅子頭……」

一個身著粉色衫子的小丫頭並一個穿著紅色錦袍的七、八歲男孩正手拉著手往這邊而來。

陳毓腳步頓了一下，眼睛一點點下移，最後落在兩人交握的手上。還真是冤家路窄，這兩人可不正是自己眼下的未婚妻李昭，以及日後和她兩情相悅的好表哥阮玉海？

李昭的年紀和陳毓一般大，五官生得倒也精緻，更是和其母阮氏一般，有著一股弱不勝衣的怯弱韻味，至於那阮玉海，雖然眼下年紀還小，眉眼間的傲慢卻不容忽視。

兩人也發現了陳毓，瞧見對方一個小娃娃，竟絲毫不躲避的盯著自己兩人打量，特別是瞧著表妹時那若有所思的樣子，阮玉海頓時有一種被冒犯的感覺，一下惱火無比，上前一步就把李昭護在身後，指著陳毓的鼻子道：「狗奴才，眼睛往哪裡看呢！信不信再敢胡亂瞧，小爺就把你的眼珠子挖了餵狗！」

一句話說得喜子火冒三丈，上前一步橫眉怒目道：「你算什麼東西，敢罵我家少爺？我家少爺可是這李府的姑爺！」

走在前面的李福也嚇了一跳，倒沒想到就這麼幾步路的工夫，陳毓就跟二小姐和表少爺對上了。表少爺可是阮知府家千嬌百寵的小公子，身分矜貴著呢。

他當下先和顏悅色的勸李昭和阮玉海去其他地方玩，待轉過頭來卻板著臉對陳毓道：「老爺生平最是討厭不守規矩的人，小少爺須得管著些下人，切莫胡言亂語，做出失禮的事情來，沒得讓外人笑話。」

一句話說得陳毓臉一下沈了下來，他上前一步，朝著猶自「混帳東西、狗奴才」不停罵罵咧咧的阮玉海腿彎處狠狠的踹了過去。

「沒聽見管家的話嗎？我可是李府的姑爺，你這狗奴才就敢這麼辱罵我？這般不受教，小心待會兒我告訴二小姐和岳父，將你亂棍打了出去！」

料不到陳毓會如此大膽，而且最不可思議的是，明明小蘿蔔頭一樣的陳毓力氣卻是足得緊，這一腳下去，分明比陳毓高出一頭有餘的阮玉海竟然站都站不住，撲通一聲來了個再乾脆不過的狗啃泥！

「表哥！」李昭吃了一驚，又見阮玉海忽然倒地，眼眶一下紅了，邊忙不迭的去扶，邊衝著陳毓怒聲道：「你不是要找李府二小姐嗎？我就是，你竟然欺負表哥，我討厭你。等我告訴爹，讓他亂棍把你打出去！」

阮玉海愣怔片刻，一骨碌就從地上爬了起來。這麼大的男孩子最好的就是個面子，今兒個竟然當著最崇拜自己的表妹面前被人給打趴下了，心裡怎麼受得了？當下紅著眼睛就撲了過去。

自李運豐進士及第後，阮氏就自覺身分高貴，根本不把舉人出身的陳家放在眼裡。這種態度不但令得李昭對素來極少謀面的陳毓反感至極，便是府中下人，面對陳府中人時也總有種不自覺的優越感。

而這會兒，沒什麼出息、甚至連姑爺身分都不見得能保住的陳家少爺，竟敢打倒了再矜貴不過的表少爺！孰輕孰重，李福自然很快就有了決斷——今日斷不能瞧著表少爺吃虧，否則夫人必然會怪罪。

李福嘴裡說著勸解的話，抬腳往前跨了一步，不獨令得陳毓毫無遮掩的暴露在阮玉海面前，還好巧不巧的正好擋住了喜子。方才表少爺會吃虧定然是因為被偷襲的緣故，真是直接對上，倒楣的那個自然只能是陳毓了。

喜子嚇得臉都白了。

李福如何能料到，事實根本不是他想的那般——本來傻愣愣站在原地的陳毓忽然一矮身，竟然一下蹦到了阮玉海的右後方，然後再次抬腳，朝著阮玉海腰上又是狠狠的一踹。

阮玉海無論如何也沒有料到，自己根本沒有放在眼裡的小不點兒身手竟是如此靈活，還沒反應過來，就舉著拳頭朝正沾沾自喜擋在喜子身前的李福衝了過去。

阮玉海的個子雖然比陳毓高出將近一頭，卻是堪堪到了李福的腰部罷了，來不及收回的拳頭在後面陳毓的一踹之下，竟是朝著李福的要害就搗了過去。甚至為了防止跌倒，阮玉海還下意識的揪著個東西往外狠扯了一把……

等李福意識到不對，已是避之不及，頓時「哎喲」一聲，一下搗住了要害處……

阮玉海也一個趔趄，歪倒在地。還沒等爬起身來，陳毓已經「嗖」的一聲蹦了過去，對著阮玉海就拳打腳踢起來，只是不管拳頭還是腳，全都避開了阮玉海的臉和裸露在外面的皮膚，邊打還邊大聲斥道：「混帳東西，竟然連管家也敢打，你真是太壞了！」

雨點般的攻擊隨之落下，一系列變故把阮玉海給嚇懵了，避無可避之下，竟是再也忍不住，「哇」的一聲大哭了起來。

哭聲令得李福一激靈，顧不得安撫自己小兄弟，哭喪著臉就去推陳毓。誰料到手堪堪碰到陳毓，對方已經身子一歪從阮玉海身上滑落，一下滾在地上，有些蒼白的臉上頓時蹭了好大一塊污跡。

下一刻，陳毓更是充滿控訴的瞪著李福。「是那小子打你，又不是我！你怎麼反倒要打我！我要告訴岳父去——」一聲音裡已是帶了哭腔，分明是委屈得不得了的樣子。

李福氣得直哆嗦——這陳家人忒多心眼，明明一點兒沒吃虧，占盡了便宜倒好，竟還到處嚷嚷著一副吃了多大虧的樣子。下身又火燒火燎的，李福也就沒耐心哄他們，一邊伸手扶起阮玉海，吃力的幫著拂去身上的土屑，一邊氣急敗壞的道：「果然是商賈人家教出來的孩子，一個個全雞賊得緊！再嚷嚷——」

一句話未完，身後就傳來一聲斷喝。「李福——」

李福身子一僵——這聲音怎麼有些像老爺？木呆呆轉過身來，可不正是李運豐？

還未回過神來，李運豐已經抬起手來，朝著李福臉上就甩了一巴掌。「你好大的膽子，姑爺是我們家的嬌客，也是你這奴才可以輕慢的？還不給姑爺跪下磕頭賠罪？」

口中說著，又看向一旁明顯哭過的阮玉海，眉頭蹙了一下。實在是和地上滾了一身泥形容狼狽的陳毓相比，阮玉海明顯沒吃什麼虧，既然已經占了上風，就應該見好就收，怎麼阮玉海如此嬌氣？哭成這個熊樣不說，還找了李福做幫手！

李福再想不到事情會發展成這樣，有心辯解，卻也知道自己方才所為委實禁不起推敲，無奈之下，只得「撲通」一聲跪倒在陳毓面前。

旁邊的阮玉海氣得好險沒暈過去，顫顫的指著陳毓道：「姑父，是這小王八蛋欺負我——」

話音未落，就被李運豐打斷。「好了。你去後面歇著吧。」

李運豐有些頭疼，明明平日裡瞧著這小子挺機靈的，今兒個怎麼也變蠢了？也不瞧瞧他多大個子、陳毓多大個子？陳毓欺負他？這話說出去誰信?!更不要說陳毓這會兒還無比狼狽的躺在地上呢！

許是覺得陳毓受了委屈，李運豐瞧著陳毓時的神情明顯和藹多了，又悄悄囑咐丫鬟，讓阮氏帶著李昭也一道來見見。

之所以讓李昭來，也是因為聽管家說方才兩個孩子鬧了矛盾，即便李運豐心裡嫌陳毓太會惹事，可女婿上門，卻被女兒連同姪子給欺負了，傳出去怎麼也不好聽不是？等小女兒來了，自己好生撫慰幾句，也算是給陳家一個交代，這件事好歹也就揭過去了。

哪知丫鬟去了後很快回返，除了手裡多了兩碟點心外，身後根本一個人也沒有。

「夫人呢？」當著陳毓的面，李運豐也不好發作，臉色已有些不好看。

那丫鬟臉上閃過些無奈，卻又不敢不回，只得囁嚅著道：「夫人正忙著呢，這會兒實在抽不出工夫見姑爺，只囑咐奴婢先拿了這點心來——」

丫鬟心裡叫苦不迭，實在是夫人這會兒正因為二小姐和表少爺受了委屈而火冒三丈……成親這麼多年了，李運豐何嘗不知道阮氏的脾性？無奈何，只得揮手令丫鬟放下點心。

只是那盤點心明顯放的時間太久了，甫一擱在桌上，便有硬硬的點心屑灑落。

李運豐的臉一下有些黑了。自從中了進士，又有阮氏日日在耳朵邊念叨，李運豐也頗為後悔，覺得二女兒的婚事定得太倉促了些。可再怎樣，以陳、李兩家的交情，用這樣的點心待客，還是定有婚約的女婿，也委實太過分了！真是傳出去，無論如何都是說不過去的。

只是點心既已擺上了，又不能馬上撤了下去，李運豐無法，想著陳毓畢竟年紀尚幼，說不好看不出來什麼也未可知。

一念未盡，陳毓已叫住那正要離開的丫鬟，蹙著眉頭指著盤裡的點心道：「丫鬟姊姊，妳是不是弄錯了？」

「啊？」丫鬟愣了下，下意識的搖頭。「沒有啊。」

話沒說完，就被陳毓打斷，只見他露出一副嫌棄的神情道：「什麼沒有？我怎麼瞧著這點心上都有霉點了？」

又忽然想到什麼，臉上就有些不高興，噘了嘴道：「爹說岳母就和我的娘一樣，一定會很疼我的，既如此，這樣的東西怎麼會是岳母讓妳送來的？不會是妳這奴才把好的吃了，特意拿這壞的來哄我吧？」

「不、不是，奴婢不敢！」那丫鬟嚇得臉都白了，卻又不敢說就是阮氏命自己送來的，只得心驚膽顫的看向李運豐。「老爺……」

陳毓從椅子上下來，無比委屈的看向李運豐。「我爹跟我說過，這些壞掉的東西吃了定然會拉肚子的，就是施捨要飯的，也要乾淨的飯菜。丫鬟姊姊既然說她沒有偷吃，那就真的是岳母讓我吃的了？虧我爹還說我丟了這麼久，岳父家不定心疼成什麼樣呢！難不成全是假的？還有剛才，昭兒妹妹竟然幫著外人一同欺負我……」

這番話著實把李運豐嚇了一跳，忙不迭上前攔人。若真就這麼讓陳毓走了，事情傳出去，自己的裡子面子就都別想要了。

他既惱怒陳毓實在太蹬鼻子上臉，又怪阮氏成事不足敗事有餘，只眼前情形只能讓他放下身段好言好語的哄著。「毓兒莫惱，這點心許是拿錯了，你想吃什麼，岳父這就讓人給你準備……」

看李運豐明顯很是憋氣、卻無可奈何只能哄著自己的模樣，陳毓臉上總算是有了些笑意，終於緩緩折回坐了下來，擺出一副天真不解世事的模樣。「我就知道爹不會騙我，岳父果然也很疼我呢。嗯，我這會兒還真的餓了呢，岳父，是不是毓兒想吃什麼都可以？」

好不容易把這小鬼頭給安撫下來，陳毓說什麼，李運豐自然都是允的。當下點了點頭。「你說便是，我這就讓人給你做來。」

「好。」陳毓眼睛一下亮晶晶的，一副餓壞了的模樣，一邊說還一邊扳著手指頭。「那我要水晶肘子，還要八寶鴨、還有紅燒獅子頭……」

總共說了七、八樣，想了想，好像方才李昭炫耀的也就這些了吧？

下面伺候的丫鬟已經驚得瞪大了雙眼。好不容易老爺守孝期滿，幾位主子太長時間不吃葷，可真是饞壞了，恰好表少爺又來家中做客，因此，即便知道府裡這些時日銀錢上很是有些捉襟見肘，夫人還是狠狠心令廚上買了不少食材，準備了好一桌豐盛的食物。廚房今日做了什麼老爺怕是都不知道，怎麼姑爺卻說得這麼準？

李運豐注意到丫鬟的詫異模樣，微一思索，便明白了其中道理。定然是方才幾個孩子發生衝突時，陳毓聽女兒說了些什麼。倒沒想到，這陳家的小子氣性還不小！

雖然知道這些好吃的必是阮氏特意給幾個孩子並阮玉海準備的，李運豐依舊徑直吩咐丫鬟全端了來，一則希望這些好吃的能堵了陳毓的嘴；二則也當給女兒和內姪一個教訓，讓他們明白，若沒有十成的把握，打草不但會驚蛇還會被蛇咬。

宴席很快擺了上來，熱盤冷盤的，滿滿的一大桌，當真是豐盛得緊——為防節外生枝，李運豐並沒有再讓其他人過來陪，偌大的桌子旁，也就他和陳毓兩個人罷了。

看到這麼多東西，陳毓神情明顯有些興奮，凡是夠得著的，每個盤子都挾了幾箸，還有幾盤夠不著的，就覥了臉對李運豐睜大一雙亮晶晶的眼睛道：「岳父大人，您前面的那幾個盤子瞧著也是很好吃的模樣呢……」

這小子還真不把自己當外人！李運豐心裡早已不耐煩，卻沒有法子，只得勉強朝旁邊伺候的丫鬟示意。「既然姑爺喜歡，把這幾盤子全都端過去。」

那丫鬟神情明顯有些僵硬。為了老爺起復的事，府裡這段時間當真是勒緊了褲腰帶，等會兒夫人若知道弄出了這麼一大桌子菜，她和幾位小主子愣是一口沒吃著，全便宜了很有些看不上的女婿，不定會怎麼發作呢。

但她此刻卻不敢不聽，只得把李運豐面前沒動過的菜全都換到陳毓面前。

好在陳毓雖是略略動了幾口，中間夫人和小主子最愛吃的水晶肘子和八寶鴨還是好好的，一口都沒動。看陳毓擦嘴，明顯不吃了的模樣，丫鬟微微鬆了口氣。

哪知還沒等到去收拾，陳毓已經大咧咧的指著那兩道菜道：「我的書僮和車夫平日裡就最愛吃這兩道菜，岳父大人，我能不能把這兩道菜帶走給他們吃啊？」

丫鬟頓時風中凌亂，卻只能眼睜睜的瞧著李運豐點頭。那個陳毓果然是個沒眼色的，沒瞧出老爺的神情明顯已經很不痛快了嗎！

「我吃飽了。」陳毓終於放下筷子，讓丫鬟服侍著漱了口，這才有模有樣的拱手。「岳父大人，我要回去了，這個月二十六還請岳父、岳母大人光臨……」

李運豐敷衍的點了點頭，又讓領完罰歸來的李福跟著送送，眼瞧著陳毓出了門，起身就要回後堂，小傢伙卻忽然又站住，噔噔噔跑回來，把一直提在手裡的漂亮盒子遞給李運豐，有些羞澀的道：「差點兒把這個忘了。爹往日裡總跟我提起，說岳父大人是個風雅的人，我怕其他東西會污了岳父的眼睛，特意準備了這個。對了，還有其他禮物，也是我置辦的呢，還請岳父大人不要嫌棄才是。」

「怎麼會呢？」方才已經見著下人一箱箱抬進去的禮物，還有手裡的這個盒子，明顯陳家這次送的禮物依舊是價值不菲。雖然陳毓說是他一手採買，李運豐也只是聽聽罷了，並沒有信。

自己這好友雖是科舉路上不大靈光，做人卻是上道得緊，想來這次知道自己行將起復，又送來了不少好東西……

這般想著，李運豐臉上笑容明顯多了，停下腳步一直目送陳毓離開後才緩緩打開盒子，下一刻卻又一下瞪大雙眼——這粗陋不堪的一套筆墨紙硯是什麼鬼？

此刻，後堂還有一個人更崩潰。

「廚房空了？到底是怎麼回事？」

姪子一直鬧著要走，阮氏就想著端來些好吃的，說不好姪子用得香甜，就會把陳毓那個臭小子給忘了，哪想到丫鬟竟然空著手回來不說，還說廚房空蕩蕩的，什麼都沒有了。

「夫人息怒，廚娘說，是老爺命全部拿出去招待姑爺了。」丫鬟戰戰兢兢道。

阮氏一下氣得臉色鐵青，半晌冷笑著道：「以後不許再提『姑爺』這兩個字。」一個商賈賤人生的兒子，也想娶她女兒，作夢還差不多！

阮氏無可奈何，想了想對阮玉海和一旁依舊紅著眼眶的李昭道：「走，娘帶妳和海兒拿好東西來——」

說著一手扯了阮玉海一手拉了李昭，徑直往陳家送來的箱籠而去。

陳家每次送來的東西，說是應有盡有也不為過。這麼幾大口箱子呢，總有寶貝姪子和女兒喜歡的東西吧？

看阮氏三人過來，早有丫鬟上前打開箱子，下一刻卻是一起張大了嘴巴——一定是弄錯了吧？怎麼這箱子裡裝了滿滿一大箱綠油油的菠菜？

阮氏愣了片刻，忽然快步上前，親手打開第二個箱子——一大箱油菜……

阮氏的臉終於成功的由青色變成了綠色……

寶慶鎮。

「少爺，您到底想要找什麼呀？不然您告訴喜子，我著人去辦。」喜子苦著臉，一副馬上就要哭出來的樣子。

不怪喜子如此，本來離開李家的時候還早得緊，可少爺倒好，竟是來到這寶慶鎮就不走了。而且想要玩去哪裡不好，偏要往賭場裡鑽！

喜子探頭往外面瞧了一下，暗道一聲「苦也」——雖是大白天，那處所在卻是人聲鼎沸，端的是熱鬧，可不又是一處賭場？忙不迭的就將車帷幔拉下了。

「少爺餓了還是渴了？我這就下去買。」他慌慌張張就往車下跳，哪知腳還沒站穩，一下和一個面黃肌瘦的男子撞到一處。

喜子是過於慌張，至於那男子則是邊跑邊回頭看，一個不防，頓時都是一踉蹌，喜子好歹扶著車廂站穩了，男子則是一下撞到路邊一棵老槐樹上，腰明顯被硌了一下。

「小王八蛋，沒長眼嗎？」男子吃了一嚇，一手扶著腰，另一手一把揪住喜子的衣領，橫眉怒目的就開始斥罵，卻不防後面四個人高馬大的僕人立馬圍了上來。

因著陳毓走丟的事，陳清和對陳毓的安全可是上心得緊，出行必會派多人跟隨。這四個僕人不只人生得健壯，還都會些拳腳功夫。

那男子明顯有些被嚇著了，忙不迭鬆了手。能坐得起馬車，還有這麼體面的僕人，車裡人的身分定然是自己惹不起的。他往地上啐了口唾沫，咕噥了聲。「真他娘的倒楣。」

他回頭就想往賭場裡去，偏就這麼一拖延的工夫，一個衣衫破舊面色蒼白的女人就從一個胡同裡跌跌撞撞的跑了過來。上前一把揪住男子的衣袖，抖著嗓子道：「李成，我剛拿回家的工錢呢？」

「李成？」車上的陳毓眼睛一亮，不枉自己找了這麼久——之所以會走遍寶慶鎮的賭場，倒不是陳毓真想進賭場見識見識，而是想要尋找一個人，一個叫劉娥的女人。

說起來事情還是和阮氏的兄弟阮笙有關。

那阮笙雖是讀書上全無半點天分，做生意卻是一等一的精明。如果說搶奪自秦家的東西是阮笙的第一桶金，那個在紡織上多有發明的女織工劉娥則是阮笙富甲一方不可或缺的助力。

阮笙明顯把劉娥當成搖錢樹，既然重活一次，陳毓自然要提前把劉娥這樣的奇人掌握在手裡。只是陳毓手裡的資訊也有限，除了知道女子的名字、是寶慶鎮人、有一個叫李成的好賭丈夫，實際住處卻並不清楚。

找了這麼久，本來都已經灰心了，想著再找這最後一處賭場，尋不到人的話就離開，以後有時間再慢慢尋覓，卻不想這會兒終於撞見了。

同樣叫李成，又是一般的嗜賭如命……

第五章　客人

直到日落西山，一行人才回至陳府。遠遠瞧見陳清和已經在外面等著了，待他看見陳毓的馬車，明顯鬆了一口氣，大踏步就迎了過來。

陳毓忙不迭的從車上爬下來。自從回來後，老爹抱自己的次數也委實太多了些吧？他腳還沒沾地，陳清和已然上前，矮身抄起陳毓抱在懷裡大步往府門裡而去。

「怎麼去了這麼久？家裡有你的客人。」

他的客人？陳毓明顯有些反應不過來，剛要開口問，正好瞧見一個蜷縮成一團的小小身影——竟然是當初一起從破廟裡逃出來，卻又在縣衙外面被拍花的給帶走的安兒?!

安兒這會兒不是應該已經回家了嗎？怎麼會跑到自己家裡來？

畢竟有那麼多大人物插手，加上自己提供的諸多資訊，這起拍花的案子不可能破不了。而且兩人雖然很快分開，陳毓還是能確定安兒的家境應該也不錯，或者，更在自家之上……

還未想通個所以然，一道女子的聲音忽然在耳邊響起。「想必這位就是陳少爺了？」

陳毓抬頭，是一個三十左右的婦人，雖是僕婦打扮，行止間卻頗為知禮，明顯來自大戶人家。

女人邊向陳毓問禮邊慢慢靠近安兒。「好小姐，您瞧瞧，那是……」

話音未落，安兒忽然更劇烈的哆嗦起來，甚而抱著頭縮成一團，分明極為抗拒的模樣，偏是無聲的張著嘴，竟是說不出一句話來。

那僕婦嚇得忙站住腳，臉上神情又是心疼又是無措，卻也無可奈何。

「安兒？」陳毓怔了一下，忙上前一步。

僕婦驚了一下，忙探手虛虛攔了。「少爺莫急！」

這丫頭滿月時她有幸跟著夫人見過一面，端的是白白胖胖的一個漂亮嬰兒，不料再見面卻是這般情景。該是受了何等折磨，才會把好好個小姑娘愣是嚇得連話都不會說了？

之所以會送到陳家來，未嘗不是抱著死馬當作活馬醫的想法。最後請到的那位孫聖手說，若能讓小姐看到她熟悉的人，或能緩解這等症狀，拖延下去說不得會更嚴重。只是眼下京城來接人的還在路上，唯一勉強可以算得上和安兒小姐熟識的也就只有陳家少爺了。

這會兒看到陳毓的樣子，僕婦止不住有些失望。竟然一樣是個小娃娃罷了，這麼大點的孩子，說不好還得大人哄著呢，又能有什麼用？

陳毓繞過她，探手就抓住了安兒蒼白纖細的小手。「安兒。」

安兒頓時身體僵直，下意識的就想甩開陳毓，卻又忽然頓住，愣愣的抬頭瞧去，眼睛一下定在了陳毓臉上。

本想上前勸阻的僕婦腳下一頓，不敢置信的看著眼前一幕——要知道當日裡在府裡，便是那麼溫柔的夫人想要靠近安兒都不能！

陳毓的心猛地揪了一下。也不知安兒被帶走後又遭遇了什麼才會嚇成這般模樣……牽著安兒的動作不禁越發溫柔，又用了哄小孩子的語氣道：「好安兒，莫哭了，沒事啊，那些壞蛋已經全被抓起來了，我是毓哥哥，我帶妳去洗洗臉，吃點東西好不好？」

安兒果然不再掙扎，雖依舊面無表情，卻好歹低著頭跟著陳毓往房間裡去。

九天神佛保佑！瞧這模樣，安兒小姐明顯是聽進去了！之前安兒根本就是把自己完全封閉起來的模樣，鎮日裡不哭不笑，但凡有丁點兒動靜就嚇得瑟瑟發抖……

又有幾名陌生的丫鬟捧了盥洗用品出來，明顯是之前跟在安兒身邊伺候的。那僕婦擦了把淚，就想上前幫著梳洗，可才剛靠近了些，安兒小小的身子再次顫抖起來。

僕婦嚇得忙又站住，滿懷歉意的瞧向陳毓。「毓少爺，還得麻煩您……」

陳毓擺擺手，推著小丫頭在繡墩上坐好，轉身就要去拿浸濕了的帕子，剛一動，衣襟下襬處就一緊，回頭瞧去，可不正是安兒？雖是頭都不敢抬的盯著腳尖，兩隻小手卻死死拽住陳毓的衣服。

「毓少爺也一道坐著吧。」僕婦忙又掇了個繡墩過來，安兒果然安靜了下來，只是手依舊把著陳毓衣服不放。

陳毓坐下，探過手去，安兒的手終於緩緩鬆開，兩隻小手交握的一瞬間，人明顯安靜多了。陳毓先用帕子小心的擦拭安兒的小臉，又攤開安兒的手掌，把每一根手指頭都擦拭得乾乾淨淨。

等一切弄清爽了，又讓人打盆水來，連安兒的頭也給洗了一遍。

那僕婦不免有些羞愧，實在是安兒清醒的時候根本不願意任何人靠近她，每次想要幫她清洗，都得選她睡得最沈的時候，饒是如此，還會嚇醒好幾次，以致每次都幾乎是洗到一半就進行不下去了。

羞愧之外，瞧著陳毓的眼神也很是稀奇。明明瞧著也就比安兒大個一歲左右，又是男孩子，還想著不定怎樣鬧騰呢，倒沒想到卻是個沈靜穩重的不說，還這麼會照顧人。

怪不得那位徐恆大爺拍著胸脯保證，說陳毓別看年紀小，卻是個可信賴的。自己初時還半信半疑，現在瞧著，竟是一點兒也沒誇大呢。這一趟臨河縣還真是來對了，說不好等京城的人到了時，安兒小姐就能說話了也未可知。

僕婦喜悅之下看陳毓的眼神越發感激，簡直和瞧見活菩薩相仿。

跟在後面的陳清和神情黯然之餘內心更是憤恨不已，也不知那些天殺的人販子當初都對孩子們做了什麼？毓兒剛回來的那些日子，可不也是天天夜不成寐？這孩子卻偏又倔強，若非靜文細心，自己還不知道他抗拒家人是因為嚇著了所致……

那僕婦已經起身，上前向陳清和大禮拜倒。「小姐就叨擾陳老爺數日了，若是有什麼不當的，還望老爺擔待些才是。」

陳清和擺了擺手。「徐兒本就是我家毓兒的大恩人，既是徐兒相託，我必當盡力，你們主僕幾人儘管住下來便是。」

話雖如此，陳清和心裡略感詫異，也不知對方什麼來頭，倒是能請得動徐恆？而且瞧徐恆信裡語氣的鄭重，這家人關係同他必然非同一般。

那僕婦這才起身，小聲道：「既蒙陳老爺收留，也不敢瞞著老爺，我家主人乃是本府學政周清大人。」卻是對安兒的身分隻字未提。

一句話說得陳清和猛地一僵。

怎麼也沒想到，這些人竟然是周清大人府上的家僕。周家也算大周朝的清流世家，家中雖人丁單薄，於士林中卻是聲名頗著，至於周清，更是才名遠播。

陳府也是五進的大院子，因著對方的特殊身分，陳清和就著人安排他們進了原先趙氏住的院落。又想著那安兒雖年齡小，畢竟是女娃，自然是女孩陪著更好，又尋來陳秀，好一番叮囑後送去陪安兒。

奈何所有的安排全都是徒勞。

即便是生得眉目如畫，一看就討喜至極的秀兒，安兒也是懼怕得緊。稍有靠近就會發出小獸似的「嗚嗚」悲鳴聲，那模樣，分明把陳毓看成了唯一的救命稻草，而且每一次必然會死死揪住陳毓的衣襟。

這是唯恐和自己分開了？

鑑於安兒的精神狀態太差，陳毓委實不忍心就那麼丟下她一個人，只得又把安兒帶回了自己的房間。

那僕婦是周府管事王嬤嬤，王嬤嬤這會兒也是無可奈何，又想著兩個這麼大點兒的娃娃罷了，又有什麼？而且安兒小姐的狀態若是再沒有緩解，說不好人就這麼完了也不一定，夫人也是叮囑過的，事急從權嘛！

因此她不獨沒有怪罪陳毓，反而對陳毓感激不已。既是決定要靠著陳毓幫安兒恢復，王嬤嬤也就不再矯情，索性直接令人去小廚房做了各種精美吃食來。

周家人明顯是做了充足準備的，不獨奶娘，便是廚娘也有，還是周家之前特意從京師帶過來的，做得一手京城道地菜。即便三人中最大的也就陳秀這個十歲的小姑娘罷了，王嬤嬤依舊讓人做了好大一桌子。

等菜上齊了，陳毓就揮手讓眾人離開。

實在是人太多的話，安兒就會一直處於惶恐不安的狀態中，便是牽著陳毓的手也哆哆嗦嗦抖個不停，這樣根本沒有辦法讓丫鬟近身伺候。

陳秀於是主動擔起了布菜的任務，哪知卻被陳毓攔住。「阿姊坐著就好，有毓兒呢。」說著自去取了小碟子，先裝好了幾樣菜放到陳秀面前，又回身坐好。

陳秀挾了一口菜送到嘴裡，又是難過又覺得可樂——

難過的是陳毓和安兒的模樣，狀態都太不正常，兩人一般的幾乎沒什麼閒話，也都沒了尋常孩子應有的童真。可樂的是兩人的相處模式，竟但凡陳毓往哪個方向一欠身，安兒必然跟個小尾巴似的朝著相同的方向搖擺。

因為太過心疼兩個小人兒，陳秀無論如何也不肯再讓弟弟照顧自己，堅持起身幫兩人布菜。

陳毓自然明白姊姊的心意，知道一逕阻止的話說不好會傷了姊姊的心，也只好由著她去，作為回報，他把但凡姊姊挾過來的菜，全都大口大口吃得一乾二淨。

至於旁邊的安兒卻是有些麻煩，不獨陳秀遞過去的菜她根本就不敢接，便是陳毓接過來放在她面前，小丫頭照舊只盯著陳毓的臉。

沒有辦法，陳毓只得自己拿筷子餵了她幾口，想了想又拿著小丫頭的手，讓她跟自己學。他挾了一筷子菜，然後就停在那裡，指了指安兒手裡的筷子。「安兒也和哥哥一樣挾菜吃好不好？」

一直不言不語的安兒，果然有些笨拙的拿起了筷子，然後朝著陳毓筷子上的菜挾了過去……

之後倒也不用陳毓幫著挾菜了，卻是每一筷子必然異常同步的和陳毓保持一致。

王嬤嬤瞧著好笑之餘，又不住唸了好幾句阿彌陀佛。老天保佑，安兒小姐這次用的餐飯比之前好幾天用的加在一起還多。

越發覺得，到陳府來還真是對了。

只是所有的慶幸到了晚上時卻又變成了腦門痛，安兒怎樣也不肯跟王嬤嬤到另一個房間休息，無論如何要賦著陳毓一道睡。而且這一次還堅決得緊，連陳毓的勸說也不聽，那模樣，好像一鬆手就會發生什麼可怕的事情。

王嬤嬤本想狠狠心只管抱了安兒離開，安兒卻一下嚇得臉色蒼白，一副立馬就會昏厥過去的模樣，嚇得王嬤嬤連忙退後，再不敢靠近。

安兒這般依戀的模樣也令得陳毓憐憫之心更盛，當下擺了擺手道：「罷了，我房間夠大，就讓安兒睡在後面的碧紗櫥裡吧。」

當即著人抬了張床，令王嬤嬤在外面陪侍，自己則幫著安兒把頭髮打散了，又服侍著躺下來。

旁邊的王嬤嬤瞧著嘴越張越大，實在是陳家少爺低著頭和安兒小姐說話的模樣，怎麼瞧怎麼像是在當人家的爹啊！

陳毓心裡何嘗不是這種感覺？

上一世倒是終身沒有成親，也從沒有體會過被一個孩子黏著是什麼感覺，不料走了一遭陰間再回來，就白撿了個閨女。

只是這給人當爹果然不是件輕鬆事，這連睡覺都要拉著自己的手又算怎麼回事啊？

隔著帷幔，陳毓根本連動都不敢動一下，不然那邊的安兒必然會驚恐萬狀的爬過來，非得瞧見陳毓的臉才肯縮回去繼續睡——當然，前提是依舊抓著陳毓的手。

虧得陳毓不是真正的六歲娃娃，不然還不得哭死！

好容易小丫頭終於睡得沈了，陳毓才敢稍微動一下。他低聲詢問外邊的王嬤嬤。「安兒她到底遇到了什麼？」

王嬤嬤明顯沈默了下，半晌才嘆了口氣。「具體情形老奴也不大清楚，只是聽說，當初我家老爺帶人趕過去時，安兒小姐是躺在一個坑裡的……」

當時安兒的情形已是危在旦夕，眼耳口鼻中更是多有泥土。

據老爺和夫人私下裡推測，必是那幫拍花的發現情形不對，既不願帶著安兒小姐這麼一個拖累，又不想自己的情形被安兒小姐透露出來，竟是直接挖了個坑把人給活埋了。

好在慌張之下坑挖得甚淺，當天夜裡又正好天降大雨，安兒小姐這才保下一條命來。

陳毓手不自覺一縮，帷幔那邊的安兒身體猛地哆嗦了一下，陳毓忙翻了個身，又探過去另一隻手，一下下輕輕拍著安兒小小的身體。「安兒不怕，乖啊，睡吧，毓哥哥在這裡呢……安兒在家裡，一定是爹娘最疼愛的寶貝呢。安兒、安兒，聽妳的名字就知道，安兒的爹娘是想要安兒一生都平平安安呢……」

語氣雖是老氣橫秋，聲音卻是脆脆的童聲，聽著當真不是一般的違和。

住了小半月的日子後，王嬤嬤才終於從每次聽到都要起雞皮疙瘩的狀態中解脫出來，見怪不怪了。

推開門，透過窗戶灑在房間的大片陽光裡，安兒正沒骨頭似的躺在小身板挺得筆直的陳毓腿上，兩隻大眼睛直盯盯的瞧著上面一開一合的嘴巴，對王嬷嬷的進來根本一點兒反應都沒有。

倒是陳毓抬了下眼睛，瞧著王嬷嬷手裡的甜湯，推了推安兒。「起來了，有甜湯喝了。」

安兒這才乖乖的起身，雖然人依舊是瘦得緊，臉上終於不再是從前完全的蒼白了，尤其是頭上兩個牛角辮，忽閃忽閃的晃著，明顯增添了不少活力。

這牛角辮也是陳毓的傑作。

雖然因為陳秀日日陪著兩人，安兒好歹不會因為陳秀的出現而瑟瑟發抖了，卻依舊不願意靠近，一逕要賴著陳毓幫她梳頭。小丫頭也固執得緊，陳毓不願意的話她就一直披散著頭髮，可憐兮兮的跟在陳毓身邊。

陳毓只得拿起梳子——真是拿刀拿槍，陳毓倒不怕，偏是那精巧的梳子到了手裡，當真是宛若有千斤重，其間免不了會拽疼安兒的頭髮，可小丫頭愣是一聲不吭。

無奈陳毓手藝太過拙劣，也就會紮這樣兩個牛角辮罷了！

剛把甜湯端過來，陳秀的聲音就在外面響起。「毓哥兒快去前面，顏伯伯和家人就要到了，爹喚你和他一起迎接客人呢。」

顏伯伯？陳毓怔了一下，忽地就站了起來，太過激動之下，便是手裡的小碗也差點兒砸了。

是顏子章伯伯到了？

上一世，多虧了顏伯伯自己才能回家。更是為了自己，顏伯伯才會和李運豐翻臉。

「毓兒小心！」陳秀驚呼一聲。

陳毓跑得太急，又有心事，連高高的門檻都忘了，「撲通」一聲絆倒在地。

安兒的眼睛本就一直追隨著陳毓，見此情景一下打翻了食案，完全不顧自己淋了一身湯水，朝著陳毓就撲了過去。「毓……哥哥——」

急慌慌拿了巾帕跑過來的王嬤嬤一下呆在了那裡，下一刻便上前一把把人抱住。「皇天菩薩、佛祖保佑，我們的安兒小姐終於會說話了！」

安兒用力掙開，朝著陳毓就跑了過去。

王嬤嬤跟在後面，邊抹淚邊一迭聲的道：「快！快寫信給夫人，就說安兒小姐終於開口說話了……」

那邊陳毓已經自己爬了起來。自己倒沒什麼，反倒是安兒和姊姊，很是被嚇壞了的模樣，特別是安兒，竟一副天塌下來似的樣子！

陳毓探手拉住安兒，剛要哄一下，安兒已跪坐在陳毓身側，抱住陳毓的頭就呼呼著拚命吹氣，眼淚更是一大滴一大滴的落下來。

陳秀本已跑到近前，見此情景又站住腳，王嬤嬤則是一邊感慨一邊嘆息。這倆小娃娃都是好的，就是安兒這般黏著陳毓，趕明兒京城接人的來了，怕是要有得作難了。

好容易安兒才停止哭泣，陳毓又再三保證自己一會兒就回來，安兒才依依不捨的放陳毓離開。

畢竟耽擱了一會兒工夫，等陳毓飛奔到前院，顏家人已經從車上下來了。

待看見站在最中間的那個身材修長、眉目疏朗的男子，陳毓眼前一亮，強忍著激動快步上前見禮。「毓兒見過顏伯伯。」

陳清和也瞧見了陳毓，本想著給顏子章介紹一下呢，沒料到人已經跑過來了，更想不到的是，兒子竟然一眼就認出了好友！特別是舉止間透出的親暱和孺慕，令陳清和都有些吃味了……

顏子章也明顯大吃一驚。之前聽說好友的兒子被人拐走，顏子章也很是著急上火，也四下裡派人幫著找尋過，卻沒有抱多大希望。都說人海茫茫，丟了的人又豈是那般容易找回來的？

幸虧這孩子偌大福分，終是找回來了。本是一心的憐憫，想著小娃娃不定嚇成什麼樣子呢，甚而囑咐妻兒見了人一定要多多疼愛，倒沒料到卻是這般落落大方的模樣！

又見陳毓年紀雖小，雙目卻清明有神，不似一般無知小兒。當下一把拉起陳毓，笑著對陳清和道：「清和你後繼有人啊！我觀此子將來必然不凡。」

聽顏子章誇自己兒子，陳清和嘴角止不住上挑，卻搖搖頭道：「哪裡比得上兄長這兩個麟兒？我聽說天佑已考取秀才了？就是天祺也是個好學的。」

說著看向陳毓。「毓兒，還不過來見過兩位哥哥，以後須得多向兩位哥哥請教才是。」

顏子章長子叫顏天佑、次子叫顏天祺。兩人一個十四、一個十二，雖是年紀不大，容貌卻都生得甚好，舉止間頗有顏子章的高雅風度。上一世雖相處時日甚短，可兩人都是一片赤誠心腸，倒是真把陳毓當成自家兄弟看待。今番再見，於顏家兄弟二人來說是初見，於陳毓而言，當真是久別重逢，和顏家兄弟也就格外親近。

顏天佑兩人也覺得陳毓除了太過瘦小，實在是一個很懂事的娃兒，又聽父親說過之前陳毓的遭遇，喜歡之外更多了幾分憐意，三人竟是很快便相處得如同親兄弟般。

看三小相得，顏子章很是快慰。

又忽然想起一事，回頭瞧向陳清和。「對了，我還有另外一件大喜事要告訴兄弟你呢！」說著壓低聲音道：「前兒我已經得了準信，賢弟你的任命有了變化。」

變化？陳清和怔了一下，忽然想到之前徐恆臨走時的話，心下頓時一滯。

顏子章笑著恭喜道：「卻不是方城縣教諭，而是方城縣縣令。」

雖然已經有了心理準備，陳清和還是有些不敢相信。方城縣雖地處北方，卻也算是大縣，又地處水陸要衝，對於舉人出身的陳清和而言，委實算是頂好的去處。

既娶得嬌妻，又得任實權縣令，陳清和眼下也算是雙喜臨門了。

陳毓卻愣了下，眼睛不自覺的朝府內瞧去——徐恆再如何，不過是一個鎮撫司百戶罷了，想要把手伸到吏部怕是難度頗大。倒是那位周大人，或者說是安兒的家人……

二十六日，宜嫁娶。

陳清和和李靜文的大喜日子定在了這一天。

既是謀了官職，自然要在赴任前把人給娶進門。而且陳清和再怎麼說也是舉人老爺，即便是續娶填房，陳家依舊熱鬧得緊，一大早就人來人往、賀客盈門。

「老爺、夫人，陳府到了——」

丫鬟的聲音在外面響起，隨之而來的還有震天的嗩吶響，以及鋪天蓋地的炮竹聲。

李運豐瞧了眼始終沈著臉、一副生人勿近模樣的阮氏，頓了下道：「我知道妳心裡頭不痛快，只他小孩兒家的，又是清和的大喜日子，只得忍耐些，莫要失了分寸。」

心裡不痛快的豈止阮氏？李運豐又何嘗不是頗為不滿？

陳毓那孩子果然如妻子所言，若非有個商賈人家出身的娘親，又怎麼會養成那般斤斤計較又貪婪的性子，一點虧吃不得不說，還處處想要佔便宜！

現在倒好，又多了個同樣出身，甚至身世都不明的繼母！瞧瞧外面這花團錦簇的模樣，明顯就是個貪圖享受的！

聽李運豐溫言相勸，阮氏臉色好了些，卻依舊有些委屈道：「老爺以為我和那秦氏一般是那等目光短淺的？左不過些身外物罷了，我們這樣的人家又豈會看在眼裡？就只是我這心裡，著實替我們女兒委屈！一想到咱們昭兒這般容貌性情，真要跟了這樣的人家，我這心裡就一揪一揪的……」

話雖這麼說，隔著車帷幔瞧見外面陳府紅氈鋪地，喜氣盈盈貴氣逼人的模樣，阮氏還是一陣氣悶。陳清和先娶了秦迎，再娶了李靜文，那秦家的家產是一股腦兒都歸陳家所有了。瞧瞧這等氣派的模樣，比著自家眼下的情況可不知強出多少！一時又是羨慕又是嫉恨，又怨艾陳家小氣，明明這麼有錢，竟還拿那等不值錢的東西送到自家去……

李運豐如何看不出阮氏的心思？當下哂然一笑，溫聲安慰道：「妳是什麼身分，陳家又是什麼身分？何必同這等人家一般見識。」語氣裡滿是自得和躊躇滿志。

內兄那裡已然託了潘家的人，前幾天傳信說正在給自己謀取方城縣縣令一職。當初雖是科舉得中，可名次卻靠後，又因為朝中無人，分派的去處委實是那等窮山惡水之地。這次起復若真能得了方城縣縣令一職，可真真是給自己的仕途開了個好頭——那方城縣地理位置可是要緊得很，又是頗容易做出政績的地方，但凡他下些功夫，說不好過不了幾年就會升任知府……

阮氏精神也是一振，忽然想到另一件事，臉上的愁雲一下散去，笑靨如花。好像前一段時間聽老爺說，陳清和謀得的正是方城縣教諭一職，那豈不是說，以後陳家必得要看著自家臉色吃飯了？

何況沒有陳家，她還有弟弟阮笙呢！別看兄弟讀書不成，做生意當真是一把好手。聽他的意思，如今秦家的生意渠道已經被他掌握了個七七八八，或許用不了多久就可以取秦家而代之！

阮氏這般想著，因被陳家富有而衝擊的煩悶心情一下變得無比暢快。

「賢弟，多年不見，你可想煞為兄了！」一陣爽朗的笑聲從外面傳來，卻是顏子章，聽說李運豐一家人到了，忙快步接了出來。

在他身後落後一步的，還有一個三十許身著秋香色衣衫的中年女子。

李運豐忙下了車。早就聽說顏子章已然升任知府，李運豐自然不敢怠慢，忙忙下車見禮。阮氏也領了幾個孩子下來，態度和煦地瞧向顏子章身後的女人。

這女人雖容貌平常，可身上的氣度卻明顯可以看出絕非小門小戶人家出來的，想必應該就是顏子章的夫人了。

哪知一聲「嫂夫人」尚未叫出口，那女子已經趨步上前，不卑不亢的就伸手去攙阮氏一隻胳膊。「這位就是李夫人吧？裡面請。」

阮氏臉上的笑容一下僵住。對方既然喚自己李夫人，明顯是陳家的管事嬤嬤罷了。只是一個僕人，怎麼身上穿著的衣服料子倒似是比自己還要好？還有頭上的簪子，那瑩潤的模樣明顯也都是上等的！

負責引領女客的正是一直伺候安兒的王嬤嬤。

這回雖是娶填房，陳家人對這樁婚事無疑是慎重的，甚而擔心陳清和粗心，難免會有未盡之處，陳毓便親自央了寄居在府中的王嬤嬤幫著掌掌眼，務必使得李靜文婚禮上絕不會受一點兒委屈。

王嬤嬤自然滿口答應了下來，而且無比盡心，忙裡忙外的，和陳家的僕人一般無二。又因是大戶人家的管事嬤嬤，相比起陳家人來，王嬤嬤無疑見識更廣，做起事情很是妥帖。也因此，雖是名義上由陳秀負責女客，並請了近宗的女性長輩來幫襯著，很多事倒是對王嬤嬤依仗頗多。

這些日子的相處，也使得王嬤嬤益發對陳毓看重。別看年紀小，瞧著卻是個會疼人的，沒看這府裡明明數他最小，卻偏偏操心得最多！

平日裡還納罕，也不知什麼樣人家的閨女，能這般好命找了陳毓這麼個可人心的小郎君，萬沒想到，竟是阮氏這樣的人。明明方才還是三月豔陽天，怎麼一會兒工夫就成了這般嘴臉？那模樣彷彿自己欠她幾百兩銀子，這樣的性子，委實太難伺候了吧？

對面阮氏已是身子往旁邊一偏，恰好錯過王嬤嬤要來攙扶的胳膊，沈著臉道：「前面帶路。」語氣中滿滿的全是厭惡，甚而看王嬤嬤的眼色也跟看什麼骯髒的物事一般。

王嬤嬤怔了一下，倒也沒說什麼，笑著退開，恭敬的在前面領路，卻是止不住嘆了口氣。毓少爺那麼個可人兒，這岳母瞧著卻是個性子古怪的。攤著這麼個丈母娘，毓少爺以後怕是有得受了。

她又偷眼打量跟在阮氏身後的三個孩子，既是和毓少爺差不多大，應該就是和阮氏牽著手的這個紅衣小姑娘了，容貌生得尚可，眉眼裡還多了些嬌縱……

一行人進了內院，阮氏臉上卻一直沒有笑臉，始終是一副冷若冰霜高高在上的模樣。

以陳清和的身分，除了顏家和自家這樣的昔日舊友，又能請來什麼人作客？左右不過是上不得檯面的街坊鄰居甚或粗鄙的商人婦罷了。特別是一想到方才，竟然差點兒把個下人當成官家夫人，阮氏心裡真真是嘔得慌！

果然是錢多了燒的！連僕人也穿得這般好，這陳家是唯恐別人不知道他家是暴發戶嗎？再怎麼說也不過是娶了商賈人家的女兒罷了，說句不好聽的，這樣的人家除了有錢還有什麼？再怎麼穿得好，也掩不了一身的銅臭味。

正自腹誹，陳秀已帶了陳毓匆匆迎了出來，陳毓的手中還扯著個始終連頭都不敢抬的小姑娘。三人一般的紅色衣衫，行動處宛若三片雲霞，飄然來至阮氏面前。

竟然是煙霞錦緞！

阮氏剛剛積蓄起來高高在上的心理優勢瞬間被擊垮，取而代之的是濃濃的不甘和憤怒。煙霞錦自來被譽為綢緞中的王者，說是寸錦寸金也不為過，自來有價無市，當初她出嫁時，一直心心念念著能有這樣一件嫁衣，可惜始終沒有如願。

陳家倒好，竟然隨隨便便拿來給小孩子做衣服穿，也不願意送些給未來的兒媳婦並她這岳母大人。在那等流光溢彩的煙霞錦襯托下，同樣著紅色衣衫的自己母女三人，瞬間就成了灰撲撲的對照組！

「伯母，快些裡面請！」看到阮氏，陳秀是真打心眼裡高興，特別是瞧見李昭更開心。

那可是將來要和弟弟過一輩子的人，所謂愛屋及烏，陳秀忙拉了李昭的手，開心道：「這是昭妹妹吧？好些日子不見，昭妹妹都這麼大了。」

又想著自家弟弟一大早就跟著忙前忙後的跑，這會兒定然也累了，當下回身對兩人道：「昭妹妹還小，可不要拘著了，毓哥兒領昭妹妹和安兒一塊兒去花園散會兒心好不好？」

「不好。」李昭卻一下將手抽出來，同一時間，陳毓也無比堅定的搖了搖頭。

旁邊有陳家本家，也知道兩家關係的，見此情形頓時就樂了，便是神情也有些曖昧。這麼大點兒年紀就心有靈犀了，怪不得會定了娃娃親，果然有緣。

李昭早已經氣炸了！和威風的表哥相比，豆芽菜一般蒼白瘦小的陳毓委實不夠看，更不要說前幾日還在陳毓那裡吃了一個大大的癟，惱火之下，瞧向陳毓的眼神當真凶得緊。

安兒心思一直在陳毓身上，察覺到李昭的視線，惶惶然抬起頭來，兩人正好對了個正著，頓時激靈靈打了個冷顫，嚇得一哆嗦，就想往陳毓身後躲，卻又忽然想到什麼，勉強止住，努力挺直小胸脯擋在陳毓身前。

說不出為什麼，安兒就是覺得李昭想要對陳毓不利。

只是今兒個跟著陳毓見了這麼多人，已經是安兒的極限了，這會兒還要正面和李昭對上，安兒頓時就有些禁受不住，不獨臉色益發蒼白，便是兩條腿也止不住哆嗦起來，即便如此，她依舊直直的擋在陳毓身前。

陳毓怔了一下，好一會兒才回過神。安兒這是想要保護自己？一時心裡又酸又澀。上一世失去父親的庇佑後，陳毓和姊姊那般渴望擁有一個自己的家。正是基於這樣的心理，即便沒見過幾次面，陳毓依舊把李昭放在心底最珍貴的角落，就連自家產業被阮笙聯合李家謀奪，陳毓恨著李家的同時，依舊一廂情願的相信李家二小姐定然不知情，說不好和自己一般痛苦……

一直到李昭當面把自己精心準備的禮物令人全部丟了出來踩得稀巴爛，又令丫鬟警告自己癩蛤蟆別想吃天鵝肉後，陳毓才明白，在無比高貴的李二小姐眼裡，自己也就是一攤爛泥，活該受人作踐罷了。

慢慢長吸一口氣，陳毓神情漸漸平靜下來。那些都是上一世了，這一生自己自然不會再讓阮笙有半分染指家產的可能，更不會對高貴的李家二小姐念念不忘。

當下也不理李昭，只握了安兒的手，溫聲道：「安兒累了吧？我帶妳去花園裡歇會兒腳。」

那般脆脆卻無比真摯的童音，令得後面的李昭也是一怔，只覺心裡有一股說不出來的滋味，還未想通所以然，又被安兒頭上的飾品給閃了一下眼。

幾串珍珠墜飾點綴在如鴉羽般的黑髮中，那些珠子個個也就是米粒般大小，這麼小點兒的珍珠，難為那些匠人是怎麼穿起來的？中間更有幾粒黃豆大小的，竟然是世上罕見的彩色，更稀奇的是那彩色還俱是均勻得緊。不說那精湛的工藝，便是這幾粒彩色珠子怕是價值都無法衡量，再襯著身上煙霞錦裁成的精美衣衫，從背影看，簡直美得和小仙女一般。

這打扮自然是出自王嬤嬤的手筆，便是那煙霞錦也是周家特意著人送來的。

李昭哪裡知道這些，一時看得眼睛都直了。

阮氏也是個有見識的人，立馬隱約察覺那跟在陳毓身邊的小女孩怕是身分不一般，不然，如何能穿得了這般貴重的東西？她眼睛一轉瞧著陳秀道：「秀姊兒都這般大了，這模樣，還真和妳娘像得緊呢！」

一句話出口，旁邊的王嬤嬤不覺蹙了下眉頭。這阮氏也真是夠了，人家大喜的日子，怎麼說起亡故的人了？而且這話明顯就有挑撥的嫌疑，要真是孩子混些，說不好就會借著亡母的事情生事。

陳秀也明顯怔了一下，小孩子家的，還想不到那麼遠，就是覺得這李家伯母說話怎麼怪怪的？

還未回過神來，就聽阮氏接著道：「倒不知那和毓哥兒一道的小姑娘是哪家小姐？」

陳秀明顯會錯了意，以為陳毓扔下李昭帶了安兒離開，惹得阮氏心裡不舒服了，忙一指王嬤嬤解釋道：「您說安兒妹妹啊，她是我們家的親戚，和王嬤嬤一塊兒在府中暫住。」

沒得主人允許，王嬤嬤幾人的身分自然不好透露出去，陳秀只得含糊的以親戚相稱。為了補救，陳秀又招手叫丫鬟也送李昭去花園裡玩耍。

卻不料阮氏卻誤會了。就說嘛，陳家的家底怎麼會有上得了檯面的親戚，還以為那個小姑娘是個異數呢，弄了半天卻是個趁食打秋風的！這麼一想，臉就更黑了。

氣悶之下，勉強和旁邊陳家婦人打了招呼，便沈著臉徑直在一張桌子旁坐了。等坐定才發現，小女兒竟追著陳毓往後花園去了。

阮氏心裡對陳毓厭惡至極，自然不願兩人有絲毫接觸，當即就要把李昭給帶回來。哪知就是這麼一會兒工夫，李昭已去得遠了。直恨得阮氏差點兒把手裡的手絹給揉碎，沒奈何，只得起身跟了過去。

李昭這會兒的心思全都在安兒頭上的珍珠墜飾上。那些珠子實在是太漂亮了，就是舅父家裡的幾個姊姊都沒有人戴過這樣漂亮的東西呢！這般想著，她腳下越跑越快，很快把丫鬟遠遠的丟開了。

陳毓和安兒聽到腳步聲一起回頭，正好瞧見跑得氣喘吁吁、小臉通紅的李昭，兩人都是一愣。

在兩人這一愣怔的工夫，李昭已經跑到近前，指著安兒頭上的珍珠墜飾，一副居高臨下的模樣道：「你把那個珍珠墜飾給我，我就原諒你之前對我和表哥不敬！」

對她和阮玉海不敬？陳毓簡直要給氣樂了！別說他根本就不會給她，就是想給，又去哪裡尋來？這些好東西俱是周府的物事，自己眼下可沒那個本事弄到。

他也不想跟李昭糾纏，只握了安兒的手，復又轉身離開。

「你！」李昭一下懵了，沒想到自己都施恩原諒他了，他竟然還敢不理！

明明娘親不止一次說過，陳家這樣的人家算得了什麼？自來只有他上趕著求著自家的，把自己定給陳毓，委實是他們陳家高攀了！

李昭氣得衝上前就去拽安兒髮上的珍珠，陳毓哪裡會讓她碰到安兒，只管帶著安兒的身子往旁邊一避。

李昭衝得過猛，猛地一踉蹌，陳毓恰在此時又往後退了一步，任她趴倒在地。許是磕著了膝蓋，李昭眼淚唰啦一下就下來了！

她從地上爬起來朝著陳毓就撞了過去，嘴裡還不住哭道：「你欺負我……我告訴娘去……我長大了要嫁給表哥，才不要嫁給你這等商賈人家的賤人……」

陳毓聽得臉都青了，又不好跟李昭廝打，還要護住嚇得臉兒都白了的安兒，被一撞之下險些跌倒。

虧得後面有人一把扶住，又扯開李昭，笑著道：「哎喲，這是怎麼了？」

是一位生得溫婉的夫人。

陳毓抬頭，女子自己倒也認識，可不正是臨河縣縣令程英的夫人崔氏？

兩家這些日子走得極近，彼此倒也熟悉。崔氏自來有些體弱的毛病，因不耐外面的熱鬧，才偷閒到花園裡歇會兒，卻不料竟是看了一齣好戲。

崔氏從方才兩人的話裡已知道了李昭的身分，暗暗詫異，明明聽說那李家夫婦也是明理的，怎麼教出來的女兒竟是這般蠻不講理的模樣？還有那句「商賈人家的賤人」，委實說得太過了！這般想著她便對李昭頗為不喜，只是對一個小孩子家，她倒也不好說什麼，只得拿出帕子好好安撫，只是她剛要給李昭擦淚，卻被李昭狠狠推開。

「滾開！你們都是壞人，一起欺負我！」李昭說著哭著轉身就跑，剛走了幾步，迎面正好碰上尋過來的阮氏，一下撲進阮氏的懷裡。「娘，他們欺負我，還推我！」

阮氏也瞧見了李昭衣服上的污跡，還有小女兒一臉的淚痕，又遠遠地瞧著崔氏明顯對陳毓並安兒都很是溫柔的樣子。連陳毓並那打秋風的小丫頭都要一併供著，可見對方也是個身分卑微的，以為陳家這樣的人家就是頂天了吧？不然，怎麼敢就這麼欺負自己的寶貝女兒！火冒三丈的阮氏揚聲斥道：「這麼大的人了，卻來欺負個小孩子，真真一點兒臉面都不要了嗎？」

崔氏愕然抬頭，那女人說什麼？欺負小孩子？下意識的往旁邊看了一下，除了自己和丫鬟，哪還有別人？

這才明白，對方竟然是在呵斥自己！

崔氏身邊的丫鬟也是個厲害的，聽對方這麼污衊主母，哪裡容她這般放肆？當即回敬道：「這位夫人瞧著也是個有身分的，怎麼這麼血口噴人？明明是妳家女兒刁蠻，想要搶安兒小姐的珍珠墜飾，自己摔倒了也就罷了，怎麼還敢混賴到我家主母身上？虧我家主母心慈，好心哄她，倒好，還差點兒被她推倒。我就說什麼樣的人家會教出這般不懂事的孩子，卻原來背後竟有這麼一個糊塗的娘，當真不是一般的不識好人心……」

不識好人心？阮氏氣得臉都綠了，這是罵自己和女兒是狗了？這還不算，對方話裡話外，竟然還敢質疑自己的家教！

「好了！」崔氏忙截住丫鬟的話頭，歉意的瞧了一眼陳毓。李家再如何，也是和陳家訂了親的，正正經經是陳毓的長輩，丫鬟這般說雖是給自己出了氣，卻委實傷到了陳毓的顏面。「毓哥兒莫怪，我這丫鬟說話太過口無遮攔……」

「好、好！你們！」阮氏已是氣得渾身發抖——

明明該向自己磕頭求饒，卻竟然跟陳毓服軟，可見對方眼中根本就沒有自己！殊不知和即將出仕的自家比起來，這陳家又算什麼阿物！

阮氏一向走的是目無下塵的孤高路線，在外好歹還會注意維持自己的形象，竟是一下噎住了。半晌才扯著女兒轉身就走，母女倆是一般臉色蒼白、眼中含淚的模樣，宛若被人欺負了似的。

後面的崔氏瞧得目瞪口呆。本來緊接著就想讓丫鬟過去道歉的，這李夫人倒好，就這麼流著淚走了？又瞧瞧自己這小胳膊小腿的纖細模樣，什麼時候也能把人給欺負得哭了？

礙於陳家的臉面，崔氏只得道：「阿吉，待會兒記得給李家夫人道歉。」

語氣裡已然帶了冷意。

「都是我連累了伯母。」陳毓一臉歉疚。阮氏的性情陳毓上一輩子就多有領教，在看不到眼裡的人面前，她就高高在上、百般輕賤，一旦對方身分高於自己，自然就可化身通情達理的解語花。他並不說破，反而意有所指道：「岳母大人定然是因為生了我的氣才會如此，還請伯母千萬莫要放在心上才是。千錯萬錯，都是毓兒的錯……」

說著就放開安兒的手打躬作揖，安兒有些不解，卻也有樣學樣地跟著陳毓一般抱拳作揖，明明是小孩子，卻說出這般嚴肅的話來，再加上兩人極具喜劇效果的動作，令得崔氏一個繃不住就笑了出來。

「我們這麼好的毓哥兒，伯母才不信會真做錯了什麼惹得那位夫人生氣？」

陳毓一副不願意說的樣子，倒是引得崔氏越發好奇，再三哄他。

陳毓露出些無措的模樣，無可奈何之下，好半晌才低著頭小聲道：「我回來後，爹爹說讓我去岳父家一趟報聲平安，好讓岳父岳母放心，卻沒想到惹了他們家的客人——」

當下把在李府發生的事情原原本本說了一遍，末了又可憐巴巴道：「那些點心，我沒用，還要了好吃的來……伯母，我是不是太不懂事了？當初無論如何不該還手才是，還有那點心，也該吃了的……我這麼嘴饞，伯母您不會笑話我吧？還有，伯母您幫我保密好不好，我怕爹爹知道了會打我屁股……」

以陳清和和李運豐的交情，陳毓明白，是絕不可能因為自己一句話就同意毀棄婚約的，若是自己鬧起來，反而會被當成不懂事，以後怕是說什麼話都沒人聽了。倒不如一點點把李家的真實面目在爹爹面前展現出來，好讓爹爹看透李運豐的為人。

因此，當日在李府發生的事情陳毓並沒有告訴陳清和，而眼下卻是個很好的時機……

「哎喲，好孩子，你說的這是什麼話！咱們這樣人家的孩子，怎麼能任人欺負了去？還有那點心，自然是不能吃的！」崔氏聽完之後大為憐憫，沒娘的孩子端的可憐，可恨那李府，竟是這麼對待一個小娃娃。又因阮氏方才的表現，崔氏已是對李家的印象盪到谷底，更立即就認定李家這是眼界高了，看不上陳家了啊！

那阮氏委實是婦人見識，俗話說莫欺少年窮，自己丈夫說了，陳毓可是入了鎮撫司那位百戶大人的眼，那位徐大人對陳毓不是一般的看重。還有這和陳毓寸步不離的安兒小姐——周清是本省學政，崔氏當初曾有幸入周府拜望過，而王嬤嬤作為周夫人身前的大紅人，兩人自然是見過的，因此甫一見面，崔氏就認了出來。

能讓王嬤嬤都這般小心伺候的安兒小姐，來頭又怎麼會小了？雖然鬧不清安兒是周家什麼人，還有周家又怎麼會和陳家扯上關係，可若不是關係特別親近的，又怎麼會隨隨便便讓家人住過來？

身後有周大人和鎮撫司，陳家的將來必然一片光明。

可笑那阮氏自己狗眼看人低，便是閨女也是個眼皮淺的，竟敢搶安兒小姐的東西不說，還惡人先告狀。再瞧瞧陳毓，都被欺負成這樣了，還想著替岳母並未婚妻說話，分明是個性情厚道的好孩子，要真娶了那樣一個妻子，還真是可惜了。

「毓哥哥！」直到崔氏走出老遠，安兒才敢抬起頭，不自覺攥緊了陳毓的手。「毓哥哥，你別難過，她不嫁給你，等我長大了，嫁給你，好不好？」

「什麼？」陳毓怔了一下，正對上安兒黑白分明的眸子，失笑地揉了揉安兒的小腦袋。

「傻丫頭，妳懂什麼是嫁人啊？」

「嫁人不就是成為一家人嗎？」安兒小狗似的偎過來，腦袋蹭了蹭陳毓的掌心，抬頭瞧著陳毓軟軟的道：「我想和毓哥哥成為一家人，所以我嫁給毓哥哥好不好？毓哥哥莫要娶別人，她好凶啊……」

陳毓失笑，也沒說什麼，依舊牽著安兒的手往涼亭而去，眼神若有若無的往後面那叢茂盛的花瞟了一眼。

兩人走後不久，王嬤嬤就從花叢後面繞了出來，若有所思的望著兩個小小的背影……

第六章　撕破臉

瞧見一臉委屈從外面進來的阮氏和李昭，負責招待女客的陳秀和陳家宗房的長媳苗氏不由俱是一愣。

陳秀畢竟年齡小些，雖是看出了對方不悅，卻不知道該如何安撫，只好上前想拉住李昭偷偷問一下，豈料被李昭氣咻咻的避開。無奈何，只得求救似的望向苗氏。作為陳家正經的姻親，兩家當家人又是知己，李家委實算是陳秀心裡分量相當重的客人。

「哎喲，這是怎麼了？瞧瞧我們昭兒這委屈的小模樣？」苗氏忙迎過去，親自扶了阮氏胳膊，笑著道：「今日可是再沒有人比我們二小姐更尊貴的了，昭兒告訴我，誰惹妳生氣了？」

這話裡的尊貴自然是指李昭是陳毓未婚妻的身分而言。

李昭本就一肚子氣，聽了更加憤怒，當即道：「還不是陳毓——」

阮氏卻一下打斷：「昭兒慎言！」

李昭愣了一下，不明白方才娘還是氣得發瘋的模樣，還說一定要陳家好看，怎麼這會兒又忽然凶起自己來了？委屈之下，好不容易止住的眼淚又落了下來。

李昭本就生得嬌小，這般一哭，倒是頗有幾分梨花帶雨的模樣。

苗氏嚇了一跳，想到這李昭方才不就是追著陳毓往花園去了，難不成兩個小的發生齟齬了？而且看李昭的模樣，明顯受了莫大委屈似的。

這般大好的日子，有人哭哭啼啼委實不好看，苗氏忙不迭很是抱歉的對阮氏道：「原來是我們毓哥兒惹的禍嗎？放心，待會兒我就押著那小子給昭兒道歉好不好？」

阮氏忙攔住，一副慈母心腸道：「不過是摔了一跤，即便是有些厲害，哪裡用得著如此？就是毓兒的性情，我瞧著是越發的古怪了……妳不知道，從得知他丟了的消息，我這心啊就一直懸著，唯恐有個什麼，好在這人終於回來了。只是這性子……這麼小的毓兒，也不知受了什麼樣的罪過，整個變了個人似的，哎，都是那些殺千刀的拍花的……」語氣裡頗為唏噓感慨，不說李昭是因為什麼摔跤，卻字字句句都在暗示陳毓就是罪魁禍首。

阮氏這聲音說大不大說小不小，聽見的人倒也不少，聞言都是一怔。這次見面的確覺得陳毓變了不少，細細一想，眼下毓哥兒的性子可不是有些陰沈？竟是全沒有小孩兒家的樣子。

又瞧見李昭一副乖巧無比的淑女模樣，正委屈地不停流淚，原來是摔得狠了？再如何小，這樣無緣無故對一個小女孩動粗手，可見性情真真是個暴躁的。而且才這麼大點兒就如此，那長大後……俗話說小看老，李家這小姑娘說不得會受些委屈啊！

「竟有這等事？」苗氏怔了一下，忙道：「昭兒放心，等我告訴毓兒他爹，少不得捶他一頓給妳出氣。」

阮氏怎麼肯點頭，反而柔聲道：「哎喲，那可就更使不得了。毓兒可是我女婿，俗話說一個女婿半個兒，要是他受了丁點兒委屈，我可不得心疼死？」

停了下又道：「就是麻煩嫂子，有空了多疼疼我們毓兒就成。孩子心性嘛，就得個有見識的人從旁教導……」

此話一出，苗氏卻是不好接茬了。李靜文馬上就要過門了，再怎麼說也沒有自己這個伯母越過繼母管教孩子的理。而且什麼叫有見識的從旁教導？怎麼話裡話外都好像暗示新娘子怕是個沒見識的……

旁邊聽著的人也驀然意識到——陳毓的生母秦氏也罷，這繼母李氏也好，可不全是商賈出身？倒是這身為宗媳的苗氏，卻是出身讀書人家。若然陳毓性子不好，怕是確然和他那商賈出身的娘親有一定關係，畢竟陳清和可是舉人，為人處事上也挑不出什麼錯處來。

正自猜測，卻不防一道溫柔的女子聲音響起。「李夫人莫要太過謙虛了，我瞧著毓兒的性子好著呢。能得了這麼好的一個夫婿，你們家二小姐可是個有福之人。」

簾瓏挑處，卻是崔氏扶了丫鬟的手進來。

方才阮氏說的話，崔氏已然全都聽入耳中，差點兒沒給氣樂了。今兒個才算見識了，什麼叫惡人先告狀！

這番話看起來不顯山不露水，卻已給陳毓安上了個性子古怪暴躁沒有教養的大帽子。更不要說阮氏可是陳毓的岳母，這麼近的關係，旁人聽了哪有不信的？

再結合方才陳毓對李家的維護，崔氏這會兒當真是義憤填膺，挑眉看了身旁的阿吉一眼。

阿吉如何不明白自家主子的心思？當即快走幾步，給阮氏行了個禮，然後大大方方道：「方才奴婢和我家夫人就在後院，恰好看到了令嬡跌倒的一幕。」

說著一下提高了聲音。「委實是令嬡瞧中了那位安兒小姐頭上的墜飾，強搶不成，然後自己跌倒的！」接著又作出詫異的表情。「我們方才已是跟夫人說明白了的，怎麼夫人還是要怪到毓小少爺身上呢？」

一句話說得阮氏臉都白了，想不通世上怎麼會有這麼愛管閒事的人？對方竟是生生要和自己針鋒相對，明晃晃的打自己的臉啊！這事真傳出去，不獨自己顏面掃地，便是女兒怕也要落個驕縱的名聲。

盛怒之下，隨即站了起來，瞧著崔氏冷笑道：「倒不知這位是哪家奶奶，養的好伶俐的婢子！只是我們家老爺好歹也是進士出身，李家女兒又如何會是那般眼皮子淺的人？這位奶奶即便想要巴上我那親家，也犯不著拿小孩子作筏不是？」

這些井底之蛙，以為陳家就是頂天的存在了嗎？想著巴上陳家就可以不把任何人放在眼裡。可惜陳清和再如何也不過是個舉人罷了，自家老爺可是堂堂進士。

旁邊負責待客的苗氏嚇了一大跳，忙不迭上前道：「哎喲，這是怎麼說的呢？不過是些小孩子家家的，過去了就過去了，倒是妳們兩位進士夫人一起光臨，我們陳家可真真是蓬蓽生輝呢。」

兩位進士夫人？阮氏就愣了一下。顏子章的夫人不是去了秦家嗎？除了自己之外，哪裡還會有第二位進士夫人？

正自懵懂，就聽苗氏接著道：「您二位還不認識吧？」說著一指阮氏，對崔氏道：「程夫人，這位是我們臨河縣繼顏子章老爺之後的第二位進士，李運豐老爺的夫人，也是我們毓哥兒的岳母。」又一指崔氏，語氣裡更加恭敬。「這位可是咱們臨河縣太爺程老爺的夫人。妳們兩位都是進士夫人，是我們陳家最尊貴的客人，無論如何要多多親近才是啊！」

臨河縣太爺的夫人？阮氏只覺頭嗡的一下——

程英是去年上任的，因著李家在家守孝，兩家並沒有一點兒交集，即便如此也知道程家在朝中算是頗有根基，聽說他家叔叔可是朝中二品大員！

程家這樣的地位，哪裡需要去巴結陳清和一個小小的舉人！

阮氏這會兒簡直想死的心都有了，無論如何想不明白程家什麼時候和陳家這麼親近了。讓阮氏更無法接受的是，經此一事，其他人看向自己的眼神都多了些嘲笑和鄙夷，甚至還有「可真是虛偽啊」、「表裡不一」等等的話傳來；便是一直待自己客氣至極的陳秀，神情裡也明顯帶了些厭惡。

如果說之前不懂，到了這個時候，陳秀哪裡還不明白阮氏對弟弟的厭惡。

沒有料到自己會碰這麼大一個釘子，阮氏一時也是傻了。丈夫這會兒尚未起復，自己身分又豈能同崔氏這正經官太太相比？更不要說程英的家族，就是自己娘家哥哥對上，怕也不會輕易得罪。

相較於阮氏的木然，崔氏卻是雲淡風輕、自在得緊，竟看也不看神情無措的阮氏，徑直對從外面進來的王嬤嬤溫聲道：「王嬤嬤也是辛苦了，這麼跑前跑後的，怕是忙得都暈了吧？快些來我身邊坐會兒。有妳這麼個仔細的人跟著，你們家姊兒也是個有福的。瞧你們家姊兒那身打扮，哎呀呀，當真是和王母娘娘宮裡的小仙女似的，我瞧著都稀罕得不得了。也虧得妳那般巧手，怎麼就妝扮得出來呢？」

所謂聞弦歌而知雅意，王嬤嬤哪裡不懂崔氏的意思？她本就對阮氏這樣小家子氣卻偏又假得不行的人看不上眼，之前給自己沒趣也就罷了，竟還敢拿安兒小姐來做作筏？

當下笑著接道：「什麼有福呀？也就是攤著我這麼個沒用的奴才，才連累得我家姊兒也被人瞧不上。那般首飾衣物值得了什麼？若是得了我們家姊兒喜歡，便是十套、八套也是給得的，偏是為著這事巴巴的惹了姊兒不舒服，還使得毓少爺替我們受累。夫人您也知道，毓少爺人雖小，卻是個再明白事理不過的，就是生受了什麼委屈，因著擔心傷了別人顏面，吭都不肯吭一聲。那麼點兒大年紀，真是可憐見的，虧得先前娘親教得好，這會兒又得了個賢慧又明事理的長輩進門，不然，還真不知要被人坑害成什麼樣子呢！」

阮氏僵立原地，活脫脫被人當眾搧了幾耳光似的——

自己方才話裡話外暗示陳毓和他那商賈母親並姨母如何不堪，這兩人就這麼絲毫不遮掩的全都直通通給砸了回來。

實在想不明白，那陳毓到底是給這些人用了什麼迷魂湯，何至於讓他們一個、兩個的就連成一夥來替他出頭。只是知道了崔氏的身分，阮氏無論如何不敢再衝著人發作，氣苦至極，起身拉著李昭就往外走。

苗氏看勢頭不對，忙要上前攔住，卻被陳秀拖住胳膊。「好伯娘，我聽著喜樂已是響了，想來花轎就要到了，我小孩家家的，諸事不懂，可離不得伯娘片刻，那些不相干的事伯娘就莫要操心了。」竟是無論如何不許人離開。

阮氏本來也就是做做樣子罷了。原本想著自己這番做派，陳秀那般小孩子家定然會慌了神，為了補救，雖不至於對崔氏如何，定會押著王嬤嬤那樣的奴才給自己賠罪，自己好歹也有個臺階下不是？

哪裡知道，主家竟是攔都不攔，還說出那般刺耳的一番話來。合著在陳家那小丫頭眼裡，自己也就是個不相干的罷了?!

陳秀這會兒早氣得狠了！陳秀是個護犢子的，雖並不比陳毓大幾歲，卻眼裡揉不得半點兒沙子，娘親亡故後，更是把陳毓護得跟眼珠子似的。初時對阮氏恭敬。不過是期望對方多對弟弟看顧些罷了，哪裡料到阮氏竟就敢當著自己的面編排弟弟，眼下已是下了決心，回頭無論如何要同爹爹講，這門親事是怎樣也做不得了。

阮氏也明白，這般中途離席委實顯得自己太小家子氣了，腳步早越走越慢，誰知都已經走到大門口了，也沒見半個人給自己抬個梯子來，這般被架在火上烤的滋味當真難受，阮氏再站不住，只得心一橫，拽著孩子往自己車子而去。

待來至車上，關上門，直把車裡的東西摔得一地都是，然後才咬牙道：「我們走！」

這親家是做不得了，便是今日所受的屈辱，來日她必要千百倍的討回來，即便那崔氏自己暫時動不了，要拿捏即將在丈夫手下討生活的陳家還不是易如反掌？

走至半路，越想越氣之下，竟是命車夫掉頭，徑直往娘家而去。待來至家中，迎面正好和弟弟阮笙撞上。

作為秦家商號的管事，阮笙自然知道今天是什麼日子，這會兒瞧見阮氏回來，不由大吃一驚。「姊姊不是在陳府吃喜酒嗎？怎麼這會兒反倒家來了？」

一句話問得阮氏眼淚差點兒掉下來！這世上最難忍的，莫過於被自己向來瞧不起的人給踩在腳下吧？

李昭這會兒倒是反應快，一把抱住阮笙的腿，抽噎著說：「舅舅，他們陳家仗著有錢欺負人，我長大了才不要嫁到他們家，舅舅替我們報仇好不好？」

阮笙明顯怔了下，精明的眼神中旋即有喜色閃過。平日裡見著那白花花的銀子從自己手中過來過去，阮笙早已垂涎三尺，只是一直找不到合適的藉口發難，瞧姊姊這會兒的神情，怕是機會還真的來了。

「那般人家，也值當得姊姊氣成這樣？放心，過了明日後，管叫他陳家把腸子都給悔青了，到時候只管令那陳家把惡奴捆了送來，或發賣或打殺，姊姊想著如何收拾她都成。」

一句話說得阮氏頓時喜笑顏開。

王嬤嬤並不知道自己這會兒已是被人給算計上了，當然，即便知道，也是顧不得了。就在方才，周家忽然來了送賀禮的，王嬤嬤只當是老爺身邊的人，哪想到出得門來卻是一個陌生的勁裝漢子，被那漢子引導著來至車前，這才瞧見裡面影影綽綽還坐了個人，待掀開車帷幔往裡一看，頓時就嚇住了。

裡面的錦榻上正坐著一個猿背蜂腰、面如冠玉的二十許年輕人，身上不過一件普通的天青色袍子，甚至因為急著趕路的緣故，一身的風塵。饒是如此，依舊掩蓋不了宛若出鞘寶劍般的逼人風姿，唯一有些刺目的，是那人膝蓋上放置的一個厚厚的棉墊……

待王嬤嬤捧了禮物回返後，正好聽見顏子章在感慨。「要說這英國公果然是咱們大周朝的股肱之臣，更難得的是他們家有這般赤誠忠心，說是滿門忠烈也不為過……」

「可不，若然此生能見一眼成家人，程某此生足矣……」程英也頗為感慨，神情中滿是崇敬和仰慕。

成家乃是從龍之臣，更難得的是他家孩兒俱都文武雙全，每一代均有青史留名的重臣，是以綿延數朝依舊聖寵不衰，當真是大周朝一等一的世家大族。

王嬤嬤腳就頓了一下，雖不過是隻言片語，卻不妨她清楚的知道兩位大人談論的是哪家——可不正是如同大周擎天白玉柱、架海紫金梁的英國公府成家？

就在年前，塞外蠻夷悍然對大周用兵，若非成家人拚死血戰，說不好這會兒連大周朝的根基都會動搖了也不一定。

只是大周雖是勝了，卻格外慘烈，成家人六個成年男丁，除了國公爺和他的長子外，盡皆戰死沙場。便是他那長子也在冰天雪地中凍殘了一雙腿，這一輩子都是個廢人了，真真可惜了那麼個玉人似的大爺……

這會兒卻不是王嬤嬤感慨的時候，還是緊著領安兒小姐去見人才是。

這般想著，先去後面悄悄見了陳清和，只說家裡有事，這便要告辭。又去知會了陳毓——要想安兒順順當當的離開，少不得要毓哥兒出力，不然，怕是還真難將人帶走。

知道安兒要走，陳毓頓時就有些恍神。兩人同吃同臥這麼久，陳毓心裡當真對安兒很是有些不捨，卻也明白，王嬤嬤會這麼趕，怕是安兒的家人到了。

那痛失骨肉的心情，陳毓自然能體會，也不過微微頓了一下，便探手牽住安兒往府外而去。

甫出府門，陳毓就不自覺的往停在樹蔭下一輛青布馬車瞧去。說不清為什麼，可陳毓就是覺得車裡正有灼灼的視線瞧過來，看了眼王嬤嬤，她果然快步往那馬車而去。

安兒似是也意識到了什麼，忽然站住腳，手更是死死扣住陳毓的手。

陳毓頓了下，忽然俯下身，輕聲道：「安兒不是想讓我揹著嗎？來吧。」

安兒愁苦的小臉上果然有了些笑模樣，乖乖的伏在陳毓背上，又探手勾住陳毓的脖子，小臉也貼在陳毓單薄的脊背上。

「傻安兒，家裡人來接妳了，這麼多天不見妳，家裡人不定怎麼擔心難過呢！待會兒可要乖乖聽話，一定要歡歡喜喜的……」

王嬤嬤愣了下，眼睛就有些紅。平日裡瞧著毓哥兒是個冷情的，這會兒怎麼可能不明白？實是個心裡有底，又最重情重義的。

本來個子就小，又揹了人，陳毓簡直走得比蝸牛還慢，甫一靠近馬車，尚未喘口氣，一雙大手就無比急切的從車上探了出來，掬著安兒就到了車裡。

陳毓只聽見安兒一聲尖叫，那聲音裡明顯很是恐懼，然而下一刻，那尖叫就變成了哭泣，連帶著還有一聲無比依戀的「大哥」……

陳府。

「那阮氏當真如此說？」

說話的是李靜文，嬌美的面容上明顯有幾分薄怒。

昨兒個老爺只說親家公離開時似是滿臉不愉，自己還只當招待不周，尋思著過幾天就親自和老爺帶了毓兒上門請罪呢！哪想到事實卻和自己想的完全兩樣。

「可不。」陳秀點頭，那模樣，倒是比一旁始終靜靜低著頭不言不語的陳毓還要委屈，更兼替母親不平。「娘，李家的二姑娘，我們不要好不好？」

那麼凶，說不得過門來也會給毓哥兒氣受。而且現在就敢看不起娘親和母親的出身，真是過了門，別說指望她孝順，會否掉過頭來拿捏母親也不一定。

「我知道了，你們放心，娘定不會讓人委屈了咱們毓哥兒。」李靜文拿了一朵珠花插在陳秀髮上，又想把陳毓拉到懷裡好生安慰一番，卻是拽了個空，錯眼瞧去，小傢伙早無比伶俐的在地上站了，衝著門外道：「爹。」

李靜文循聲望去，可不正是陳清和？既從顏子章口中知道自己仕途頗順，又娶得如花美眷，饒是陳清和年屆而立，也依舊有些神采飛揚的模樣，整個人竟是越發顯得風度翩翩。

李靜文只瞧了一眼就不敢再看，低了頭露出一段雪白的頸子來，一張臉緋紅一片。

陳秀抿了抿嘴，也飛快的從床上下來，上前拉了陳毓的手就要離開。卻被陳清和攔住，一手拉了陳秀，另一隻手直接把陳毓抱了起來。

被抱了這麼多次，陳毓眼下委實有些麻木了，索性連反抗的動作也沒有了，任憑陳清和又送回李靜文懷裡。

看著神情有些僵硬的陳毓，陳清和終是忍不住揉了揉兒子不自覺蹙著的眉心，越發心疼起來。從把人尋回來，就再沒見過兒子和從前那般沒心沒肺的笑鬧過了。又想到之前程英語焉不詳的話，終是嘆了口氣，矮身正視陳毓的眼睛。「毓兒告訴爹，這樁婚事，你怎麼想？」

若然從前，陳清和斷不會把這樣重要的問題交給兒子來裁決的，畢竟婚姻大事自來是父母之命，媒妁之言，哪裡需要當兒女的做決斷？二則，陳毓現在的年齡無疑也太小了些。

只是自從陳毓失而復返，陳清和卻悟出來一個道理，這世上再沒有比兒女平平安安幸福開心更重要的事了。

陳毓頓時就有些惶惑。爹爹和李運豐的感情，陳毓是有所體會的，在爹爹心裡，委實把他和李運豐並顏伯伯三人看成是生死之交。正因為如此，陳毓根本不敢渾鬧著退掉這門親事，才會故意引得李家人的不滿，更借程夫人的嘴讓爹爹起疑心，想著等兩人的感情大打折扣後，再緩緩圖之。

看陳毓沈默，陳清和也就默默坐著，明顯是等陳毓自己拿主意的樣子。

「我不要李昭。」不知過了多久，陳毓終於抬頭，雖是有些艱難，卻依舊無比堅定的道：「爹，我寧願終生不娶，也不要李昭……」

一句話出口，不獨陳清和，便是李靜文也很是吃驚。實在是陳毓聲音中透出的悲涼和哀傷太過濃烈，甚而還摻雜著無法擺脫的悽愴和絕望。

李靜文最先撐不住，一下把陳毓抱到懷裡，瞧著陳清和哀求道：「老爺，咱們就聽毓兒的，退了這門親事吧，大不了他們家有什麼要求，咱們都答應就是，再不行，我就去他們家跪下請罪……」

陳秀也是紅了眼眶，剛要幫著一塊兒央求陳清和，就見陳清和攥了下陳毓的手，又鬆開，然後重重的點頭。「好，我答應你，明日裡就打發人去李府退親。」

從兒子丟失，陳清和就日日祈禱，但凡兒子能尋回來，這輩子再不會讓他生受半分苦楚。縱然這會兒對李家愧疚欲死，陳清和依舊決定如了兒子的意。

罷了，這輩子都要對不起李兄了。

再沒想到事情竟是這麼容易就給解決了，陳毓三人都有些愣神。李靜文明顯看出陳清和的傷感，下意識的伸出手，似是想要寬解對方，忽然意識到什麼，忙又縮回手來，紅著臉勸道：「老爺莫要難過，那李老爺瞧著也是個明白人……不然打發人去悄悄探查一番，看他們家缺些什麼，咱們能給的就多給些罷了……」

陳毓和陳秀一起走出房間，看到外面的日頭，不覺長長吐了口氣。李家那樣的人，便是給再多的財物又如何？有一句話叫欲壑難填，那家人的慾望是無論如何也填不滿的。

自家願意退親，那家人不定多歡喜呢。

即便是陳家主動退婚，李家也別想從自家這裡面得到一分一毫的好處。

都這會兒了，阮笙也該發難了吧？

正自尋思，一陣急促的腳步聲傳來，陳毓抬頭瞧去，可不正是喜子和他爹秦忠正慌慌張張而來。

瞧見陳毓，秦忠忙站住腳，勉強擠出一個笑容。「少爺，老爺和夫人這會兒可在？」

「正在房間裡呢，我領你進去。」陳毓也很是乾脆，轉身就引著秦忠往陳清和房間而去。弄得秦忠不由一愣一愣的。怎麼少爺的模樣，倒似根本就是在這裡等著自己似的？房間裡的陳清和和李靜文也聽到了外面的動靜，不由都是一愣。

秦忠是秦家的家生子，不獨忠心，更是做生意的一把好手。從秦家二老過世，秦迎便對秦忠依仗頗多，便是李靜文，也對秦忠這麼個忠心的管事敬重得緊。

他又是個有分寸的，知道二人新婚，等閒不會跑過來打擾，眼下忽然跑來，莫不是出了什麼事不成？

當下忙叫進。

秦忠進了房間，竟是「撲通」一聲就給兩人跪了下來。「老爺、夫人，出事了！」

陳清和蹙了下眉頭，實在是秦忠臉色太過難看，模樣憔悴，明顯頗受了些煎熬，忙親手扶了人起來，又命人上茶。「你先坐，莫急，有什麼話慢慢說。」

秦忠哪裡有心思用茶，在臉上抹了一把道：「是我對不住老爺和夫人，咱們家的生意，怕是不好了……」臉上神情早已是愧疚欲死。

再料不到自己也有看走眼的時候，本以為書香人家的孩子自然都是規矩的，又是親家太太的嫡親弟弟，自然算是自己人，無論如何也沒有想到對方竟是包藏禍心！

就在年前，秦家從皇商裘家得了一筆大生意，承諾對方會在本月底送一批上好的布帛過去。只是因這陣子，先是陳毓丟失，再有二小姐成親，一樁樁事下來，秦忠自然忙得焦頭爛額。

一直到諸事妥當，他才想起再過數日就是交第一批貨的日子。

秦忠就想著，去看看那批布帛織得如何了，哪知到了後才發現，裘家要的布帛竟備了三成不到，倒是尋常用的布帛織了不少。問及原因，下面的管事竟然告訴自己，早在旬月前就沒有可供紡織的上品絲紗線了。

秦忠當時就傻了眼，更明白自己怕是惹禍了！不說當初託了多少人才得到裘家的這筆生意，便是裘家的身分，也是自家惹不起的啊！那裘家可是皇商。到時候一頂耽誤貢品的大帽子壓下來，自家生意被關了是小事，說不好還會連累主子。

「都是老奴托大，但凡盡些心，又怎麼會發現不了？」秦忠說著，神情追悔莫及。「我只想著那阮筌好歹是親家太太的嫡親弟弟，又是讀書人家出來的，當不會有什麼壞心才是，沒承想，他竟是那般小人！」

「阮筌？」陳清和愣了一下。「你說這件事，和阮筌有關？」

「何止有關，我瞧著，他根本就是想要置秦家商號於死地啊！」秦忠的神情明顯憤怒至極。「我也是今兒個才知道，阮筌背著我們又開了一家大型織坊，那說好了送給我們的上品紗線也全是被他買了去！」

而且還買得一根不剩！這做派，明顯就是要讓秦家因得罪裘家而在生意場上沒有立足之地啊！

「阮笙？怎麼會？」陳清和無論如何也不相信！即便昨日得罪了李家，可依秦忠的意思，阮笙分明早在數月前就開始謀奪秦家的生意了。

秦忠嘆了口氣。「老奴原也存著一分希望，可今兒個去拜訪平日裡來往的商人，除了有限的幾個外，其餘人根本見都不見我一面。虧得喬家商號的掌櫃原是當日關係極厚的，在送我離開時悄悄跟我說，好的紗線早被主家賣給阮家了，而且主家的意思，紗線從今後都不會賣給秦家，要全部供應阮笙。還說阮家二爺說了，他願意出高價，永遠在咱家的基礎上再加半成。」

話都說到這分上了，秦忠怎麼會不明白？阮笙分明就是想要把秦家的生意給吞了，而且已然謀劃了很久！現在又把裘家給牽扯進來，竟是要對秦家趕盡殺絕的模樣。

一直侍立旁邊的陳毓不覺就呆了下。

上輩子倒是沒聽說和裘家的糾紛，轉而一想卻又明瞭，怕是上一世阮笙也這樣設計了的，只是因為自己丟失、姨母被發賣，再然後爹爹溺亡，秦家早已是亂成一團，又因李家的關係對阮笙毫無防備，所有的安排根本沒來得及用上，就輕而易舉把生意奪了去。

「老爺，不然您去親家老爺那兒走一遭，看能不能請親家老爺出來幫著轉圜一下？」秦忠這話說得艱難。

自己處事不周，惹來這般禍事，卻要老爺出面求人，這老臉都丟盡了。只是這會兒卻也沒有辦法，畢竟若是耽誤了織錦坊拿貨，可不只是關門不做生意那麼簡單啊！

陳清和何嘗不知道其中的利害關係，只是這會兒心裡卻是翻江倒海似的。

那阮笙可是李昭的嫡親舅舅啊，真是將來成了親，阮笙此舉又和謀奪外甥女的財產何異？阮笙瞧著也是個精明的，平日裡又對李家格外恭敬的樣子，絕不會想不通這個理。

可他還是這樣做了。

要說李家絲毫不知情，無論如何也說不過去。那就只有一個可能，李家人心裡根本沒把兩家的婚事當回事，甚至早做好了退親的打算……

不、不對的！李兄不是那般見利忘義的人！這裡面一定有什麼誤會才是。

陳清和一下站了起來。「備車，我去李家走一遭。」

陳毓如何不理解爹爹想法，並沒有說什麼，此去李家，爹爹定然不會有什麼收穫，說不好還會被羞辱。這樣也好，爹爹應該會從此認清李家的嘴臉，不會再因為退親的事對李家愧疚難安了。

「你說什麼？」李運豐這會兒也有些惱火。一大早起來，小舅子就巴巴的跑來送了不少好東西。緊接著就告訴了自己一件事，他和陳家翻臉了。

而且不獨翻臉，還反手設計了陳家。

自己是對陳家看不上眼了，可也不願意被人戳著脊梁骨說自己得了富貴便背信棄義，即便是要做些什麼，當然也要不顯山不露水的，別被人拿了把柄才是。

小舅子倒好，竟是公然和陳家打起了擂臺。

「姊夫莫氣……」看到地上摔碎的茶杯，阮笙神情也有些不自然。雖是拿了姊姊在陳府受辱的藉口，可只有阮笙明白，便是沒有那事，自己也必是要對秦家發難的。

須知那秦忠別看老了，卻最是個心思玲瓏的精明人，往常真是把商號守得嚴嚴實實、潑水不進，要得到這樣一個扳倒陳家的機會委實太不容易了。若非陳毓突然丟了，陳家並秦家全都翻了天的緣故，自己哪裡會覓得這樣絕佳的機會？

除此之外，還有一件更要緊的，自己做的這件事，可是得了大嫂的首肯的，便是投入了這麼多錢財，名義上是他作主，事實上卻是大嫂潘氏占了七成！

若然這次成不了，不獨他要傾家蕩產，便是潘氏的嫁妝怕也要賠進去不少。真那樣的話，他在家裡將再無立足之地。

阮笙看李運豐依舊滿臉惱意，忙又道：「委實是他陳家欺人太甚，竟敢這般對待姊姊！姊夫家是什麼樣人家，進士及第，將來可是要入閣拜相的。這樣的門第，也就姊夫和姊姊這般念舊的人，才會看上陳家那樣空有其表的破落戶，他陳家倒好，不知感恩不說，竟還就蹬鼻子上臉，欺負起姊姊並外甥女來了。這會兒就這般嘴臉，真等外甥女嫁過去，不定要怎麼磋磨呢！陳家這樣，分明就沒把姊夫你看在眼裡。而且不瞞姊夫說，我手裡的這生意，大嫂占了七成，剩下的則是我和姊姊各拿一成半——」

自然，說了這麼多，後一句才是最重要的。

什麼？李運豐也吃了一驚，即便是庶女，那潘氏的嫁妝也是相當豐厚的，既肯拿出來，斷不會容許出現賠了這樣的事。而且大舅子可是個精細的，潘氏既如此，必是和大舅子商量了的。

事已至此，即便有些懊惱，李運豐也沒有幫陳家轉圜的意思了。大舅哥日後前途無量，傻子也知道該如何選擇。別說陳、李兩家只是定親，就是真成了親，女婿依舊算是外人，也是顧不得的。

這般想著，李運豐不覺又隱隱慶幸阮笙這會兒發作得好，真是再有個幾年，兩家孩子大了，豈不是更難以收拾？

即便心裡作此想，他臉上卻依舊作出惱火的模樣來，恨聲道：「夠了，快滾吧！」卻是再沒有說其他，便是阮笙之前說的讓出一成半股份的事也沒有反對。

阮笙心知這事是成了，即便被罵了依舊滿臉笑容，樂呵呵地出了李府。才剛出門，迎面就碰見匆匆下了馬車的陳清和。

「阮笙！」陳清和臉色有些難看，實在是阮笙臉上愉悅的笑容太過刺眼。

「哎喲，這不是陳老爺嗎？真是稀客啊！」阮笙站住腳，不陰不陽的笑了聲，上下打量陳清和一番，笑道：「聽說陳舉人已謀了方城縣教諭的位置，這會兒又娶了美嬌娥，不在家裡享福，怎麼跑這兒來了？對了，忘了告訴你，我姊夫也起復了，說不好和陳舉人會在一個衙門共事呢，念在咱們之前的交情，不然我幫你說說話，讓姊夫多照顧些你。」

語氣裡淨是諷刺，最後一句話更是隱含威脅之意。

這麼一副小人得志的嘴臉著實讓人覺得噁心。陳清和也懶得搭理他，鐵青著臉就要往李府而去，卻再次被阮笙給攔住。

「我姊夫可不在家，陳舉人真有什麼事……」

別說陳清和已然確知方城縣縣令是自己，即便是沒有一官半職，自己堂堂舉人也不是阮笙這類貨色可以羞辱的。他怒極，當胸揪住阮笙的衣襟往旁邊一推。「滾！」

阮笙被陳清和一下推開，踉蹌了幾步，險些跌倒。明知會在姊夫手下討生活，陳清和還敢這般囂張？他甩了一下袖怒聲道：「陳清和，你可別後悔！」

陳清和已走進李府，徑直往李運豐的書房而去，門房不及阻攔，忙在後邊追趕，嘴裡也一迭聲道：「哎喲，親家老爺今日這是怎麼了？好歹也等小的通稟了您再進啊！怎麼就這麼大剌剌闖進去了……」

一路的喧譁聲早驚動了李運豐。畢竟做了虧心事，一聽說陳清和到了，李運豐第一個念頭就是先躲躲，才剛轉身走了沒幾步，陳清和的聲音就在後面響起。

「兄長躲什麼？莫非是羞見故人嗎？」

可不是已然進了院子的陳清和？

再是臉皮厚，這麼被人道破，李運豐臉上也是一紅，更無比惱火，索性來了個先發制人。「清和你這是什麼話？即便你如何聯合外人縱容奴才給你嫂子沒臉，我都忍了，虧你還是讀書人，不知檢討自己，竟還敢跑到我門上大呼小叫，當李某的性子真是泥捏的不成？這般不懂事，待以後入了仕途，可沒有人會慣著你！」

一番話說得陳清和的心終於徹底涼了。

阮笙方才的模樣分明是心想事成，言語間更是對自己多有威脅之意，若沒有李運豐的默許，可不信他就敢那麼猖狂。

看來，阮笙所作所為，李運豐確然完全知曉！

本來準備了一肚子的話，陳清和這會兒卻覺得再沒有說的必要，默然站了良久，終於苦笑一聲。「果然世事難料，本以為你我會是一世的兄弟，倒沒想到會走到今天這一步。我們兩家的婚約就此作罷。看在往日情分上，我有一句良言相勸——你那小舅子分明是個小人罷了，你還是遠著些好，不然將來必會後悔莫及！」

說著轉身離開。

李運豐倒沒想到，陳清和平日裡溫和的一個人，竟也敢對自己撂下這樣的狠話。什麼叫後悔莫及？就憑他一個小小的舉人，也敢這般威脅自己！半天才冷笑一聲。「真是不知所謂！等到了月底，你不要哭著來求我就好。」

第七章　柳暗花明

「少爺，我們這是要去哪裡啊？」秦忠語氣明顯有些茫然，更是後悔，怎麼就會腦抽信了少爺說要幫忙的話？

那麼小個娃娃會有什麼法子？鐵定只是貪玩罷了，虧自己竟還巴巴的跟著跑來了。有這會子工夫，留在縣城找些人脈多好，也好過這麼跟著兩個娃娃野地裡瘋跑。

秦忠心裡雖是堵得慌，可再怎麼說陳毓也是小主子呢，不好埋怨，便不住的拿眼珠子瞪大氣都不敢出的喜子，把喜子唬得不住地往陳毓身後縮，恨不得鑽到地底下才好。

陳毓如何看不出來秦忠的焦灼，並不言語，好容易車子終於停了下來，秦忠抬眼瞧去——這地方倒是來過的，可不正是大小姐陪嫁的一個莊子？

如今正是初夏的天氣，莊裡又種滿了梨樹、杏樹、桃樹，雖是沒有花開時的爛漫多姿，那麼多青青紅紅的果子掛枝頭，倒是別有一番趣味。

秦忠越發肯定兩個小的八成是嘴饞這些野物，跑出來散心了，直把喜子厭得跟什麼似的。小少爺年齡小，兒子卻委實太貪玩了，主子面前先給他留些臉面，待家去了定然要讓他吃些棍子才長記性。

他一面苦著臉衝陳毓道：「小少爺先在這莊子裡歇會兒腳，我還得回城裡去，有什麼想吃的想玩的，只管交代給喜子操辦便是。」說著轉身就要離開。

陳毓如何不知道他心思，忙上前一步攔住。「既來了，就莫要急著回去，秦伯這些日子委實辛苦了，走，咱們一起進去歇會兒腳，我還有話要同秦伯講呢。」

又回頭對喜子道：「喜子，我瞧那杏兒倒是黃澄澄的，顯見是熟透了的，還有那早熟的桃兒，再看看莊裡還有其他野物沒有，咱們回去時給家裡帶些。」

喜子被他老子瞪得早已是如坐針氈，這會兒聽陳毓這般說，頓時如蒙大赦，不住口的應了就哧溜一下跑得沒影了。

聽陳毓一番話，秦忠心裡更坐實了之前的想法——果然是兩個小孩子貪吃又貪玩，只是發生了那麼大的事，即便這莊子是仙境，自己也是待不住的。

正又要說走，陳毓卻接著道：「秦伯，您瞧著那阮笙手裡的銀錢可還豐厚？」

秦忠怔了一下，這倒是說的正事。只得站住了，認真思量一番，如何不明白陳毓的意思。「小少爺倒是問到點子上了。要說那阮笙，即便手裡有些個銀錢，可要想吃掉咱家，那也是不能夠的。就只是……」

說著嘆了口氣。

和秦家豐厚的家底相比，即便阮笙從旁人處也得了不少銀錢，可也就夠他把上好的絲線買走，暫時使使絆子罷了。要想再有什麼大的動作，財力必然不濟，甚而說不好現下已是欠帳的了。以阮家的情形，想要再有進一步的動作，怕是心有餘力不足。

只是，這裡頭偏又牽扯了個裘家。

若然是一般商人，真是差了那麼幾天，頂多過去求個情，大不了多賠些銀兩，說不好事情也就過去了。裘家可不同，那可是正正經經的皇商，當初自己託了多少人情才好不容易搭上這條線，這會兒第一批貨就出了這般變故，想要不吃掛落根本不可能。

秦忠不得不承認那阮笙委實是個精明狠毒的，以裘家在大周的人脈，得罪了他家，以後哪還有自家生意的活路？除了關門大吉，分明再沒有別的法子可想了。更要命的是，說不好還會影響陳清和的仕途。

「秦伯的意思是，那阮笙就等著咱們這兒關門，他好接手？」畢竟不是真的孩子，秦伯這麼一說，陳毓隨即瞭然。阮笙明顯是打著擠垮自家後、他接了裘家的生意的算盤。到時候他收購的那些上好絲線立時便派上了用場，再搭上裘家的大船，以後自然就會財源滾滾而來。

「正是。」秦忠點頭，神情越發不好。雖說想要和裘家搭上關係是千難萬難，可那阮笙說不好還真有極大可能。這些日子他也是打聽了的，阮笙的同胞兄長升了知府，還有李家那裡，也傳出信兒說是謀了方城縣縣令一職。

那方城縣可是水陸港口要道，好多商家都在那裡設有自家貨棧，裘家作為皇商，雖是膽氣壯得多，可也定然想要結個善緣，如此看來，十之八九還真會如了阮笙的願。

「也就是說，只要裘家不追究，並願意接著和咱們合作，那阮笙的所有計劃都會泡湯？」陳毓說著，嘴角已是有了絲笑意。

「自然是這個理。」秦忠點頭稱是，神情卻是黯然。小少爺果然天真，就憑老爺一個舉人身分，怕是還不夠格讓裘家另眼相看。不然自己也不會略過裘家這邊，轉而央求老爺去求李家。

「那就好了。」陳毓神情已然無比輕鬆。「走吧秦伯，既然出來了，您老今兒個就好好的鬆散一日。待明日，我和你一道去裘家。」

「多謝少爺一片好心，只是那麼一攤子事呢，我又如何放得下心？」秦忠明顯心不在焉，下意識的就推辭，卻在聽清最後一句話時愣了一下，詫異道：「少爺說什麼？要和我一道去裘家？」

「是。」陳毓點頭，剛想說話，便聽見一陣歡笑聲傳來，一個小丫頭噔噔噔的從杏林裡跑出來，那小丫頭瞧著也就七、八歲的模樣，一頭稀疏的黃髮紮成兩個辮子，兩隻眼睛亮晶晶的，瞧著就讓人心裡舒服。

一眼看到陳毓，小丫頭頓時就止住了腳步，神情中有些羞澀，還有一些純然的喜悅。

「少爺來了！」

陳毓招了招手讓小丫頭過來，待人到近前，上下打量一番，長出一口氣。「二丫這是全好了？可也不好累著，再將養些日子才好。」

那般老成的語氣，惹得秦忠也啼笑皆非。

二丫倒很是感激的模樣，脆脆的應了，很快又道：「昨兒我娘還說要著人去尋少爺呢，可巧少爺就來了。」

「是嗎？」聽了二丫這句話，陳毓一顆懸著的心終於徹底落到了肚子裡。劉娥既然那麼急著尋自己，定然是事情成了。

這麼一想，陳毓很是興奮，急急的對二丫道：「帶我們去妳娘那兒！」

秦忠越發無奈。少爺平日裡瞧著也是個穩重的，今兒怎麼有些不著調啊？聽這語氣，竟是要帶自己去見個女子？當初這莊子可是自己一手置辦，這莊內的人也都是認識的，莫說這突然冒出來的小丫頭委實眼生，就是拜訪，也當拜訪小丫頭的爹不是？這麼貿貿然見人家的娘怕是有些不妥吧？

「秦伯快跟上，我保你那點子發愁的事很快就沒有了。」陳毓語氣鬆快至極，許是心頭的大石落地，步履間也有了幾分小孩子調皮的意味。

秦忠益發摸不著頭腦，只是已然被拐著走到了這裡，又想莊戶人家，原也沒有那麼多講究，只得磨磨蹭蹭的跟著陳毓去了。

剛走進後邊一個院子，一陣熟悉的織機軋軋聲傳來，秦忠越發奇怪。這農莊裡除了管事的，也就是田裡的佃戶罷了，什麼時候弄了張織機過來？

二丫大聲道：「娘、娘！少爺來了呢！」

聽到外面的人聲，裡面的織布機聲音終於停止，緊接著一個三十許的婦人走出來，瞧見陳毓，也是一般的驚喜。「少爺來了？可巧，我正要著人去尋少爺呢。」

由於太過激動，婦人嘴唇都有些哆嗦。「那織機……織機真的成了！還有才剛織出的布帛……」

她想要說給陳毓聽，可許是農家女子嘴笨的緣故，竟是怎麼也形容不來，最後跺了下腳道：「少爺您到屋裡來！」

秦忠弄不懂二人葫蘆裡賣的什麼藥，更不願意進房間。

陳毓已顧不上他，三步併作兩步進了房間，一眼看到織機上已經織了薄薄一卷的布帛，短暫的啊了一聲後，再沒有其他反應。

秦忠不知道屋裡出了什麼事，聽陳毓聲音似是有些不對，嚇得忘了忌諱，忙也大步進了屋，剛要開口詢問，視線卻是一下落在了那絢麗無比的布帛上。

平日裡做慣了布帛生意，秦忠自詡什麼樣上好的料子沒見過？卻還是第一次看到這般美如一層層雲朵般的布帛，最妙的是布帛上的花，竟是凸出來的，襯著越窗而過的陽光，那布帛當真是流光溢彩，宛若活物一般！

「秦伯，若然再加上這布帛，你覺得可有勝算？」陳毓笑吟吟的聲音在耳旁響起。

秦忠早看得傻了，下意識的點頭，夢囈般道：「這麼精美的布帛，便是裘家也定然會歡喜得傻了！少爺，這、這到底是怎麼回事？」

饒是秦忠見多識廣，這會兒腦子也是完全不夠使了。方才還覺著少爺年紀小，還是只會胡鬧的年紀，想要靠著少爺解決問題，再有個十年還差不多。誰知道眼下就能做出這樣的大事來，這位嫂子明顯是少爺早就安排下來的。可少爺這才多大點兒，怎麼就會認識這樣厲害的婦人？更匪夷所思的是，還把事情辦得這般妥帖！

「我早就說過少爺可是個有法子的人，偏生爹不信。」知道危機徹底解除，今兒一頓竹板炒肉是免了的，跟來的喜子也是滿臉喜色，瞧著陳毓的神情充滿崇敬，一副與有榮焉的模樣。

除了自家小少爺，可還真沒有哪家爺兒們有這等本事。只有那李家狗眼看人低，連少爺這等厲害的人都敢看不到眼裡，還上趕著找死！

看秦忠實在是百爪撓心的模樣，陳毓也不欲瞞他。之前只是擔心自己年紀小，說話不見得有人願意聽，才悄無聲息的把劉娥母女接到莊子裡，他心裡也明白，似這等人才，自己這般還是有些簡慢了，應該更妥當的安置。

當下也不再瞞秦忠，指了一下房間裡模樣和其他織機明顯有些不同的那架織機。「這織機也好、布帛也罷，全是劉嫂子的大功呢！」

當日在寶慶鎮打聽到劉娥的消息後，陳毓就令喜子想法子接近劉娥，甚而還出錢幫劉娥醫好了女兒二丫的病。更在一次偶然登門時，碰見那李成再次輸了個精光回家，還欠了一屁股的債務。

天下的賭徒自來全是一樣的沒頭腦，那李成早厭棄了妻女，竟然回去就找了人牙子，要把劉娥母女賣掉。虧得陳毓去得及時，從人牙子手裡買了劉娥母女，再悄悄的把人安排到這農莊裡來。

雖然早知道這個叫劉娥的女人定然會給紡織業帶來巨大影響，可陳毓還是沒料到會這麼快就有成效。

劉娥自小就心靈手巧，母親和祖母都是當地有名的紡織能手，不時會創出些新花樣來。到了劉娥這裡，竟是比母親和祖母還要厲害得多，不獨於織布上巧思不斷，便是織機也被她看出些門道。如今她對陳毓感激不盡，一心做出些成績來回報。

陳毓聽說後，便又讓喜子把自家商號裡的木匠派了來，隨時聽候劉娥吩咐。終於把劉娥的諸般想法一一實現，在舊式織機的基礎上加以改良，織出布帛的速度較之從前提高了三成不止，更兼輔以特殊手法之後，還織出了這等世上絕無僅有的精美布帛。

花色精美、輕薄如羽，恍若天上雲霞一般美不勝收、華美絢麗！

別說天下那般愛美的姑娘小姐，就是秦忠這個大老爺們，瞧著都有一種心旌神搖之感！

「秦伯安排一下，咱們明日就去裘家拜訪。」陳毓語氣沈穩，便是提到大名鼎鼎的裘家，語氣裡也並沒有半點兒膽怯。

天下商人莫不重利，裘家能做到皇商，眼光自然更加精刁。之前許是不會為了一個小小的舉人就幫著和阮家打擂臺，可有了這布帛就不同了。

記得不差的話，這雲羽緞的出現可是比上一世早了三年之久。

前世，雲羽緞甫一問世便迎來了世人的哄搶，價格也迅速抬高到一個匪夷所思的地步，聽說便是皇城中，也人人以能得一疋雲羽緞為榮。

阮家更借著這股勢頭賺得個盆盈缽滿，連帶的家族地位也跟著上升。

自然，這一世的阮家可是什麼都撈不著了！

阮笙花高價囤積了如此多上好的絲線，一旦無法從陳家手裡奪走織錦坊的生意，也就只好守著那麼一堆絲線哭死這一條路了。

秦忠又何嘗不如此想，早已笑得見牙不見眼，想了想又道：「咱們既有這等好東西，不然我去稟了老爺，讓老爺和我一同前去裘家，豈不更好？」

陳毓立刻否決。「不用，有我並這雲羽緞即可。」

前兒顏伯伯的話裡，爹爹的任命已是板上釘釘，說不好這一、兩日就會有朝廷邸報。以官身行商賈之事，傳出去未免於名聲有礙。而且陳毓隱隱猜測，以裘家眼下的身分，說不好已然得到了消息也不一定，那就更不好讓爹爹出面了。

爹爹以後少不得在方城縣還要打交道，這會兒就做出低人一等的模樣，怕是後事不好措置。更何況現在家裡最大的倚仗乃是手中這雲羽緞，爹爹是否親自登門倒在其次。

饒是秦忠已經做足了心理準備，待瞧見富麗堂皇的一大片連綿府邸，也是瞠目結舌只剩下發呆的分了。

果然不愧是皇商裘家。

這樣一片煌煌然的闊大府邸，甚而那院門都要比別家高大華麗幾分，更不要說連外面走動的門房家丁，穿著比一般的官門小吏都還要體面。

「去吧。」陳毓的表現倒是鎮定得多，冷眼瞧了片刻，示意秦忠上前投遞拜帖。

那門房接了，剛要往裡走，不提防大門正好洞開，幾個人從大門裡走出來，走在最前面春風得意、滿臉笑容的那個，不是阮笙又是誰？

「裘少爺，留步。」阮笙這會兒當真是欣喜欲狂。對面這位裘二公子雖說是家中庶子，卻竟是恁般能幹，竟能把自己引到老太爺面前！而且瞧方才裘老太爺的樣子，明顯對自己和藹得緊，雖是現在還沒有正式承諾什麼，可話裡話外無疑對自己頗多賞識。

「阮爺客氣了。」那裘二公子瞧著年齡也不過二十歲上下，生得卻是頗為俊俏，襯上那身繡著竹葉紋的月白色長袍，頗有股玉樹臨風的味道，瞧著不似商賈人家，說是書香子弟還差不多。

這會兒裘二公子臉上矜持的笑容恰到好處，既不讓人覺得輕慢，又自有居高臨下的威勢。「能結識阮爺這般人物，也是文明的造化。阮爺只管回去靜候佳音便是。」語畢，一錯眼正好瞧見旁邊站立的秦忠並陳毓兩人，不覺蹙了下眉頭。

尚未來得及說什麼，阮笙正好轉過頭來，待看見兩人，「哈」的一聲就笑了出來。「我道是誰呢，卻原來是你兩位啊。怎麼一大早就跑到這裡撞木鐘了？」

裘文明這才又把眼光投注到兩人身上，細細打量兩人，臉上神情明顯有些了然。果然就聽阮笙指了兩人笑著對裘文明道：「二公子還不認識吧？他們就是秦家織坊金尊玉貴的小少爺和大管事。只是要來求人也要有些誠意不是？眼下瞧著你家就要耽誤二公子的大事了，竟然就派了這麼個小孩兒來胡鬧？是陳舉人老爺架子太大了，還是準備著讓這小娃娃來個一哭二鬧三上吊啊？哎喲，你們可不會存了誣賴人家欺負小孩子的心思吧？」

「阮笙！」秦忠頓時怒不可遏，更是慶幸虧得老爺沒來，不然可不是要顏面盡失？「虧得我家老爺心眼好，留你在商號裡做事，倒沒想到竟是這麼個狼心狗肺的東西！」

「你敢罵我？」阮笙萬沒有料到，都這個時候了陳家人還敢這般強硬，陰陰的笑道：「好，秦忠，你不要跪著求我就好！」

一旁的陳毓聞言冷哼一聲。「一條狗罷了，還以為自己有多大臉不成？」不待阮笙反應過來，又轉向裘文明，正色道：「裘公子也是出身大家，自然知道經商者貴在以誠待人，試問，一個連恩主都能背叛的小人，這世上還有什麼事情是他不敢做的？所謂親君子遠小人，想來裘公子也是明白這個道理的。」

一番話說得阮笙簡直要氣樂了，內心更是有些驚異，倒沒想到這小王八蛋如此能言善辯，還這麼有膽量，竟然就敢當著自己的面搞起離間那一套了。

只可惜，只有自己明白，無論陳毓說什麼都是於事無補的，畢竟裘家看上的並不是自己，而是想要借著自己搭上嫂子，進而搭上宮裡的潘貴妃！

果然，裘文明蹙了下眉頭，看向陳毓並秦忠的神情很是不悅。「哪裡來的閒雜人等，這裘府也是你們這些人可以胡攪蠻纏的地方？竟敢輕慢我裘府的客人，當真是大膽！」

聽裘文明如此說，那些本來伺候一旁的家丁一下圍了過來，登時就要驅逐陳毓兩個，然而此時一道放肆的聲音忽然響起。「這是我的客人，我看哪個王八蛋敢往外攆？」

說話的是一個十三、四歲的少年，身量比裘文明略矮些，著一身大紅色的錦袍，頸下一個金燦燦的項圈，腰上掛著玉珮、香囊、記名符等不一而足，這會兒扠著腰氣勢洶洶的瞪著眾人，端的是一副小霸王的氣勢。

裘文明的神情僵了一下，那些正要叉了陳毓兩人離開的家丁也站住腳，模樣明顯有些懼怕。

只有阮笙不明白發生了什麼——這位小爺倒也認得，方才自己進府回話時，可不正在廳上挨訓？聽裘二爺說，這是他最小的弟弟。雖然不清楚到底為著何事被訓，卻也能瞧出其在家裡明顯沒有乃兄受倚重。

因這會兒還要求著裘文明，阮笙自然樂意適當的賣個好，大剌剌上前一步笑嘻嘻道：「哎喲，這不是四爺嗎！四爺許是看錯了吧？您這樣金尊玉貴的人兒，怎麼會認識這樣的破落戶？再怎麼說二公子也是您兄長不是，您便是心裡有什麼不開心，可也不要被些別有居心的人利用，沒得傷了和二公子的兄弟之情倒不好——啊！」

卻是裘四聽得火氣，不管不顧的一個窩心腳就踹了過去。「哎喲，這是哪家的驢沒拴好，跑出來噁心我了？瞧把你這混帳東西給能的，四爺認識什麼人，也是你這種不要臉的王八蛋可以管的？滾你的吧！」

阮笙被踹得好險沒趴下，好在裘文明探出一隻手拽住他，待抬頭，瞧見周圍一眾人低著頭一副要笑不敢笑的模樣，尤其是陳毓，臉上竟綻開了一個大大的笑容，差點沒給羞死。

裘文明已經鬆了手，蹙眉瞧了裘四一眼，轉過身來對阮笙一拱手，很是無奈道：「阮爺莫怪，小四就是孩子脾氣，還請阮爺看在文明的薄面上，不要同我這弟弟一般見識，待得閒了，文明一定親自上門賠罪。」一副貼心替弟弟收拾爛攤子的好哥哥形象。

裘四根本一點兒不領情，狠狠的朝地上啐了一口。「裝什麼好人！呸，假惺惺的偽君子！想要騙了小爺，作夢還差不多！」

說著便無比傲慢的對陳毓點了一下頭。「走吧，跟我進府，我看哪個不長眼的東西敢攔！」

陳毓倒沒有客氣，果然也沒理裘二，示意秦忠抱好懷裡的包袱，跟著裘四往府裡而去。

阮笙恨得牙根都癢了，有心上前阻攔，可剛挨了一腳，這會兒心口還疼著呢，只得眼巴巴的瞧著兩人進了裘府。

「二公子，這……」

裘文明搖了搖頭，一副勝券在握的模樣。「放心，這兩人既是和小四交好，想要做什麼事自然是不能成的。而且，你既然是我裘府的客人，小四卻如此無禮，回頭我祖父知道了也定然是不高興的。至於你所求的那件事，我瞧著，十之八九是成了。」竟是非但沒有一點兒被幼弟下面子的難堪，反而頗為輕鬆的模樣。

裘四大名裘文岩，從小就是個混不吝的主，每天到晚少不了惹是生非，雖因為是家中幼子，頗得祖父憐憫，家裡的生意卻是萬萬插不上手的。不獨如此，祖父對他雖是寬容，對他的朋友卻自來不喜，即便那陳毓有些道行，可既是通過裘四的門路進的裘府，怕是祖父沒見到人就已經先厭棄了。

那邊裘文岩已帶著陳毓等人進了府，只是一反方才對陳毓兩人的維護，裘文岩這會兒明顯對兩人很瞧不上眼的樣子，不耐煩的瞟了一眼兩人道：「怎麼還跟著？不會真指望爺給你們帶路吧？該上哪兒就上哪兒去，別讓爺瞧著心煩。」

說著一轉身，又要往外走。

之所以如此，全因裘文岩的心思簡單得緊——那就是找裘二的不痛快。

和裘二不對脾氣也不是一天、兩天了，裘四最大的樂趣就是和這個無論何時何地都喜歡裝的「好哥哥」唱對臺戲，甚至因為這一點挨了多少次打都改不過來。

不怪裘四如此，實在是因他論起計謀來根本比不過裘二這個隨便一動就渾身都是機關的好二哥。可這不代表裘四就真是個愚蠢的，不知道這世上到底誰對自己是真正的好。

別人都說裘家富可敵國，能生為裘家的少爺，自然是前世修來的大福分，唯有裘四卻覺得憋屈得緊——若不是因為這萬貫家財，娘親何至於鬱鬱而終？

甚而現在三姨娘和裘二時時處處給自己和兄長挖坑，不也正是因為這一點？

裘家的錢是多了，可就是沒一點兒人情味，只除了他一母同胞的三哥裘文雋。

要說這個家裡，裘文岩最樂意親近也最願意聽話的，就是三哥了。裘文岩也很自信，三哥在這個家裡最疼的亦是自己，雖然這也正是裘文岩最嘔的一點——

自己每次跳進二哥挖的坑裡，都必然會連累到三哥。

小時候三哥就為了護著自己，不止一次受家法，長大之後，裘二和那個女人竟然設計著想要把三哥趕了出去。

比方說這次，若非裘二故意和那中年人親近，又安排家丁亂說什麼那中年人會把女兒許了自己為妻，自己也不會登時就鬧出來，衝撞了那位內務府的貴人。

誰能想到，那中年人其實是三哥好不容易請來的呢？

明明是自己惹的禍，要打要罰也全衝著自己來就好了，倒好，所有的罪責又被算到了三哥身上，甚而為了向那位大人賠罪，三哥這兩天就要被打發出去了。

這兩天眼瞧著裘二和三姨娘走路都帶風的樣子，裘文岩算是明白了，自己這次怕是把三哥坑得太狠了，說不好以後這個家就真的歸裘二和他那個不要臉的娘了。

這般一想，裘文岩自然越發無精打采。

他垂頭喪氣的就要走，不防陳毓忽然笑吟吟開口。「四公子是不是擔心三公子？或者，想把那害你的壞人打一頓出氣？」

「你怎麼知道？」裘文岩嚇了一跳，看向陳毓的眼神都有些不對勁。還真是有夠邪性的，這小東西怎麼知道自己在想些什麼？

「怎麼知道的四公子不必管。只要四公子幫著把三公子找來，我不獨能幫三公子，還能讓四公子把害你的壞人打一頓，更不會被你們家老爺子怪罪。」陳毓一副勝券在握的模樣。

「你說得真的假的？」裘四這會兒也不管陳毓的年齡瞧起來有多不靠譜了，能光明正大的坑老二一回，實在是裘四畢生最大的心願。

「這可是在你裘家，四公子還怕我弄鬼不成？」陳毓反問道。

「那倒也是。」裘四撓了撓頭。這可是自己的一畝三分地，這陳家又是有求於自己，可不信他們會鬧出什麼鬼來。

這般一想當即點頭。「好，你先到我院裡歇會兒，我這就去找三哥。」

口中說著，一溜煙的跑了出去。

瞧見裘四跑得沒影了，秦忠卻是捏著一把汗。「少爺，這事真的能成？」

之前因為雲羽緞的緣故，秦忠還是信心滿滿的，但方才見著阮笙才知道，人家竟是已然把裘二公子和裘家太爺的路都走通了。小少爺不明白，自己卻最是清楚，這裘家眼下可不正是裘二公子風頭最勁？裘老爺子在家中更是一言九鼎。

「無妨。」陳毓端起茶杯喝了一口，徐徐道：「倒真是好茶。」

陳毓記得清楚，上一世這個時候，裘家丟了皇商的身分，一直到三年後雲羽緞問世，裘家才憑藉著與阮笙合作，重新得回昔年的榮光。

眼下裘家倒是來了，可真正的關鍵雲羽緞卻是在自己手中。

裘文雋來得很快。

果然是親兄弟，裘文雋的外貌和裘四生得頗像，卻比裘四更加俊朗，尤其是那一雙斜飛入鬢的濃眉，令得整個人增添了不少英氣。相較於裘文明自詡精明卻不時透露出來的小家子氣，裘文雋無疑穩重大氣得多。

這樣一個年紀輕輕便深沈內斂的精明人，又是貴重的嫡子身分，怎麼就會被庶兄逼到這麼艱難的境地？

許是陳毓臉上的詫異太過明顯，饒是裘文岩也不覺紅了一張臉，瞪了陳毓一眼，甕聲甕氣道：「看什麼看？快點說正事才是正經！要是你敢誑小爺，信不信我待會兒就讓人廢了你……」

被裘文雋涼涼的一眼看過去，裘文岩忙就閉了嘴，有些尷尬的撓撓頭道：「哥你別氣，我就是這麼一說，你放心，我以後一定再不混帳了。」

那般乖巧的模樣，哪裡還有之前一點兒小霸王的樣子？

陳毓看得失笑，這會兒如何不明白這裘三定然是被裘四給拖累的，有這麼一個豬隊友，怕是什麼好事都會被攪和得乾乾淨淨。

裘文雋瞥了陳毓一眼。他之所以這麼快跟著趕來，卻是存了把人趕走的心思，不定又是哪家的紈袴，勾著自以為聰明的弟弟做混帳事罷了。

再沒有想到，弟弟口中的能人竟然是個幾歲的娃娃！若然平時，這樣的人精裘文雋還真是有些興趣，但這會兒他完全沒有一點兒想要探究的好奇心，畢竟他已然自顧不暇，又哪裡顧得上別人？

當下朝兩人一點頭，開門見山道：「陳少和秦管事的來意我明白，便是那阮笙坑了你家的事，我也清楚，只可惜我並不是斷案的青天，怕是幫不了你們，眼下這個家也不是我作主。這樣吧，我手裡正好還有幾個絲線商人，你們去尋一下。這會兒既然著了別人的道，你們家傷了元氣是免不了的，卻還不至於到最不堪的境地。」

陳家的事情裘文雋本完全可以不管，只是這陳家小少爺倒是個有意思的，年紀小小就有這般沈穩模樣，將來說不好會有作為也不一定，如今就當結個善緣罷了。

「三公子果然非常人也。」陳毓眼中的讚賞更濃。「光這份心胸就讓人佩服。只是三公子也莫要把事情想左了，我們之所以登門，並不是走投無路來登門求饒的，不過是有一個大機遇，我帶來的這寶貝不獨是對我，便是對三公子和四公子應該也頗有助益。」

說著示意秦忠打開手裡的包袱。

裘文雋微微搖搖頭。倒不料這小子還是個執拗的，也不想想以裘家的豪富，什麼樣的寶貝能入得了眼？又有什麼樣的寶物能抵得了讓裘家保住皇商身分的誘惑？畢竟年齡小，這陳家小子還是想得太簡單了些。

當下便道：「寶貝你們還是收著吧，說不好變賣了——」話說到一半卻忽然頓住，不可置信的上前一步！

老天！世上怎麼會有這般華美的布帛？自己兄弟二人身上穿的已經是一等一的好料子，可比起包袱裡的這布帛，依舊是差了不止一點半點。由於太過驚豔，裘文雋的手都不敢探出去，唯恐自己著力太過，毀了這布帛。

良久，他才輕輕撫上，入手處只覺說不出的柔滑細膩，觸摸起來真真是舒服至極。

「這……這是哪裡得來的？」裘文雋的聲音因為激動都有些嘶啞。

這樣的布帛倘若真是問世，必然引起紡織業的大動盪！畢竟，江南自來便是紡織最為發達的地方，可那麼多錦繡織坊，卻沒有哪家能製出這般精美的物事。

這會兒，他如何不明白陳毓言中「大機遇」的意思？

真是掌控了這布帛的工藝……不，退一萬步說，只要有渠道得到這樣的布帛，裘家眼下的處境不獨會迎刃而解，還必然能登到一個新的高度。

裘文雋越想越激動，已是完全沒有了之前因陳毓年齡小而起的輕視之意。眼前哪裡是一個小娃娃？分明就是一個金燦燦的散財童子啊！

「我們既然來尋三公子，自然是抱有十二分的誠意，」陳毓緩緩道。「不瞞三公子，這布帛正是我家織坊所產，而織布的工藝，也是我家所獨有。」

秦忠聞言有些著急。小少爺這麼快就把底牌給露了出來，要是別人起了壞心怎麼辦？

陳毓微不可察的搖了搖頭。之所以敢這麼大剌剌的翻出底牌來，除了表示自己的誠意外，更因為懷裡那枚百戶權杖。更何況，這裘文雋的人品，他認為信得過。前世裘文雋既然能帶領裘家走上新的高度，氣度必然不凡。而眼下他為護親弟，險些被打發出府，如此重情重義之人，當不會做出背信忘義的事來。

裘文雋怔了一下，片刻後，竟是伸出手來和陳毓一擊掌。「好兄弟，你這份人情裘三領了！你放心，有我在一日，裘家絕不會負你！」又用力拍了下裘四的肩。「阿弟，這次可真是多虧了你。」

一句話說得裘四頓時受寵若驚，好險沒哭出來。從小到大，自己不是給哥哥捅小窟窿就是捅大窟窿，雖然哥哥從來沒有埋怨過自己，照舊把自己護在身後，可天知道自己心裡有多難過多愧疚，這是第一次他真的幫到了哥哥，還被誇了！

裘文岩高興得有些暈乎乎的，恨不得蹦幾下，左右瞧了瞧，竟上前一下就把陳毓給抱了起來，對著小臉蛋上「啾」的就是一口。「小子，你太厲害了，以後我就跟著你混了，你當我老大！」

猝不及防之下，被雷劈一般的陳毓無言。

「走，我們去找祖父。」裘文岩卻是顧不得了，上前拽了陳毓的手就往外跑，陳毓力氣哪裡及得上他？好險沒被拽趴下。

「你說你怎麼就這麼小呢？」裘文岩抱怨了聲，一矮身就把陳毓拎起來，一下甩到脖子上。「坐好。」

竟是馱著人就往裘老爺子的院子飛奔，這一下，不獨令得後面的裘文雋和秦忠目瞪口呆，更不知嚇壞了多少裘家下人。

那個馱著人跑得飛快的真是自家最愛無事生非的惡霸小少爺？那個孩子定然是瘋了吧，竟然敢騎在裘家最蠻橫的小少爺頭上？

裘文岩則是毫無顧忌地一路「哈哈哈」笑個不停，陳毓能救得了三哥，別說馱著他跑一圈，就是讓他跪下磕幾個響頭都願意，更別說他還要仗陳毓狠狠的打裘二的臉呢！

府裡不同尋常的氣氛也驚動了裘文明——

不得不說裘文明還是很有兩下子的，尤其是在哄老爺子方面。當然，裘文明自個兒也清楚，真論起經商一途，老三那人委實是個有天分的，可惜他娘不爭氣，給他生了那麼一個愚蠢的弟弟。有老四這個專業坑哥哥的蠢貨在，自己終於心想事成。

饒是如此，裘文明也並不敢掉以輕心，更是謹記只要一日不掌裘家權柄，就要時時抱緊老爺子的大腿。畢竟自己之所以在家中地位穩若磐石，除了聰明的腦子以外，更重要的是能得了老爺子的喜歡。

因此，送了阮笙離開後，裘文明連自己的小院都沒回，就徑直來找裘老爺子了。

兩人又說了好一會子話，裘文明更是一再保證，有了阮家這條線，裘家皇商的身分定然無可動搖，最後還是看老爺子有些累了，這才告辭出來。

只是他前腳剛出了老爺子的房間，後腳就和裘四迎頭撞上。待瞧見他馱在身上的人後，更是驚得眼珠子險些掉下來。

轉而又不屑至極——這世上自己就沒見過比老四還要更蠢笨的人，瞧這模樣，分明連個小孩也能把他哄住。

當下站住腳，先柔聲對裘文岩道：「小四你這是做什麼？你可是咱們裘家的眼珠子，再怎麼著也不能讓人這麼作踐。」又狠狠的瞪了陳毓一眼。「哪裡來的狂妄小子？我們小四是什麼身分，你怎麼就敢這麼膽大妄為?!還不快滾下來！」

說著，探手就要去拽陳毓，裘文岩一驚，忙往後退了一步，就聽耳邊陳毓小聲道：「快倒。」

裘四聞言，一個踉蹌就坐倒在地，手還下意識的緊緊抱住陳毓。這小傢伙可是自己的貴人，摔了自己也不能摔了他呀！

陳毓怔了一下，拚命忍住笑。

一直以為裘四就是個糊塗的小混蛋罷了，倒沒料到還是個知恩圖報的。只是這樣輕輕鬆鬆坐地上無疑顯得太假了些吧？他忙裝作不支地往地上倒去，連帶的裘四也被帶趴下了。

裘四委實驚了一跳，忙翻身從地上爬起來，跪坐在陳毓身邊。「阿毓、阿毓，你沒事吧？」

「我……我沒事……」陳毓的模樣有些驚恐，又被裘四這樣來回一揉，頭髮早亂了，他害怕的瞧著裘二。「他不是你哥哥嗎？幹麼要打我們？」

一句話登時讓裘四醒過神來。但凡對上裘二，裘四從來都是和打了雞血一般，沒事還要攪三分呢！這會兒看陳毓嚇到，裘四「嗷」的一聲就從地上蹦了起來。「裘二，我就知道你不安好心！你自己下作，哄著我得罪了貴人，又把罪責全賴在我哥頭上。這還罷了，好不容易我又找著了貴人，你又來搞破壞？你不就是想著再把這個貴人趕走，好把我哥逼得走投無路嗎？你這狼心狗肺的東西，今兒個不捶扁你，我就不是裘四！」說著站起來朝著裘二就撞了過去。

裘文明一臉的莫名其妙。自己剛才明明還沒有碰著那個小混帳呢，怎麼他們就倒了？猝不及防之下，他被裘四撞得猛一趔趄，這還不算，裘四的膝蓋還隨之曲起，好巧不巧，正好頂在那要人命的位置。

裘文明一個不察，疼得臉都變色了，他來不及思索，摁住裘四的雙肩就猛地往後一推，裘四「啊」的一聲慘叫起來，那般慘厲的模樣好像受了多重的傷似的。

「哎喲、哎喲，疼死我了！好你個裘二，你這是想要殺人滅口啊！」

「混帳東西，什麼殺人滅口？」裘文明疼得狠了，臉都是青的，一直維持著的笑容也掛不住了，劈手一下揪住裘四的衣襟，卻忽然覺得不對——

方才動靜實在太大了，這一會兒工夫竟是就驚動了不少人，都正探頭探腦的往這邊瞧呢。他忽然明白過來，這裘四什麼時候這麼聰明了？竟是要坐實了自己欺壓弟弟的事！裘文明心裡一個激靈，就要鬆手。

可惜他想要偃旗息鼓，裘四卻是不幹，好不容易有個光明正大削老二還不會連累哥哥的機會，傻子才會放過呢！他死命的纏上裘二，照著身上就開始拳打腳踢——當然還記得放過臉等裸露在外面的肌膚。

裘二一時覺得身上火燒火燎的，氣得也顧不得其他，拚命的想要把裘四甩開。

裘二這人慣常是裝慣了的，又因為是庶子，十分在意自己的外在形象，平日裡總要在旁人心中留下斯文有禮的印象，反倒裘四這般惹是生非的性子，雖沒有正經習過武，打架卻是在行得緊，如此落在外人眼裡，兩人分明就是廝打成一團。再加上依舊跌坐在地起不來的陳毓這個苦主，更加坐實了裘二欺負幼弟的事。再怎麼說裘二可是二十歲的人了，裘四在大家眼裡也就是個半大少年罷了，更何況，被打的還有個更小的孩子呢！

裘二渾身痠痛，偏又擺脫不了裘四，再看眾人的眼神，簡直要氣瘋了。以往都是自己算計老四，沒想到有朝一日也會被這個蠢貨給算計，忙一迭聲的叫家丁上前拉開裘四。

裘四這人雖說混帳了些，在家裡卻是霸道出了名的，偏老爺子還挺待見，總跟人說自己這小孫子就是太實誠了，是以不管惹了多少禍，都有家裡人想法子護著，這會兒又眼見是真吃了虧……

小少爺發起瘋來，那可是連老爺子也止不住的，這麼個霸王性子，真要這會兒上前去，說不好挨打的就變成自己了。

看家丁不動，裘二當真是氣得眼睛都要冒金星了，一錯眼正好瞧見一前一後慢步走來的裘文雋，怒氣攻心之下大聲道：「老三，你怎麼恁般歹毒！便是不服祖父的處置，也不當拿了小弟當槍使！」

裘文雋根本不理他，快步上前一把扶起陳毓。「阿毓這是怎麼了？誰打你的？」百忙之中又衝依舊扭打在一處的裘四道：「還不快停下！那是二哥，便是捶你幾下，你受著便是了，怎麼還就敢還手了？還有，之前我不是囑咐過你，好生帶著小毓拜見祖父嗎，你怎麼倒把人弄成這個樣子了？」

第八章　結盟

同一時間，幾人身後的院門終於打開，一個滿臉紅光、胖得如彌勒佛一般的老者正站在那裡，眼睛在眾人身上掃了一下，尚未來得及說話，裘四已經撲了上去，抱著胳膊就是一頓嚎哭。

「祖父，您得給我作主啊！我三哥這會兒還在呢，二哥就恨不得打死我，要是三哥走了，您說不好就見不著我了啊！還有阿毓……」說著轉手往裘文雋扯著的頭髮蓬亂臉上也灰撲撲的陳毓道：「那可是咱們家的貴人，帶了寶貝上門的，也是我的好朋友，二哥竟然也敢打！」

裘盛和明顯聽到了裘文雋的話，又見裘文明也就衣服有些皺了，並沒有吃多少虧的樣子，倒是裘四和那個說是一塊兒被打了的小娃娃瞧著很是狼狽，臉色就有些不好看。

裘文明意識到不妙，忙強撐著上前。「祖父別聽他胡說，是四弟想找我麻煩。」

裘盛和一下打斷。「好了，你做哥哥的，怎麼就這麼和弟弟扭打？」

老三就要走了，以他那般護著老四的個性，怎麼就敢這個時候陷害老二？至於老四，從來都是個不開竅的榆木腦袋，橫一些也就罷了，要說想法子算計老二那是萬萬不可能的，說不好還真是老二有些恃寵而驕了……

這般想著，裘盛和便越發鼻子不是鼻子臉不是臉的。「都跟我進屋去。」

第一次吃了虧，還在這麼多人面前沒了臉，裘文明惶惑之餘更是牙齒都快咬碎了，他不敢再說什麼，但一回頭正對上裘四得意洋洋擠眉弄眼的模樣，頓時氣得粗喘起來。

裘四這會兒當真是和吃了人蔘果一般舒爽至極，連帶的對陳毓更是佩服得五體投地。方才所為，自己還將信將疑，倒不料，真就有生以來第一次讓老二吃了這麼大個啞巴虧！決定了，以後就認定陳毓當老大了！

裘文明哪裡吃過這等啞巴虧？眼珠一轉瞟向裘文岩，強忍著身上的疼痛，溫和地道：「四弟你就是年紀太輕才會被人利用，你三哥什麼樣的人品我還不知道？再不會眼皮子淺到見了別人家寶貝就敢拿家族利益去換。祖父常說，咱們裘家能有今日的局面，也並不是天上掉下來的，真真幾輩子祖上櫛風沐雨、胼手胝足換來的。咱們做子孫的享了祖上遺澤，即便不能開創出新局面，好歹也得守成不是？可不好學那小家子氣的，受了些孝敬，就把家族給撂到腦後了。」

這麼多年來，裘文明實在是早摸清了老爺子的思路，雖說斷不會讓自己兒孫受委屈，可萬一損及了家族利益，那便是親兒孫也顧不得的。

裘四屢屢跪祠堂也好、裘三漸漸被自己排除出裘家權力中心也罷，無一例外，全都是裘四違背了老爺子心中這最基本的一條。

老爺子的臉果然沈了下來。

裘文雋似是沒看見一般，上前一步護住裘文岩，冷然道：「四弟這麼小，又懂什麼？二哥何必說這樣的話嚇唬他？且四弟說陳少爺乃咱們家的貴人並非虛言，陳家確實帶了寶貝上門。我聽四弟說二哥在大門口就堵著不讓陳少爺進來，這會兒人都到了祖父跟前了，二哥即便再想促成和阮家的聯盟，也沒必要為了趕人走便對自己親兄弟下手吧？還是二哥擔心祖父見了陳少爺和他帶來的寶貝後會改變主意，否決了你和阮家那見不得人的交易？」

裘文明暗自得意，果然一提老四，老三腦子就開始糊塗。自己之前已經調查過，陳家也就出了個舉人，還是靠了丈人家才有些餘財，可天知道比起裘家來又算得了什麼？還寶貝？簡直是天大的笑話！也就老三這會兒不知怎地，竟為了護著小四說出這樣一番謊話來。

當下陰陰一笑，很是乾脆的道：「你說得不錯，那樣的東西我還真看不上眼！你眼裡瞧著是難得的寶貝，我瞧著也不過就那麼回事罷了。老爺子支撐家族本就艱難，咱們兄弟便要懂事些，即便不能出多少力，好歹不要扯後腿才是。已經得罪了一個江大人，這會兒若又得罪貴妃娘娘的親戚，咱們家怕真就要沒有活路了！」

裘文雋還未開言，裘文岩「嗷」的一聲先就急了。「我就說二哥你不安好心！明知道陳家手裡有什麼，還三番五次出手阻撓！甚而想和阮家聯合，讓我們家徹底和陳家再無關聯。平常總說什麼家族後輩要時刻心念家族，我瞧著你怎麼就一門心思的想要毀了家族呢？前兒你誘著我得罪了江大人，這次，我斷不會讓你再誆了爺爺，把家族置於險境之下。」

說著上前一步接過秦忠手裡的包袱，一下打開來對著裘盛和道：「祖父您來瞧，這樣物件算不算寶貝？二哥卻是那般想盡法子阻攔阿毓進府，是不是不安好心？」

「四弟，陳家那樣的人家也值得咱們結交？你便是說出花兒來——」裘文明冷笑一聲，話說到一半卻又頓住，不敢置信的瞪大雙眼。這是哪家織坊！竟有如斯絕技？

轉而想到自己方才的話，瞬間明白，這次真是上了老三和老四的當了！於裘家而言，這布帛可不就是價值連城的寶物？

可恨適才竟當著老爺子的面承認，自己就是不想讓這東西出現在老爺子面前！這般想著，不由雙膝一軟，一下跪倒在裘盛和面前，白著一張臉道：「祖父，我不知道陳家手裡竟是有這種東西……」

裘盛和哪裡顧得上搭理他？徑直從跪著的裘二身旁繞了過去，狂喜無比的把那疋布帛抱到了懷裡。

裘家之所以今年有些艱難，最大的原因並非朝中無人，而是江南又有幾家織錦大商強勢崛起，相比起裘家來，對方手中的布帛不論花色也好、質量也罷，竟皆隱隱凌駕於裘家之上。

裘家之所以會想著去依仗貴人，便也緣於此。只是即便有貴人願意出面，幫著保一下裘家，也不過揚湯止沸罷了，並不是最根本的解決之道，想要穩固裘家的皇商地位，最要緊的依舊要著落在自家提供給內務府的布帛上，這才是裘家的立身之本。

之前會猶豫到底要不要提攜一下阮家，進而攀上貴妃娘娘，亦是為此。

裘盛和老於世故，何嘗不知道這般把整個家族貿然綁在不確定會否伸出援手的貴妃身上，無疑太過冒險。可也就是實在想不出好的法子，才會勉強應允了裘文明的提議。

他作夢也沒有想到，還會有柳暗花明、峰迴路轉的機會！若自家能擁有眼前華美的布帛，哪還需要仰仗什麼貴人貴妃！激動之下，不獨對陳毓和秦忠萬分看重，便是對慣會惹禍的裘文岩也是和藹得緊。

「這次果然多虧了小四，不然咱們家可不是要有大麻煩？好孩子，你且告訴祖父想要些什麼，祖父定然讓人尋了來給你。」

裘文岩怔了一下，旋即笑得和個傻子相仿。先是被三哥誇，又暴揍了老二，這會兒又被老爺子誇，再沒有哪一日比今天更幸福！

「這布帛是哪家織坊的手筆？秦管事放心，只要告訴我布帛的來源，其他相關事宜裘家可以自己進行，當然，你們有什麼要求，也儘管提便是。」老爺子瞧著秦忠，眼神熱切。

秦家的織坊並不大，怕是無法織出這般精美的布帛來。

秦忠也是老於世故的人，裘盛和這般熱情的瞧著自己，明顯把少爺當成充場面的，而把自己當成主事者了。只是裘盛和可以這麼想，秦忠卻並不敢認。

眼前的一切可不全是仰仗了小少爺？有小少爺在，哪有自己說話的餘地？因此他忙不迭地看向陳毓。「少爺您看……」

秦忠語氣裡發自內心的恭敬令得裘盛和不由一愣——難道秦忠不是眼下秦家生意的主事

者，真正當家的卻是這個六、七歲的小娃娃？

陳毓已然笑笑的開口。「老爺子當真有興趣的話，咱們不妨坐下來細談。」

還真就是這小娃娃當家？裘盛和詫異之餘老臉也不由一紅。方才先是因為對陳毓二人的厭煩，再然後則是完全被這華美的布帛給驚住了，竟是忘了給陳毓、秦忠看座。

他忙不迭探手拉住陳毓，親手送到客位上坐了，又請秦忠也坐下，轉眼瞧見跪在地上的裘文明，不覺蹙了下眉頭。

自己方才還遷怒陳毓，這會兒自然覺出些不妥來。雖然裘盛和相信，以裘文明的精明，斷然不會知道了這回事還一門心思往外推的。可再怎麼說，裘文明方才得罪了陳毓也是事實，當下沈了臉道：「有客人上門，不說好生接待，竟還動起手來了！文明你好大的威風！虧得文岩懂事，你才不致犯下大錯。還不快向陳少爺和你弟弟道歉？」

白白被揍了一頓不說，竟還被勒令給揍了自己的罪魁禍首賠罪，裘文明內心窩火，偏是還沒地方說理去！老爺子的性情裘文明知道，真是敢破壞了家族的生意，挨家法都是輕的，說不好落個被發配的結局也不一定。

裘文明當下勉強擠出一絲笑容，先抬起胳膊親熱的想去拍裘文岩的肩。「老四，今兒個是哥哥……」

誰知裘文岩絲毫不給面子的退開，裘文明拍了個空，臉色便越發不好看。卻也不敢發作，只得尷尬的收回手來，改為打躬。「方才是二哥不對，這裡給你賠不是了。」

說著又轉向陳毓，神情歉疚之中透著真誠。「方才多有冒犯，為表歉意，待會兒哥哥親自擺酒，向小兄弟賠情道歉，還望小兄弟切莫推辭才是。」言語中竟是想要排擠裘三兄弟倆，和陳毓交好的意思。

前倨後恭嗎？陳毓心裡冷笑，面上卻一點兒不顯，反倒作出一番天真的樣子。「四公子捽得才狠呢，這位公子真是四公子的哥哥嗎？下手也忒狠——」

一句話氣得裘二好險沒吐出一口老血來！下手也忒狠的明明是老四啊！世上怎麼會有這麼顛倒黑白的小孩？

更料想不到的是，陳毓緊接著轉向裘盛和道：「老爺子可不可以先打發這位公子下去？我一看到他就止不住的有些害怕……」口中說著，還應景的哆嗦了一下。

裘盛和人老成精，如何瞧不出陳毓這是拿定了主意不給老二機會，他除了怪裘文明太過莽撞，更是慶幸虧得有文雋和文岩兩個孫子在。

因此當下就無視了裘二求救的眼神，直接讓家丁「送」裘二回自己的院子裡歇著了。到了這般時候，裘文明便是臉皮再厚也不好意思留了。

看著老二憋屈得恨不得撞牆的背晦樣，直把裘文岩給爽的，恨不得抱著陳毓再親一口。便是裘文雋瞧著陳毓的眼神也越發明亮，竟不覺對陳毓頗有些知己之感。

待裘二離開，裘盛和就急不可耐的瞧向陳毓。「陳公子這會兒可以說了吧？」口中說著，心裡更是八爪撓心一般，那眼神恨不得在陳毓身上盯出個窟窿來。

「老爺子叫我阿毓就好。」陳毓忙擺手，一副又靦覥又乖巧的模樣，說出的話卻有板有眼得緊。「實不相瞞，這布帛乃是我家織坊所出。今兒個拿來，就是想請老爺子掌掌眼，若然老爺子覺得看得過去，咱們再說其他的。」

陳毓言語中的篤定令得裘盛和一怔，除了滿懷欣賞之情外，更有些忌憚。之前還覺得秦忠有些裝模作樣，這會兒卻明白他方才所說全無半點兒虛言，這小娃娃竟還真能作主。只是這般小小年紀便有如此膽色，若真令對方成長起來，假以時日，會不會反而替裘家樹立一個強敵？

裘盛和想了想，道：「這布帛我很喜歡，陳公子有什麼條件，儘管直言便是。」所謂知己知彼百戰不殆，總得先知道對方要的是什麼。

「那好。」陳毓爽快的點頭，開門見山道：「我家織坊乃是外祖父留給兩位娘親的嫁妝，因此便是如何艱難，小子也不會變賣。」

一句話說得裘盛和臉色一黑——這小傢伙，還真是人精！自己還什麼也沒說呢，就被他猜到心思了？

「老爺子看得上這布帛的話，小子願意和老爺子合作。」

「合作？」

「是。這雲羽緞不過是我家織坊新品種中的一項，以後說不好還會有其他。若然裘老爺子願意，以後但凡新的布帛，陳家願意全權交由三公子負責售賣，所得利潤，你我兩家六四分成。」

陳毓說得一板一眼，裘盛和卻敏感的意識到一點——陳毓的意思，明顯是向自己表明，無論將來如何，陳家並不準備和自家形成競爭關係，反倒願意對外用裘家的名頭售賣。

雖然有些遺憾，但他明白，若然陳家手裡真的還有新品布帛，於自己而言這種方法無疑是最有利的。當然，陳毓話裡話外還暗示了另一層意思，他只準備和老三合作，而老二甚至自己都被排除到了合作者之外。

裘盛和當下看了眼裘文雋，微微點了下頭。

「五五分成吧。」裘文雋探手拿過陳毓手裡的茶杯，又推了碟點心過去。「小孩子喝這麼濃的茶不好。」

看陳毓要推辭，裘文雋擺了擺手笑道：「阿毓既然信我，又幫了我裘家這麼大一個忙，三哥也不能讓你吃了虧去。對了，陳叔叔赴任方城縣時，阿毓一定要提前給三哥打招呼，到時候三哥去給你和叔叔踐行。」

裘文雋此話一出，便是陳毓也不由佩服。怪不得日後能把裘家生意做到那般難以企及的高度，不獨這份心胸、氣度，更有這份重情重義及對時局的精確把握。

這個人，自己沒有選錯。

直到把陳毓兩人送出門，裘文雋才向裘盛和請罪。「祖父不會怪我自作主張吧？」

「自作主張？什麼自作主張？」裘文岩有些懵懂，來來回回瞧著兩人的臉，半晌明白過來，笑嘻嘻的拍著他哥的背道：「爺爺肯定不會怪你的。我還覺得給少了呢！我瞧著啊，阿毓將來一定不是那什麼……對了，池裡的魚！」

一句話說得裘盛和噗哧一聲就樂了，照著裘文岩頭上就是一巴掌。「讓你不讀書！爺爺瞧著，你才是最蠢不過的一條魚！不過倒是讓你小子蒙對了一次。」

看著老爺子心情不錯，裘文岩也很是開心，猴兒似的抱住裘盛和的胳膊不住撒嬌。「那我好歹也算是將功贖罪吧？爺爺把我的禁足令取消了好不好？」

從得罪了那位江大人，老爺子處置了裘文雋的同時，更是嚴令裘文岩不許離開府門半步。這麼些日子以來，裘文岩真覺得尾巴都要憋折了。

裘盛和態度果然有些鬆動，只是這個孫子的不良記錄實在太多了些，饒是裘盛和也有些吃不消，想了想道：「你想要去哪裡？」

「我想去看阿毓。」裘文岩卻不是個會看眼色的，依舊興致勃勃道。

裘盛和這才長出一口氣，點頭笑道：「去找阿毓啊？也罷，就只一點，到了陳家，莫要淘氣才是。」又隱晦的提點了一句。「若是他有什麼難處，你也可以伸手幫一下。」

那陳毓將來必是個不凡的，這會兒結個善緣，於這個傻孫子而言也必然大有好處。

老爺子竟然答應了？裘文岩愣了半晌，好容易才回過神來，高興的一下從地上蹦了起來，忙忙的朝後面跑去。「快快快，備馬，我要找阿毓玩去！」

等裘盛和兩人醒過神來，裘文岩已經打馬衝了出去，虧得裘文雋反應快，忙不迭令幾個身強力壯的家奴跟了上去。

陳毓這會兒心煩得緊！

果然是冤家路窄，怎麼到哪兒都能碰見阮笙這個混蛋呢？

一開始在裘家門前也就罷了，還沒走多遠呢，阮笙就又在跟前開始晃了，甚而還跟著陳毓一前一後就出了城。

到了這時候，陳毓哪裡不明白，這阮笙分明方才就沒走，一直在裘家外面窺探著自己。

阮笙本就沒有隱藏行跡，看陳毓停下，知道自己這是被發現了，當下撩開車帷幔，衝著陳毓的車子冷笑道：「秦管事倒是個忠心的，只是記住一點，可別好心辦壞事，給你們姑爺惹禍才是。回去就說我說的，不鬧騰的話，爺興許還能給你們留下幾個辛苦錢，再敢這麼上竄下跳，信不信爺一個銅板也不給你們留？不獨如此，說不好你們老爺的前程也會就此生生葬送了也不一定！」

因所有身家都押在了這件事上，阮笙當真是一點不敢掉以輕心。本就擔心算計陳家的事會出差錯，待聽下人回報說陳毓竟足足在裘府待了兩個多時辰，更是暗暗心驚。難不成那陳家真的拿了什麼了不得的寶貝不成？可他絞盡腦汁也想不通，到底是什麼東西，竟然連裘老爺子也能打動？

秦忠簡直要氣樂了。如果是之前，秦忠說不好還真會有所顧忌，畢竟那李運豐再怎麼說也是響噹噹的進士。可剛才從裘文雋的嘴裡，秦忠知道了老爺已經定了方城縣縣令一職。既然有了這麼好的前程，自己還有什麼好怕的？只這會兒少爺既然沒有開口吩咐，秦忠便也不準備接話。

看秦忠沈默良久，阮笙以為自己是抓住了對方的軟肋，越發得意，索性直接走下車來，一步三搖的來至陳毓車前。「秦忠，你手裡那個包袱解開來，爺倒要見識一下，到底是什麼好東西，竟連裘家人也要賞臉？」

「果然是狗仗人勢。」陳毓終於開口，偏說的話能把人氣死。「可惜小爺眼裡，你連條狗都不如。阿武，光天化日之下竟然有人搶劫，你去，只管打！」

搶劫？還只管打？阮笙還沒有明白過來，就一下被人揪住衣服後領子，老鷹抓小雞一樣提溜了起來，頓時嚇了一跳。「你們要幹……」

話音未落，人高馬大的陳家僕人已湊上來，阿武抬手就把阮笙扔了出去。他一頭扎在一叢灌木中，脖頸恰好卡在兩根樹杈之間，頓時疼痛難當。

「哎喲，小兔崽子！還反了天了！竟敢對爺動手……」

早有兩個下人跑過去，忙不迭的把阮笙給拽出來，見了阮笙不禁倒抽了口涼氣——阮笙一張臉早已被樹枝給劃得全是血口子，雖是不深，血痕斑駁的模樣還是有些嚇人。

「小王八蛋，你怎麼敢！」阮笙疼得眼淚都快下來了，怒氣攻心之下，一迭連聲道：

「你們幾個全都過去，不拘胳膊或者腿，一定要把那小子身上的卸下一個來！只管打，出了事，爺給你們兜著！」

正喧嚷得厲害，又一陣噠噠的馬蹄聲傳來，卻是裘四帶人追了過來。大老遠就看到對峙的兩方人，裘四也嚇了一跳，忙忙跑到車前，下了馬就去拉開車門。「哎喲阿毓，那混蛋有沒有對你怎麼著？」

陳毓也沒想到裘文岩會跟過來，忙也下了車，笑笑的道：「我沒事，就是有不長眼的想要搶我手裡的東西，結果用力過猛，自己倒摔了個頭破血流。」

「是嗎？」裘文岩長出一口氣，又拍了拍胸脯道：「沒事就好。」

又忽然想到一件事。「想搶你的東西，什麼東西啊？」

陳毓笑著往車上那個包袱指了下。「吶，就是那個。」

裘文岩轉頭瞧去，頓時就急了眼。雖然平日裡沒少被哥哥罵頭腦簡單、四肢發達，可這個包袱卻是認得的，裡面裝的不就是那雲羽緞嗎？那可是關係到哥哥前程的物事！

他氣得大踏步上前，劈手揪住阮笙的衣襟，照著臉上就是啪啪啪一陣耳刮子。「王八蛋！是不是老二那個混蛋派你來的？想跟我哥搶，小爺今兒個不打死你！」

一頓耳光不但把阮笙抽得暈頭轉向，一鬆手，就陀螺似的在地上轉個不停，連帶阮笙的那些屬下也嚇呆了。這小煞星眾人是認得的，可不是裘家那個橫行無忌的小霸王？

阮笙一張臉頓時被揍得豬頭相仿，抖著手指指了裘文岩半晌，「噗」的吐了一大口血出來，連帶的裡面還有幾粒牙齒……

裘文岩還不解氣，又抬腳一下把人踹翻在地，這才笑嘻嘻的跑到陳毓跟前。「阿毓別理他。你這會兒要去做什麼，我陪你。」

陳毓忍俊不禁的彎彎嘴。「閒著也是閒著，不然，去李家拉聘禮——」

裘家依舊繼續和自家合作，阮笙勢必會傾家蕩產，待再傳出爹爹謀了縣令的消息，說不好李家又會出什麼么蛾子，倒不如趁這個機會了結清楚才好。

「拉聘禮？」裘文岩本來就是個唯恐天下不亂的，聞言頓時大感興趣。「阿毓已經定親了嗎，是哪家小姐？」轉而又覺得不對。「嗄，是不是你老丈人家人欺負你？你跟哥哥說，哥哥去給你出氣。」

一番話說得陳毓哭笑不得。怪不得裘三吃了怎樣的虧也要拚命把這弟弟給護住，要說裘四的性子雖是蠻橫了些，卻意外的真性情，對人好起來，那可是真的好。

當下用腳尖指了指依舊在地上裝死的阮笙。「就是這位想要謀奪我家財產的阮爺他外甥女。」

「什麼？」裘文岩一下瞪大了眼睛，看向陳毓的眼神立馬多了些憐憫。自己被老二那個人渣算計已經夠苦了，阿毓也挺慘的，還是被未來媳婦給坑了！

他越想越氣，抬腳朝著阮笙又踹了一下。「果然是龍生龍鳳生鳳，老鼠的兒子會打洞！你這樣的人渣，就會有人渣外甥女！以後有多遠滾多遠，別再在爺跟前晃悠，不然，爺見一次就打你一次。」

裘文岩這話說得霸氣，卻是有底氣得緊。反正自家錢多得花不完，阮笙這混帳又生就一副找揍的嘴臉，頂多打得狠了，給他買幾帖膏藥罷了。

又拉住陳毓的手。「走，哥哥陪你去，當初咱們家給了多少聘禮，自然要他們一點不剩的吐出來。不對，定要讓他們加倍賠償咱們的損失。」

裘文岩這種喜歡熱鬧的性子，從來都是唯恐天下不亂的，這會兒聽到有熱鬧可瞧，自然積極得緊。

秦忠猶豫了下，倒也沒勸什麼。老爺是個念舊的，雖已和李家撕破了臉，這些日子以來卻沒說過討還聘禮的事，想來心裡還念著些舊情，不願意鬧得太過。只是早已領教了李家的刻薄寡恩，秦忠極是贊同陳毓的做法，當下便也跟了上去。

當年的聘禮正是自己一手操辦的，雖說手裡沒有單子，但照樣能記個八九不離十。

這麼些人一下湧到李府門外，李家門房頓時就嚇了一跳，又看見從馬車上下來的陳毓，如何不明白八成是來鬧事的了，怎麼肯把人放進去？

再有，府內早傳遍了被自家退親的陳家當家人也謀了個位置，恰恰好就在自家老爺手下做事，故他這會兒瞧見陳毓，心氣自然不是一般的高。一個被退了親的奶娃子罷了，說不好在老爺面前還沒有自己有面子！

這會兒跑過來，十之八九是來討饒的！

這般想著，竟是一面吆喝著讓其他家丁過來堵人，一面直接攔在了門邊，冷著臉單手指著陳毓斥道：「你這小子，怎麼恁般厚的臉皮！也不想想你陳家是什麼樣的身分？怎麼就敢這麼一而再再而三的上門糾纏！」

一句話簡直把裘文岩給罵傻了，瞪大了兩隻眼睛瞧著陳毓。「好阿毓，他說什麼？」

不會吧，難不成阿毓真是喜歡人家姑娘？不然，憑阿毓這樣的人才，連自家老二都能被坑得那般慘，還會被人一再趕出去？

陳毓也被氣樂了。這李家人還真是好大臉！也虧得自己上門一趟，不然還不定被李家人怎麼在背後編排呢！既然李家不怕把事情鬧大，自己又怕什麼？

他自顧自上前一步，笑吟吟道：「我有事要見你們家老爺，你只管往裡面通報便是！」

那門房看陳毓一臉的笑，益發篤定自己想的是對的，更是有恃無恐，抬手就想去推陳毓。「什麼阿物兒！我們老爺那樣的貴人也是你隨隨便便就可以見到的？去去去！」

斜刺裡卻探過一隻手來，正是緊跟在陳毓身後的裘文岩。裘四早是認準了一頭，既然阿毓說要進去，那自然得進去，不讓進的話就是得罪了阿毓，也是得罪了自己！

那門房猝不及防，一下被裘文岩揪住胸前衣襟，氣得不住咬牙切齒，一迭聲衝陳毓道：「好你個沒臉沒皮的！這會兒夢還沒醒嗎？還以為自己是我們李府的嬌客呢！我跟你說，就是你跪著磕九九八十一個響頭，也甭想再攀扯上我們李府！」

又回頭朝著院內喊。「還愣著做什麼，全都打了出去！」語畢還抬手想要去抓裘文岩的臉。

裘文岩頓時就變了臉色。「哎喲嘿，這世上還有人敢打我！」在錦水城裡，哪家人見了自己不是退避三舍，這李家倒好，竟敢和自己來硬的？他手一抬就掐住了門房的脖頸，抬手噼哩啪啦就是幾個耳刮子，直把門房打得眼冒金星歪倒在地，殺豬一般的嚎了起來。「哎喲，不得了了，殺人了！」

那聲音太過淒慘，很快就驚動了不少左鄰右舍。

這幾日李府好事不斷，阮氏出入都是笑容滿面——一則老爺的任命馬上就要下來了；二則又順利的退了和陳家的親事，甚而陳家的產業也馬上就要成自家的了，阮氏真是無一事不順心。便是對著左鄰右舍，也鎮日裡都是笑咪咪的。

四鄰八舍也都是愛捧場的，不時三五成群上門賀喜，這幾天來李家一直都是熱鬧得緊。可這會兒怎麼就打起來了？好像言語間還提及什麼姑爺、不要臉、賴著李家這樣的話頭來……

一傳十十傳百之下，登時不少人跑來圍觀。

瞧見人越圍越多，裘文岩興致更足。方才已再次向陳毓求證，知道和李家這親事是注定不成了的，自然就沒了顧忌；又得了陳毓面授機宜，知道待會兒又有熱鬧可瞧了。

等看到人來得差不多了，裘文岩整整衣冠輕咳了聲，向著周圍眾人一拱手。「難得眾位鄉親捧場，今兒個就請眾位幫著做個見證。」

要說裘家人本就生得齊整，裘文岩一個鮮衣怒馬的少年，這般正正經經同人說話，倒也唬人得緊，好多人瞧著有趣，竟是哄然應諾。「公子請說。」

裘文岩點了點頭，朝自己那手下一使眼色。

所謂物以類聚、人以群分，裘文岩的這些手下自然也是隨了主子的性子，都是惹事的行家，於那些無賴手段也俱是精通得緊。

一個個手下一點不含糊的把李家撲上來的家丁打翻在地，又覷著空將李、陳兩家舊事好一番渲染，說得那叫一個熱火朝天。

「當初我家老爺不嫌棄李家家貧，想著幫扶他家，才應下這門親事，倒不料，李家竟是忘恩負義的主……」啪！

「這邊剛有了官身，就看不起我家少爺……」咚！

哢嚓！「你李家想攀高枝，便是成全你們也沒甚不打緊的，緣何又要勾結了小舅子謀奪我家產業？」

「這麼坑了我們家，還想昧了我家的聘禮！」啪！

「咱們找上門來，也不過就是想要取回聘禮罷了，沒得就被人堵著要打！」嗵！

「虧得咱們當初給的聘禮多，這來拉聘禮的人也多，不然……」

「忘恩負義之徒！」

「偽君子！」啪！

「不要臉！」啪！

真是羞辱並巴掌齊飛，那叫一個熱鬧！

那被揍得鼻青臉腫的門房本來還一直叫囂著要給陳毓等人好看，這會兒也明白過來事情怕是不對。陳家的反應也太怪了吧，不該趕緊磕頭求饒嗎，怎麼就敢還手了？

等李運豐察覺動靜不對，忙忙的出來，正好把這些話聽了個正著，氣得身子一歪，好險沒暈過去！

這又是忘恩負義、又是嫌貧愛富，特別是最後侵人家產一條，事情要真是傳出去，說不好對自己仕途也會有阻礙！

倒是小瞧了陳清和，還以為是個老實的，卻不防竟是恁般陰險！一方面冠冕堂皇的說什麼願意退親，另一方面卻故意散布這些言論，想要逼自己就範。做了這麼多，不就是想要自己收回成命，不好再提退親之事嗎？還真是想得美！

李運豐氣得不住咬牙，更是下定決心，不但這親家是再不會做了，等到了方城縣，還要趕緊想個法子擼了陳清和辛辛苦苦謀來的職位！絕不再給他任何一點機會。

李運豐好容易略定定神，忙一面令家丁遣散圍觀人群，一面對陳毓厲聲道：「無知小兒，竟敢做出這等混帳事來！你父親在哪裡，讓他過來說話。」

陳毓好險沒給氣樂了。這李運豐是不是腦袋被驢踢了？這還沒出仕呢，就擺出一副官老爺的派頭，瞧瞧方才那口氣，彷彿爹爹就是他家下人差不多了。

當下冷冷道：「些許小事，又何須勞動家父？還是你以為，我父親來了，你說幾句好話，就可以把當初我們家送的聘禮給昧了？你也是讀書人，更進士及第，倒沒料到竟是對些銀錢這般執著！」

「你胡說什麼？」李運豐簡直氣瘋了，更隱隱覺得不妙。怎麼這小王八蛋比自己還要強硬，好像並非如自己以為的是來求饒啊！「虧你爹讀聖賢書，好歹也是堂堂舉人，怎麼竟會教出你這般無賴的東西來！若非瞧在你爹面子上，今兒個我——」

話說了一半卻被陳毓冷聲打斷。「家父如何，不須你這等小人評判。再說，你和我之間什麼關係，大家都心知肚明，何必裝模作樣擺什麼長輩的譜！」

陳毓昂然道：「正好今日有這麼多鄉親在場，陳毓也有一句話要說——你李家既然自詡門庭高貴，我們陳家也不願高攀，咱們兩家的親事已是一拍兩散。當初的聘禮我們家雖是沒看在眼裡，卻好歹是給我未來妻子預備的，亦不想白白送給無關的人家。憑你們李家這麼高貴的門第，想來應不會昧了我家的東西，可這麼些日子你們家卻是隻字不提，甚而我們尋上門來，還要把人打了出去，倒也不知這是哪門子道理？」

圍觀眾人瞧著那麼大點一個娃娃不但在這麼多人面前侃侃而談，還說得有理有據，竟是連堂堂進士李運豐都啞口無言，不由紛紛竊竊私語。

「哎喲，可真是奇了，你說這麼大點兒個娃娃，這嘴皮子還真不是一般的索利。」

「那是，人家的爹怎麼說也是舉人呢，我瞧著，這小娃娃怕是將來也不凡呢！」

「要說舉人進士不就差了那麼一點兒嗎，李家這麼端著，說不好會錯失一段好姻緣呢。」

李運豐一張臉早已是青紅不定，有心把人打出去，只這麼多人瞧著，說不好更會落個毀親還昧人聘禮的名聲。只是再這麼堵在門口也不是事，眼見得陳毓小小年紀，卻是個尖酸刻薄的，再任他說下去，又不定會說出什麼難聽話呢。

當下臉一沈，虛應道：「就為著這麼點子小事便如此喧嚷，陳家果然好家教。就你們家那點子東西，還入不了我的眼，你們來府中取了便是。」

相較於李運豐的氣急敗壞，陳毓無疑雲淡風輕的多，邊走還邊不停拱手。「小子有禮，多謝各位鄉親仗義相助。要不然，這李老爺說得冠冕堂皇，說不好回頭又會以這樣那樣的藉口不願返還我家聘禮，都說人心不古、世風日下，這世上還真有那心口不一的偽君子……」

李運豐還是第一次遇見這麼難纏的小孩。論說說不過他，真打吧又動不得手，不然可不得被唾沫星子給淹死！只差沒把李運豐給憋屈死。

李運豐往後院行去，迎頭正好碰見阮氏。

雖是住得遠些，可發生了那麼大的事，自然有下人趕忙把信傳了進去。這會兒瞧見李運豐滿面怒氣，阮氏似乎明白了些什麼，撇了嘴道：「怎麼，他們陳家人來鬧了？虧老爺平日裡還拿陳清和當兄弟一般，這會兒看出人的真面目了吧？說什麼舉人老爺？也就是個滿身銅臭味的商人罷了！」

心裡卻是忖度著，陳家這般不管不顧，顯見自己兄弟已經得手了，說不好，陳家窮得揭不開鍋了也是有的，不然，怎麼就敢這麼上門來鬧？

「把陳家當日送過來的東西整理出來讓他們拉走便是。」李運豐卻是氣得狠了，再沒心思扯和陳家的事。想要整人，可不在嘴皮上。

阮氏不以為然。「老爺也就是性子太好，才任由他陳家蹬鼻子上臉。若然這回得了逞，說不好下回又要鬧出什麼么蛾子。」

當日陳家送來的聘禮著實豐厚，就這麼原封不動還回去她可怎麼甘心？

李運豐瞄了阮氏一眼。「妳有什麼好法子？」就這麼把陳家的聘禮還回去，也確實不舒服得緊。

「他們家的聘禮，咱們這樣的人家又豈會看在眼裡？」阮氏一副勝券在握的模樣。「只不該聽風就是雨，糾集些無賴上門混鬧，小小年紀便這般無法無天，長大了那還得了？即便成不了親戚，好歹老爺和那陳舉人也是故人，老爺也是做人長輩的，看在故人面上，幫著管教一二才是。」

多年的夫妻，阮氏也明白李運豐在兩家退親後心裡一直有些不舒服，唯恐被別人說自家嫌貧愛富，原想著陳家肯悄沒聲的過去也就算了，這會兒既然陳毓這般不識趣的來鬧，不如找人綁了他，大張旗鼓的送回陳家去，再乘機把陳毓的種種惡行宣揚出去，到時候既全了自家顏面，還讓陳家把退婚的過錯都背了去，看那陳清和還有臉來要聘禮不？

一番話未完，就聽一個油腔滑調的聲音忽然響起：「哎喲，倒要請教這位進士夫人，說誰是無賴呢？」

阮氏一怔，再料不到自己這正和李運豐說話呢，怎麼就有人敢這麼無禮！抬眼一看，卻是一個一身錦衣的十四、五歲少年，正掂著根馬鞭，神情不善的瞧著自己。

阮氏嚇得身子往後一踉蹌，一迭聲道：「人呢，都死哪兒去了？怎麼隨隨便便什麼人都放進來？」

「妳找他們嗎？」裘文岩笑得越發張狂，一揮手，幾個被捆得結結實實、鼻青臉腫的家丁一下被推倒在阮氏面前。「小爺面前也敢耍橫？這就是下場！不過有點妳倒是說對了，爺還就是生來的無賴性子，今兒個乖乖的把我們家阿毓的聘禮還回來也就罷了，不然，小爺就讓你們兩口子也和他們一樣變成豬頭！」

一句話說得阮氏頓時花容失色，卻還強撐著道：「你們、你們簡直是強盜！來人、來人，快去報官！」

「報官？」裘文岩好像聽到了什麼可樂的事一般，和一干手下不停擠眉弄眼。「哎喲，小爺可真怕呀！不然妳去報官，小爺再把這事跟官府老爺說一遍，也讓人聽個新鮮不是？堂堂進士爺卻是這般下作，嫌貧愛富不說，還貪得無厭，昧了人家聘禮不還，也算是大周朝第一件奇聞了。」

以為自家的皇商地位是說著玩的嗎，別說一個還未起復的進士，這懷安府的官家，還真沒不給裘家臉面的。

「或者我們借李進士一用，跟我們一道到陳府作客，一路上也跟過路人念叨念叨你們李家怎樣的齷齪，等這位夫人什麼時候把聘禮給我們準備好了，我們再敲鑼打鼓把李進士給送回來？」

裘文岩一句話出口，他那幾個手下立馬上前一步，隱隱對李運豐形成包圍的形勢，一副只要少爺下令便會拖了人就走的模樣。

李運豐嚇得腿肚子都有些轉筋了。方才阮氏的意思可不就是如此？一路上「送」陳毓回去，再沿途宣揚得人盡皆知，到時候既得了實惠，還扣了陳家一個屎盆子。卻不料，竟是被對方一下就給看破了！

也不知陳毓那小王八蛋從哪裡找了這麼一群混人來，說不好真不管自己進士身分，只管架走遊街，那可真是沒臉見人了。

他只得強撐著衝阮氏道：「囉嗦什麼？把那些聘禮還給他們家便是。」

阮氏也給嚇住了，唯恐對方真的拖了李運豐離開，半點兒不敢拖延，跌跌撞撞的跑回內院，以最快速度讓人把陳家聘禮撿拾好送了來。

秦忠上前一一查看，最後對李運豐一拱手。「少了副寶石頭面、兩副耳環、兩只翡翠鐲子以及我們當初送的布帛。」

布帛也就罷了，其餘幾樣都是聘禮中最出挑的，因是秦迎精心挑選的，是以秦忠記得很是清楚。方才他早瞧得明白，那翡翠鐲子可不就在阮氏手腕子上？

一直隱在簾子後的阮氏一張臉瞬間赤紅一片，卻強撐著道：「胡說八道什麼！什麼頭面、耳環的，紅口白牙的，你說有就有了……」

一句話未完，那幾個壯漢當即上前，架住李運豐作勢就往外拉。「李夫人既是記不清，我們就先請了進士爺過去，等夫人什麼時候腦子好使了、想得清爽了，或者李進士去抄了聘禮單子，我們再送李進士回來也是一樣。」

李運豐向來自詡斯文人，哪見過這陣仗？真被幫愣頭青這麼拖出去，那可真就是斯文掃地了，一張臉頓時無比蒼白。「夫人！」

這群人，怎麼就跟強盜差不多啊！阮氏也嚇得不住哆嗦，再也不敢硬撐，只得紅著臉褪下手腕上的鐲子，又低聲吩咐丫鬟把兩個女兒戴的耳環取過來，著人和那已經收入私庫的寶石頭面一道遞了出去。

隨著打發的丫鬟回返，果然取了耳環過來，同時還隱隱有女孩子的哭聲傳來。阮氏心裡刀絞一般，真是恨毒了陳家！那耳環也好、手上的鐲子並那副頭面也罷，可不正是母女三人的最愛！

本想著那些瘟神這下總該走了吧？卻不料陳毓依舊站在原地不動。

「你還想怎樣？」阮氏簡直氣瘋了，實在是每次對上這小畜生就沒什麼好事，每每被個乳臭未乾的小毛孩子給欺負得抬不起頭，這日子真是沒法過了。

「不怎樣。」陳毓回答得慢吞吞的，又點了一遍聘禮。「方才秦伯不是說了？還有那些上品布帛……」

阮氏氣得渾身都是抖的。「這麼些年了，那些布帛怎麼還會在？」用來裁製的衣服都已經穿爛了！

「那就換成銀兩吧。」陳毓並不打算和她糾纏，明明是軟軟的童聲，卻又是說不出的諷刺。「或者把裁成的衣服還回來，便是施捨了叫花子，好歹讓人說一聲好，也比給了不知禮的畜生，吃著我們的、花著我們的，到了頭還咬我們一口來得強。」

一句話說得裘文岩噗哧一聲就樂了。阿毓嘴皮子果然夠毒！

李運豐頓時氣了個倒仰，卻懼怕身邊幾個壯漢動粗，無奈之下，隨手掏出懷裡一張銀票甩了出去。「給你便是！」

他有心想罵，又被身旁幾個凶神惡煞的壯漢給嚇住，只得又把餘下的話嚥了下去。

簾子後面的阮氏早受不住了——這些日子客來客往，家裡銀錢上越發困窘，李運豐懷裡的那張銀票，可是自己好說歹說才從兄弟阮笙那兒拿來的，眼下要真是就這麼給了陳毓，當真是割心挖肺一般。急怒攻心之下咬了牙道：「陳毓，你莫要逼人太甚！等到了方城縣，你父親可還要和我們家老爺一個衙門共事！」

陳毓卻和沒聽見一般，抬手接過銀票，眼皮也不抬的掃了一眼上面的數字。「三百兩，也勉強夠了，餘下的就罷了，只當本少爺日行一善吧。」明顯一副高高在上的施捨語氣。

簾子後面靜了一下，然後便聽見「嘩啦」的一聲響，明顯是碗碟落地的聲音。

「慢著——」看陳毓要走，李運豐忽然道，神情不善的瞧著裘文岩。「這位少公子既是如此仗義，好歹也要留下名號才是。」

所謂君子報仇十年不晚，等到了方城縣，想要收拾一個下屬還不是易如反掌？至於這為虎作倀的猖狂少年，他當然也不能放過。

裘文岩站住腳，扠著腰得意洋洋的一笑。「過獎過獎，在下行不更名坐不改姓，錦水城裘家四公子裘文岩是也！」

一番話說得慷慨激昂，倒真頗有些市井遊俠的派頭。

李運豐立即傻了，便是簾子後的阮氏，絞成麻花一樣的帕子也應聲而落——實在是錦水城裘家的名頭太響了！那可是堂堂皇商，說句不誇張的，也算是手眼通天的人物，無論人面還是權勢，都不是自己這個尚未起復的小小進士所能比的。

可也不對啊，小舅子的意思分明是已經和裘家談成合作，怎麼裘家四公子倒跑來給陳毓助拳了？

李運豐當下怒聲道：「裘家四公子是什麼樣的尊貴人兒，又豈是你這種地痞無賴所能及的？連裘家四公子也敢冒充，還真是找死！」

「冒充？」裘文岩頓時來了精神，一雙眼睛暫態瞪得溜圓。自己果然英明神武，竟是有人會冒充嗎？

剛要說什麼，就聽見前面一陣嘈雜聲，忙抬頭瞧去，卻是熟人——可不是不久前才被揍了一頓的阮笙？

阮笙一眼瞧見陳毓和裘文岩，也嚇得傻住了，尚未想好如何應對，裘文岩已是大踏步上前，一把拽住阮笙，用力的往李運豐面前一推，李運豐下意識伸手去扶，卻險些被撞倒，眼睜睜的瞧著阮笙跌坐在自己腳下。

「阮笙，告訴你姊夫，我是誰？」裘文岩嫌棄的甩甩手，又活動活動手腕，一副還沒有盡興的模樣。

阮笙嚇得頭一縮——之前被裘文岩甩了那麼多巴掌，臉蛋這會兒可還是木的！身子便不自覺往後躲。「四、四公子——」聲音幾乎快要哭出來一般。

不怪阮笙如此，之前挨了裘文岩的打，阮笙第一個念頭不是如何報復，而是嚇得出了一身的冷汗。裘二不是說自己謀的事成了嗎？怎麼裘四敢這般對待自己？難不成事情起了什麼變化？真是那樣的話，為了弄垮陳家而投入那麼多銀錢的自己，可不就要傾家蕩產？這後果可比挨一頓揍要嚴重得多！

阮笙越想越怕，顧不得丟人，又再次去了錦水城，卻哪裡知道竟是連裘府大門也進不去了。好不容易拿銀子買通了下人，不想竟得著了一個好險沒讓阮笙嚇掉魂的消息——

裘二病了，不能見客，眼下裘家的主事人已換成了之前被冷落的裘三。

阮笙不是傻的，一聽就知道自己求阮家的事怕是泡湯了。明明自己剛離開裘家時，裘二的精神頭還是好得不能再好了！所謂的「病」定然不過是種託詞，事實的真相很有可能是裘二被奪權了！

失魂落魄的阮笙此時唯一想到的救星，也就只有自己的合夥人姊夫了，這才急慌慌的趕過來，哪裡料到一進門就碰見了裘文岩這個煞星。

李運豐心都涼了，踉蹌一下，好險沒摔倒。這個少年……竟然真是裘家四公子?!陳清和一個小小舉人罷了，倒沒想到竟是這般善鑽營，先是和程英交好，這會兒竟是連裘家都巴結上了？

尚未想通個所以然，又一陣腳步聲響起，李運豐麻木的抬頭，可不正是已經走到門邊的裘文岩，不知為何又拐了回來。

「你要如何？」李運豐身體一下緊繃。裘家小霸王的名頭可不是假的，再加上自己小舅子那個豬頭樣……

裘文岩忙擺手，神情意外的誠懇。「別怕別怕，我只是有一件事想要告訴李進士。之前你們家人不是口口聲聲說你要去方城縣做縣令嗎？我覺得，怕是哪個地方弄錯了。我這個人心腸軟，想著還是回來告訴你一聲，我聽見我哥說啊，方城縣縣令的人選已是定下來了，可不就是陳叔叔他老人家嗎？至於你啊，怕是……沒戲了，哈哈哈！」

此句話一出，宛若晴天響了個霹靂，登時就把李運豐震得傻了。

「不可能！」阮氏先就嚎了一嗓子，在寂寂無聲的院子中宛若鬼叫一般。

丈夫十之八九出任方城縣縣令一職，乃是兄長信中說得明明白白的，甚而前兒個嫂子抱怨，為了幫著謀取這個職位，花了一大筆銀錢。為此她還上道的把嫁妝裡最好的一套首飾給送了去……怎麼這會兒裘家那個小混帳竟然說方城縣縣令是……陳清和?!

第九章　下馬威

六月十二，利遠行。

天不亮，陳家就熱鬧了起來。

前兒個終於得了正式任命，命陳清和即日趕往方城縣出任縣令一職。

從那日起陳家就賀客不斷，那番熱鬧，比起陳清和娶妻時也不遑多讓。好在要赴任方城是陳家人早得了信的，也就提早做了準備，饒是如此，一家人依舊忙得團團轉。

畢竟方城縣太過遙遠，又地處北方，和陳家所處的南方氣候迥異，要準備的東西自然就多了些。

至於陳清和，既要拜別友人，還得費心思尋個得用的師爺，好在一切事務都趕在啟程前準備妥當。

正式啟程的日子依舊有人來送行，不過就全是近親好友了。

眼見太陽已經大高了，陳清和又往官道上看了眼。昨兒個去縣令程英家辭行時，程英一再表示今天一大早會親來送行，都這個時候了，人竟是還沒有出現。

想著程英許是被什麼事情給絆住了，陳清和想了想終是決定啟程。此去方城縣地遠路遙，又帶著家眷，自然不能再耽擱。索性留了個信箋，囑咐老父待會兒轉交程英。

「咦，那幾人是誰？」眾人走到院外，迎面正碰見幾人從馬上下來，走在最前面的是兩位步履匆匆、身著錦衣的年輕人，看兩人排場，明顯就是富貴人家出身。

陳清和怔了一下，還未開口，陳毓已是上前一步。「三公子、四公子！」

一句話未完，跟在後面的那個眉眼中透著傲慢的少年卻不樂意了。「什麼三公子、四公子？阿毓你瞧不上我們不是？叫三哥、四哥！」

可不正是裘文雋和裘文岩？兩人本來早就想來陳府拜會呢！只是裘家和陳家初次合作，很多事情都要處理，偏陳清和這幾日就要赴任方城，連帶著陳毓也要跟著前往，連番忙亂之下，也就堪堪趕來餞行罷了。

陳毓倒也從善如流，先乖乖上前叫人。「三哥好、四哥好。」

又轉頭對明顯已是了悟的陳清和道：「爹，我給您介紹一下，這兩位分別是錦水城裘家的三公子裘文雋和四公子裘文岩。」

一語甫畢，裘文雋和裘文岩已是上前深深一禮，行的竟是子姪晚輩禮。「見過叔父。」

看兩人如此恭敬，不獨陳氏族長，便是陳清和也微微有些吃驚。

裘家雖然是商人，可前面畢竟綴了個「皇」字，身分之尊榮豈是一般商家可比？

雖已聽秦忠說起過和裘家合作一事，陳清和卻以為自然是裘家主導，自家敬陪末座。再看看兩人跟兒子間的熟稔，隱約明白了些什麼——又是因為毓兒嗎？

「這是程大人託我們奉送的程儀。」裘文岩揮手令下人把手裡的盤子奉上。「程大人因有公事在身，實在無法趕來，再三囑咐小姪轉達歉意……」

一句話未完，已經湊到陳毓跟前的裘文岩便「噗哧」一聲笑了出來，趴在陳毓耳邊道：「阿毓，你猜程大人是被什麼事給絆住了？」

雖說讓猜，卻不待陳毓開口便自顧自笑得止不住。「就是你前岳父李運豐——哎喲，可笑死我了……」

原來，今兒個也是李運豐赴任茅澧縣縣令的日子——茅澧縣同樣地處北方，卻最是多窮山惡水，和方城縣差得可不是一點半點。聽說李運豐拿到任命時，好險沒厥過去，阮氏更是直接嚎哭了起來。窮山惡水多刁民，聽說前幾任縣令都是幹到一半就灰溜溜離職了，到那裡別說擺官家夫人的威風了，說不好還得看當地土酋的臉色……

「你說，這官運不好也就罷了，怎又那般命苦，還攤著個專坑姊夫的小舅子呢？」裘文岩話裡好似很是同情，神情卻完全不是那回事，分明是幸災樂禍還差不多。

是因為阮笙嗎？陳毓的嘴角露出一絲玩味的笑容。

這件事陳毓也清楚，前兒個秦忠特意跑來回稟過，之前那些背棄了陳家的絲線商人全都又哭著找上門來，一個個腸子都悔青了的模樣。本想著能賺一筆，說不好還能巴結上阮笙的知府兄長和縣令姊夫，或者通過阮笙巴結上裘家，哪裡料到竟是竹籃打水一場空，裘家根本就沒和阮笙結盟，阮笙還成了窮光蛋！

商人們一分錢也拿不到不說，連帶著還得罪了這會兒形勢大好的陳家。

陳毓這會兒聽裘文岩這般說便立即明白，八成那些商人被自己拒絕以後又回去找阮笙的晦氣，卻不知為何，竟是牽連了李運豐。

「何止是牽連呢！」裘文岩一副幸災樂禍的樣子。「聽說啊，那個阮笙因為還不起錢就想跑，結果又被人給抓回來了，哎喲，那是好一陣打啊！結果你猜最後怎麼著？阮笙竟然跟那些人說，這生意還有他大哥和姊夫的分，他雖然拿不出錢，可是他姊夫是馬上要去做縣太爺的人了，自然拿得出啊……所以他們就風風火火的押著阮笙去了那位李進士家……聽說李運豐當時就氣得吐了血，一腳踹翻了老婆阮氏，他老婆則追著阮笙又抓又咬……」

最後他一攤手。「眼瞧著就要出人命了，程大人沒辦法，只得趕過去……」

陳毓只淡淡一笑。

上一世阮笙可是一路順風順水，到得後來，聲望之隆猶在裘家之上，若非裘家換了當家人裘文雋，說不好也會落個和陳家一樣的下場也不一定……

「老爺，前面就是內江口了，船夫說水流有些大，許是會顛簸些。」

已經是內江口了嗎？陳毓起身走到舷窗邊，探出頭來往外瞧。

內江口是通往方城縣的必經之路，走完這一段水路，陳家便要棄船上岸了。

剛走到窗邊，船猛地一個大旋轉，虧得陳毓反應快，忙一把抓住窗櫺才不致跌倒。至於李靜文和陳秀，雖是被陳清和拉了一把，還是齊齊跌坐在地。幾人身前的茶几也翻倒，上面的碗杯茶盞摔得一地都是。

船上同時響起一片驚呼聲，好在李靜文和陳秀雖是有些輕微擦傷，倒也並不嚴重。安置好兩人，陳毓和陳清和忙出去看發生了什麼事。

看兩人走出來，那船夫忙忙上前請罪，一旁同樣摔倒的喜子也站了起來，恨恨的瞧著前面突兀出現的一艘大船。「哪有這般開船的，要是反應慢一點兒，咱們的船這會兒就……」

「到底是怎麼回事？」陳清和蹙眉問道。這船乃是裘家特意提供的商船，便是船夫的技術也堪稱精湛，怎麼會在這裡差點兒翻船？

「老爺恕罪。」那船夫也是驚魂甫定的樣子，卻又無可奈何。「實在是前面那艘大船突然插進來，小的猝不及防之下，只得轉舵……」

這段水路最是湍急狹窄，自來凡是過往的船隻一般不會這般搶道，或者有急事想要過去，也會事先讓人知會一聲，讓前面船隻放慢速度往岸旁靠些，還是第一次碰見這樣不打一聲招呼直接快速搶道的。

若非船夫反應快，差點兒就要被對方帶起的水流引得撞到礁石上去。

「那船你們可熟悉？」陳清和沈吟片刻道。對方明顯是故意的，難不成是有什麼舊怨？只是這膽量也太大了吧，竟是明目張膽的挑釁。

「不認識啊！」船夫也明顯想到了這一點，忙叫起了撞天屈。「這艘大船是前兒個下的水，我們也就在昨兒個傍晚靠岸時說過幾句話。」

船夫一說，陳毓才恍惚憶起，這兩日那艘大船好像確然在左近，只是前兩日好好的，緣何今日這般囂張？

「你們都說了什麼？」

「那家船老大問我們做什麼營生的，我就說了是送老爺赴任……」那船夫想了半天依舊沒有想出哪裡不對。

陳毓心裡卻是一動。難不成，對方大船要針對的人其實是自己一家？

「這些混帳，可不要落到我們手裡！」裘家商船上的護衛也趕了來，領頭的是一個叫何方的拳師，一干人瞧著前面越去越遠的大船氣得不住咬牙。

為了確保能把陳家人安全送到方城，這些護衛全是裘文雋特意精選的。來時更是殷殷囑咐，一切以陳家的安全為上，切不可讓陳家人受一點兒委屈。

陳清和瞧著那大船蹙了下眉頭。大船吃水很深，也不知上面都載了些什麼東西？

和陳家那邊眾人的憤怒相比，大船上這會兒卻是言笑晏晏。

相較於裘家的商船而言，這艘船裡面無疑更加奢華一些，甚而最中間的一間船艙裡還鋪著厚厚的地毯。船艙正中的一張桌子旁，正有兩個十七、八歲少年相對而坐，兩人神情明顯都很是愉悅。

「本想瞧場熱鬧呢，竟是一個落水的都沒有。」說話的是坐在主位上的錦衣男子，驕橫的語氣中明顯有些遺憾。

客位上的紅衣少年則是嘆了口氣，鬱鬱道：「唉，都是我那叔叔不爭氣，竟落到別人的圈套中。但凡有出息些何至於被人欺負成這樣？還有我那小姑夫，平日裡瞧著也是個有能為的，哪裡知道真是碰到事了，也就是個銀樣蠟槍頭，中看不中用罷了。」

紅衣少年越說越是煩躁，索性起身來到舷窗邊，狠灌了一口酒到肚裡，看著後面裘家商船的神情明顯透著幾分不善。

少年不是別人，正是阮筠的長子阮玉山。而和他對飲的錦衣男子則是方城府守備田青海的兒子田成武。

田成武的娘和阮玉山的娘都是出身潘家，正經的堂姊妹。

「不就是一個陳家嗎，何至於把表弟你氣成這樣？儘管交給我，等到了方城，想要怎麼收拾陳家還不是一句話的事？」田成武漫不經心的擲了手中的酒杯，滿不在乎道。

一個小小的舉人，就是做了縣令又如何，在自己這樣的人眼裡，依舊是和螞蟻一般，想要碾死他可不是一般的容易。

那陳清和還以為做了方城縣縣令是占了個大便宜呢，殊不知卻是上趕著找虐來了！方城縣附郭（注）方城府，別看他是堂堂縣太爺，入了方城府也就只有處處作揖打躬的分兒。

注：附郭，指附郭縣，即縣城和府城或省城位在同一座城裡。附郭縣令上有知府或巡撫，一舉一動受到牽制，難以行事。

「好了，不說那讓人敗興的一家子了。」田成武站起身來，伸了個懶腰。「這些天坐船也乏了，待會兒船靠了岸，哥哥帶你上去鬆快鬆快。」

正說著呢，船的速度已然減緩，慢慢停了下來。

看田成武二人出來，就有管事模樣的人忙笑嘻嘻的迎上前。「兩位爺這是要上岸？小的已經安排好了車馬。」

兩人轉頭去瞧，岸上可不停了一輛再華麗不過的馬車？那管事又一揮手，早有人捧了滿滿一盤銀子過來，銀子的下面還鋪著幾張銀票。「爺瞧瞧可夠？」

這孔家人還真是大方，阮玉山不由腹誹，這一出手，怕不就有上千兩銀子？

又往船艙裡看一下，卻也明白孔家人必是借了表兄的名頭，帶了不少好貨物！也不知都是些什麼東西，竟是出手這般大方。

又轉而想到自己這兒，竟是被個商人並舉人弄得焦頭爛額，越發覺得晦氣。

那邊田成武也並不客氣，漫不經心的接過來。「你們去館驛便可，就說是我的人。」

那管事應了一聲，神情明顯很是喜悅。等送走了田成武和阮玉山，便指揮人從船上抬下一罈又一罈的美酒來，那管事跑前跑後，很是小心的樣子，很快裝了滿滿一大車往內江驛而去。

雖然被大船鬧了一下，裘家商船緊趕慢趕，還是在天色完全黑下來時泊了岸。

本來天色已晚，便是在船上休息一晚也未嘗不可，只陳秀許是那日受了驚，竟是發起燒來。雖然不愛勞煩別人，陳清和卻也不欲委屈了女兒，當下帶人上岸便要往內江驛而去，想著怎麼也要尋個郎中來給女兒瞧一下。

剛踏上陸地，便聽見喜子驚「咦」了一聲。「這不是之前害得咱們差點兒翻船的那條船嗎？」

還想著對方不定跑哪兒了呢，卻不料這麼快就又碰面了。

陳清和頓了一下，腳步不停的吩咐喜子。「你帶人探問一下，這是誰家的船隻。」

眾人還沒有到達內江驛，喜子就趕了過來，神情卻是更加摸不著頭腦。「老爺，小的剛才已經打聽過了，那艘船據說是臨海孔家的。」

「孔家？」跟在陳清和身後的裘府護衛怔了一下。「竟是他家嗎？」

「何大哥你認識？」陳毓好奇道。

「也算老熟人了。」何方點頭。他本身就是裘文雋的心腹，對生意上的事倒也清楚一二，那孔家可不正是今年裘家皇商的最有力競爭者？

「我知道的不算多，不過就是聽三爺私下裡曾說孔家是什麼暴發戶，其他地方也就罷了，方城那裡，就是這孔家商行一家獨大。」

相比於裘家這累世經商的人而言，孔家確然算是異數，不過一、兩年間就聲名鵲起，獨攬了江南將近兩成的絲綢生意，已隱隱有壓過裘家之勢。便是競爭皇商也是強勢得緊，一副勢在必得的模樣。

一、兩年就能富可敵國？特別是何方話裡提及孔家坐大方城——明知道陳清和接手方城縣縣令一職，這孔家還敢這般挑釁，身後必然有什麼後臺。

這樣看來，之前在江中這孔家大船果然是故意的了？

還未上任便被人打壓，讓陳清和眉頭一下蹙緊。

陳毓無疑也想到了這一點。這孔家他倒是有印象，上一世確然做過幾年皇商的，只是孔家倒臺的時候，只聽說好像是干犯了朝廷大忌，到底做了什麼他卻是不清楚了。商家自來為朝廷所遏制，孔家能有這般發展勢頭，手腳定然不會乾淨的了。

正思索間，馬車已停了下來，外面響起何方的聲音。「老爺，前面就是內江驛了。」

眾人下車來，果然看到前面幾排房子，裡面燈火通明，明顯館驛中人還沒有休息的模樣。

陳清和打頭，後面是李靜文和陳秀，陳毓在後，再後面就是何方等一干護衛，徑直往內江驛站而去。

哪裡知道還未靠近館驛，就響起了一陣呼喝聲。「什麼人？站住！」

卻是一個五大三粗的漢子，舉著燈籠就跑了過來，手裡還拿著一把刀，一副如臨大敵的模樣。

陳清和頓時一怔。一個驛站罷了，怎麼會僱有這般凶悍人物？只得站住腳。「驛長何在？我是——」

話還沒說完，就被人不耐煩的打斷。「李宏，還愣著幹什麼，快把人趕出去！告訴他館驛已滿，憑他是誰都是不能住的，讓他們快些離開。」一個管事模樣的人正探出頭來，只是陳清和等人站在陰影處，看不清他面目。

何方愣了一下，又就著那人手中的燈籠細細辨認了下，忙扯了陳清和的衣袖，低聲道：「那人小的認識，正是孔家一個叫孔方的管事。」

「大膽！」陳清和一下跨了出來，瞧著孔方，神情冷凝。「一個小小的商人罷了，竟就敢霸佔館驛，孔方，誰給你這個權力的？」

那管事正回頭交代兩個人小心些抬著酒罈子，驀然聽到這一聲，嚇得一哆嗦，回頭仔細一瞧，哎喲，竟是認得的，可不正是那個什麼方城縣縣令？頓時更加不耐煩。「囉嗦什麼？小心驚擾了我們守備公子！還不快出去！」

到了這般時候陳清和哪裡還不明白？對方明顯已經認出了自己，卻還敢擺出一副高高在上的模樣，明顯是有依仗。看來，這事定然和那個守備公子有關了。

對陳清和而言，自從陳毓丟失，嚐到了差點兒痛失愛子的苦楚，家人便成了他的逆鱗。現在對方一而再再而三的針對自己也就罷了，還竟然想朝自己家人下手，他還怎麼忍得下去？於是快走幾步，抬腳便朝著孔方踹去。

「混帳東西！這館驛乃是朝廷為公職人員所備，你不過一個商人罷了，館驛裡哪有你安身的地方？竟然還敢招搖撞騙，壞了守備公子的名頭！何方，把這些混帳全都拿下！」

孔方怎麼也沒有料到，自己已經亮出了守備公子的名頭，對方竟然還敢上來動手！一個不提防之下，正正被踹中小腹，直直就往旁邊歪倒，好巧不巧地就倒在正抬了酒罈子從旁邊經過的下人身上，那人吃了一嚇，手一鬆，酒罈子就直直落在地上，頓時摔得粉碎。

孔方已經從地上爬了起來，看到摔爛的酒罈子臉色頓時一白，整個人都僵在了那裡，下一刻忽然蹦了起來，直挺挺的攔在陳清和面前，陰惻惻道：「陳縣令初入仕途，有些規矩不懂也是有的。我再說一遍，我們可是方城府守備公子田成武少爺的人。俗話說與人方便與己方便，陳縣令還是莫為已甚得好，要知道，這世上可是沒有賣後悔藥。」又悄悄給旁邊同樣嚇得呆若木雞的男子使了個眼色。

陳清和簡直要給氣樂了。一個商家管事竟然在這兒教自己什麼是規矩，天下還有比這更可笑的事情嗎？他根本不願再和他廢話。「還真是嘴硬，這個時候還要攀扯守備公子。何方！」

何方一旁也早聽得煩了——當日在方城時，這孔方在自己面前可是橫得緊，甚而連主子都不放在眼裡。這會兒終於得了機會，他上前一步老鷹叼小雞一般就把孔方給提溜了起來，抬手一個大耳刮子便抽了過去。

「混帳東西！縣太爺面前也敢如此說話，嘖嘖，你可夠威風的啊！」

這一巴掌下去，孔方左邊臉頰頓時腫脹得老高。

「王八蛋，你敢打我？」孔方一下被打得懵了，捣住嘴，不敢置信的嚷嚷道。

話音未落，何方又一巴掌甩了過去，孔方身子滴溜溜在地上轉了個圈，一下躺倒在地。

「你們、你們敢打我，等田少爺來了……」

孔方心裡正心急如焚，這些酒可是要緊之物，若然落到外人手裡，自己這小命怕是就擱這裡了！

田成武這會兒正在縣城裡最大的一間花樓裡快活。

他對面的阮玉山，也一樣被幾個打扮得花枝招展的女子簇擁著，許是喝多了酒，舌頭都有些大了。「表哥你記得，一定得讓陳清和……那個混帳，給我、給我……磕頭！」

田成武呵呵笑了一聲。「咱們是什麼出身？也是他一個小小的舉人可以隨隨便便得罪的？你放心！」他頓了一下，卻是下面的樓梯上忽然響起一陣嘈雜的腳步聲。

田成武頓時有些不悅。「什麼人，也敢來擾了爺的雅興？」

話音一落，一個惶急的聲音在外面響起。「爺，館驛出事了！那個陳清和讓人把孔方幾個給抓起來了。」

「什麼？」因太過意外，田成武一時有些反應不過來，等把那句話在腦子裡過了一遍，冷汗唰的就下來了。一把推開偎在自己懷裡的兩個女人，一下站了起來，又因動作太急，帶翻了前面的几案，連帶的上面的酒水嘩啦啦灑了一地都是。

「叫齊咱們的人，回去！」

才剛出廂房門，田成武便被老鴇攔住。「哎喲，爺，走這麼急做什麼？是奴家的這些女兒伺候不好嗎？」

田成武哪有心思跟她嘮叨？一把推開老鴇，隨手扔下張銀票，又命人架起阮玉山，一行人匆匆忙忙的往驛站而去。

正是晚上夜深人靜的時候，馬蹄踩在街道上的聲音便顯得尤其刺耳。

「少爺，對方再怎麼說也是堂堂縣令，咱們真要對他動手？」跟在後面的屬下似乎想到了什麼，忙提醒道。

「一個小小的縣令罷了，有什麼好怕的？」這麼迎風跑了一陣，方才喝的酒就有些上頭，田成武心情更加暴躁。以爹爹的威勢，自己便是在方城府橫著走也沒人敢說什麼。今兒個卻被一個小小的七品芝麻官甩了面子，當真是豈有此理！

眼見得前面就是館驛，他勒住馬頭一揮手。「把前後門全都堵了，沒有我的命令，一個也不許放出去！我倒要瞧瞧是什麼狗屁縣令，還吃了熊心豹膽不成?!」

話音剛落，孔方淒慘的求救聲就在裡面響起。「爺，小的在這兒呢，您救救我啊！」

田成武循聲望去，眼珠子好險沒瞪出來。那橫躺在門前的，可不正是被五花大綁的孔方？他的頭上，還踩著一隻腳——一隻小娃娃的腳。

眾人目瞪口呆之餘，那小娃娃已經朝田成武點了下手指。「哎喲，倒沒想到這世上果然有不怕死的！有商人強佔館驛也就罷了，還真就有人敢冒充守備公子？」

小不點兒人不大，說話卻有板有眼，更兼手指一晃一晃的，看得人簡直眼暈。

田成武老半天才反應過來，這小兔崽子竟是在教訓自己！氣得上前一步，探手就要去抓陳毓。「喲呵，這是誰家的小兔崽子，竟敢跑來和爺叫板？」

陳毓臉色一冷，對身後明顯有些為難之色的何方喝道：「還愣著幹什麼？還不把這同夥也全都拿下！」

何方頓時嘴裡發苦——那個孔方也就罷了，既有陳老爺下令，以孔方的身分挨了打自然也只有受著。眼前這位那可真是貨真價實的守備公子啊！方城作為北方重鎮，田守備手裡可是實打實的有上萬精兵啊。今兒個要是真把這人給打了，能不能囫圇個回去都不好說……

正在惶恐，田成武已是到了跟前，帶著渾身酒氣朝著陳毓就撲了過去，他身後護衛也跟著上前，手上明晃晃的大刀朝著何方就砍。

直到雪刃上的寒氣撲面而來，何方才回過神。對方的模樣分明是不準備善了，竟是一副要下死手的模樣。他驚得身形一閃，堪堪躲過那把雪白的大刀片子，探手就想去抱陳毓，沒料想卻是抓了個空，反而把不知因何忽然倒向自己懷裡的田成武抱了個正著。

陳毓的聲音同時在耳邊響起。「把這個混帳綁起來！」

何方下意識反剪田成武的雙臂，內心卻糊塗得緊，這世上怎麼會有這麼倒楣的人？抓個小孩都抓不住不說，還自個兒給絆倒了，就這麼直挺挺的送了上門？

至於田成武，等清醒過來，脖子上早多了一把寒光凜凜的匕首，嚇得出了一身的冷汗。

「小兔崽子，你知不知道我是誰？信不信爺要了你們一家人的小命！」

一句話說得陳毓臉色一下難看起來，陰沈沈的瞧著田成武，一隻手揪住田成武的頭髮猛地往上一提，手中匕首隨即送了過去。「冒充守備公子也就罷了，還敢威脅我？何方，告訴他我是誰！」

語氣竟是比田成武還要踐，那陰森森的眼神瞧得田成武激靈靈打了個冷顫，只覺頭皮發麻，一股子涼氣一下從腳底下冒了出來，所有威脅的話全都堵到了喉嚨裡。

到了這個時候，何方如何不明白，便是再惶恐也不好退縮了，當下心一橫，挺起胸膛大聲道：「這是我們方城縣縣令家的少爺，也是你們這些混帳東西可以衝撞的？」

「什麼狗屁縣令！」田成武的護衛也回了神，嘩啦啦抽出寶劍就要衝過去。「快放了我們守備公子，不然——」

只聽見「啪」的一聲響，是陳毓正用刀背狠狠的在田成武臉上拍了一下。「我看你們誰敢！」

緊接著手一曲，匕首便再次回到了田成武的脖頸處。「誰要是敢動，信不信我馬上捅穿他的脖子？」

田成武長這麼大，還沒有被人這麼打過，只覺得整個腦袋都木了，更可怕的是這小孩給人的感覺，田成武甚至毫不懷疑，若是那些護衛撲上來，自己真就會挨上一刀！他嚇得忙不住擺手。「你們別過來……你、你放下那把刀，咱們有話好好說……」

陳毓冷笑一聲。「早這麼識時務多好！虧我爹爹方才還說，若是來往客商無處歇腳，便在這館驛中借宿也未為不可，你們倒好，竟還敢對官家無禮！既然你們口口聲聲自稱是什麼守備公子，那我這就讓人去報告官府，等官兵來了，咱們各自拿出證明身分的憑據來。我倒要瞧瞧哪家商人這麼大的面子，又運了些什麼了不得的貨物，霸佔館驛不說，還要守備公子幫忙押運！」

此話一出，不獨孔方面如土色，便是田成武身上的暴戾之氣也瞬間消失得一乾二淨！

兩人對視一眼，都在對方眼裡看到一絲恐懼。

半晌，田成武閉了閉眼睛，雖然憋屈得緊，也不得不承認自己這次真的是栽了。

堂堂方城第一倘內，竟然栽在了一個毛孩子手裡，委實是一件恥辱！

只是事關重大，便是再憋屈，也只能先把這口氣給嚥下。

孔方如何不理解田成武的意思？真是送了官，但凡拆開酒罈子看一下就鐵定露餡，到時候可就不是沒面子這麼簡單了，說不好會落到殺頭的境地也是有可能。

好在對方畢竟是個小孩子，雖是一味的逞勇鬥狠，好歹心眼不多，至於他那個爹，瞧著也就是個迂腐不知變通的書呆子罷了，聽他話裡意思，明顯那陳清和也是不想鬧大的。

這般想著，也不敢再耍橫，孔方只得強忍著臉上的疼痛擠出一絲笑容，順著陳毓的意思道：「這位爺，是小的不對、是小的豬油蒙了心，衝撞了您老，您大人有大量，就恕了小的這一回吧。實在是下船時這天都黑透了，又帶了這麼多貨物，也找不到落腳的地方，才會想著到驛館歇歇腳，誰知道就衝撞了各位貴人呢？」

「怎麼？不冒充守備家的人了？」陳毓驕傲的抬著小下巴，神情益發傲慢。「還敢把守備公子拉出來充門面？可不反了你們了！這也就是落到我手裡，若然是其他人，只冒充守備公子這一條，就得打你們幾十板子！還敢跟小爺面前橫，治不死你們這群混帳王八蛋……」

被揍一頓不說，還被人這麼指著鼻子罵，田成武聽得心頭的火一拱一拱的，卻愣是一句話不敢說。

好不容易陳毓罵得累了，孔方才捏著鼻子小聲道：「少爺您菩薩心腸，就饒了我們這一遭吧，咱們是再也不敢了，我們也不留下來污了少爺您的眼了，我們這就走成不成……」說著又掙扎著在地上磕了幾個頭。

陳毓似是罵得有些累了，伸手揉了揉眼睛，小小的打了個呵欠。「都是因為你們這些兔崽子王八蛋，不然這會兒小爺早睡了……」

說著朝孔方一瞪眼。「還愣著幹什麼？不快點收拾了東西滾？還等著小爺送你們？」口中這樣說著，卻是沒有放開田成武。「別人也就罷了，你這混帳卻是一定要交官的！守備公子也是你這樣的無賴可以冒充的？今兒個敢冒充守備公子，說不好明兒個就連小爺我也敢冒充了。」

田成武氣得幾乎想要吐血！冒充你？就你一個小小縣令的兒子，爺是哪根筋搭錯了才會冒充你！

孔方本來心裡一喜，聽了陳毓的話面上卻又是一苦，偏不敢硬來，只得對田成武使了個眼色——好歹得先把那些要命的東西弄走了再說。

好在那酒罈子大部分還在車上，只需把卸下來的又裝回去便好。孔方忙不迭的從地上爬起來，一迭聲的叫著人快搬，連看都不敢往依舊被捆得如粽子一般的田成武身上看。

收拾好了東西，本有心想留幾個人下來待會兒找機會救走田成武，不料那小煞星一眼橫過來。「還要磨蹭？這是想見官了？那也好！」

嚇得孔方再也不敢多留，灰溜溜的趕著車就又回到了大船上，好不容易安頓好，正對著一堆酒罈子愁眉不展，就聽見一陣噠噠的馬蹄聲，孔方嚇得臉都白了——難不成那臭小子又帶人追了來？

他頓感驚惶無措，心一橫，讓人把酒罈子全都打破，裡面的東西盡數傾倒入江水之中。好不容易處理完畢，那馬蹄聲也來到了跟前，待孔方回頭去瞧，簡直欲哭無淚——

來人哪裡是官府的人，分明是田成武和他那個表弟阮玉山。

這才想起，剛才逃得急了些，竟是把田成武這個醉酒的表弟給忘了。

再回頭瞧身邊，所有的酒罈子已全都空了。拉著這麼多東西走了這麼遠，倒好，全都打水漂了！

休息了一晚上，又請大夫給看了下，陳秀的燒也退了，陳清和不敢耽擱，第二日就上了路，一直到三天後終於到了方城府。

果然不愧是北方重鎮，方城府的城牆全是由碩大的青色條石壘砌而成，尚未走近，便有一種古樸厚重的歷史感迎面撲來，細細傾聽，甚而能聽到伴隨著穿過原野的浩浩長風，隱隱傳來古戰場的廝殺聲，讓每一個到了這座古城的人都止不住生出一種渺小的感覺。

陳清和凝望著這座城池，自豪感油然而生，太過激動之下，竟是久久沒有向前走一步。

至於被他緊扯著小手的陳毓，黑色眸子中的神情卻複雜得多。第一次認識自己的師傅兼結義大哥顧雲飛，可不就是在這方城府？

這裡也是顧雲飛的故鄉。

比起自己來，顧雲飛的經歷更是悲慘。

少年參軍，屢立戰功。卻在隨軍凱旋回家拜見父母時才知道，他的家已經沒了——愛妻已然投江自盡，父母兄弟更是盡皆慘死。

事情的起因也很簡單，貌美的妻子外出時遇到官家紈袴，竟被擄掠而去，從紈袴那裡逃出來後直接便投了江，父母兄弟為了討公道卻賠上性命……

顧雲飛一怒之下，隻身去了那官員家裡，殺了仇人之後便四處逃亡，最後索性落草為寇……

那之後，陳毓先成了顧雲飛的軍師，然後又成了義弟，最後更開始跟顧雲飛習武，連徒弟的位置也給兼了。

所以說人果然都是有緣的，重生以後，竟然有幸跟隨爹爹來到方城府。

曾經的往事一直是大哥的傷心事，因而即便醉酒時說了過往前緣，陳毓卻始終不清楚那些事具體發生在什麼時間，眼下只希望那些事還沒有發生……

「咦，怎麼沒見方城縣衙的人來接？」旁邊的何方有些狐疑。

不怪他有此疑問，今兒個一大早他便特意讓人快馬加鞭趕去方城縣衙，通報了縣太爺很快會到任的消息。按理說，好歹也應該有個人在這城門口候著才是，可一行人都站了這麼久，連一個人影都沒見著。

陳清和倒是不以為忤，方城縣和方城府一體，事務自然更加繁雜，一時疏忽了也是有的。

正要舉步進城，一陣急促的腳步聲傳來。

那人也看到了陳清和等人，忙不迭抹了一把臉上的汗，有些畏縮的上前道：「敢問這位客人，可是新上任的方城縣縣令陳老爺？」

何方皺了下眉頭。這人自己倒也認得，名叫龐正，不過是方城縣縣衙一個不入流的典史罷了，名聲最是不顯的，方城縣那麼大一個衙門，怎麼就派了這麼個人來？

到了這般時候，便是陳清和也意識到不對。這情形明顯是記著自己到任這事呢，可派了這麼一號人來又想說什麼？向自己示威嗎？

這龐正瞧著明顯頗為膽小，陳清和倒也不欲嚇他，便點了點頭。「是我。」

龐正人雖怕事，卻也慣會察言觀色，這會兒看出縣令大人不愉，頓時有些無措，忙忙的就要跪倒。「方城縣典史龐正見過大人！」

心裡卻是暗暗叫苦。龐正並非不知道自己這次來委實是個苦差事，實在是上一任縣令鄭大人也好、現在的縣丞崔同也罷，甚而縣衙中絕大部分官員，都是方城府守備田青海的人。

本來鄭大人被撤職查辦後，大家還以為崔同說不好也會跟著倒楣，不料竟傳出崔同被田大人保了下來且還要做縣令的消息。大家就私下裡議論，說是田大人已然上了奏本，大力推薦崔同，或許過不久就會有任命下來。

眼瞅著崔同一日日越發得意，豈知前幾天就被兜頭澆了盆冷水下來——方城縣縣令定了，是一個在官場上沒有任何根基的，叫陳清和的舉人。

這般情況下，崔同哪裡肯來接人？

至於餘下眾人則唯恐得罪崔同，畢竟憑著崔同在方城府的如魚得水，即便這一會兒失利，孰勝孰敗還不好分說，甚而大多人都以為崔同的贏面更大些，竟是誰都不願蹚這個渾水。聽說要去接新縣令，全都藉故避開，到得最後，這樁苦差事竟是落在了龐正頭上。

陳清和心裡卻是明鏡似的——怪道古人說：三生不幸，知縣附郭；三生作惡，附郭省城；惡貫滿盈，附郭京城。這方城縣縣令雖然說出去好聽，可一看就不好當啊！這還沒進方城府呢，倒好，就有人要給自己下馬威了。

一行人約走了盞茶時間，便來至方城縣衙門。許是因著方城府的建制頗高，即便是知縣衙門，也遠比尋常縣衙更壯闊些。而緊鄰著縣衙的，便是知縣大人的府邸，也是一套極為闊大的宅院，占地頗廣，後面還有一個大花園，又引來活水到院子裡，瞧著倒也是曲徑通幽，十分雅致的一個所在。

龐正做事也算盡心盡力，瞧見陳家行李頗多，又想著這個點了，衙門裡就要散衙了，忙張羅著說正好去縣衙喊些身強力壯的差人來幫忙。

看他這般熱心，家裡東西又確然多了些，陳清和也就允了。

哪想到龐正去了都有盞茶工夫了，車上的行李也卸得差不多了，依舊不見回返。

「靜文，妳帶人把東西歸置一番，我到縣衙去瞧瞧。」陳清和倒也沒有急躁，雖然這方城府自己眼下還是一摸瞎，但再如何自己也是一縣之首。任他們魑魅魍魎上躥下跳，可不管做什麼事，始終越不過自己這個縣令去。

「爹，我和您一起。」陳毓從行李堆中探出頭來，蹦蹦跳跳的跑過來。

父子兩人帶著何方，遛遛達達的往方城縣衙而去。剛一腳跨進衙門，迎面便聽見一個衙役呵斥道：「縣丞大人正在訓話呢，你們有什麼事下午再說。」

伴著衙役的聲音，還有一個更加高亢的男子聲音響起。「龐正你好歹也是一個典史，衙門中事務繁多，放著那麼多正事不幹，你跑哪兒遛達去了？咱們這些做官的，吃官家的俸祿，便要時刻想著為國盡忠，可別鎮日裡只想著一些歪門邪道……」

卻是一個三十多歲的白胖男子，正大剌剌坐在椅子上，他的前面正站著被訓得面紅耳赤的龐正，而龐正的後面還齊唰唰站著兩排衙役。

放著正事不幹？意即去接自己一家是雜事了？而且龐正方才說得清楚，那個點正好是衙門散衙的時候，便是帶些差人來幫忙，也絕不會耽誤絲毫公務。

陳毓玩味著那人的話，越發覺得有意思。

倒是龐正，察覺到動靜，往陳清和一行人這邊溜了一眼，一下認了出來。

即便是土人也有三分泥性子，龐正這會兒是真的惱了。明明去接縣令大人是縣丞的應有之義，這崔同卻拍拍屁股就走了，把他的差使押給了自己，到頭來自己還得被藉故刁難。

不就是為了殺雞儆猴，令得那些人不敢再親近新來的縣太爺嗎？只是憑什麼扁也是你、圓也是你？合著我龐正就只能當個被人搓扁捏圓的角色？

龐正越想越惱，竟是忽然直起身子，轉身朝著那正試圖阻攔陳清和的衙役道：「程貴你做什麼？縣太爺的路也敢擋，真是活膩味了不成？」

崔同正訓得有勁，不提防龐正忽然轉過身去，一時有些錯愕，頓時沈了臉道：「龐正，這就是對上官的態度……」話說了一半卻忽然頓住，方才龐正說什麼？新任縣令大人到了？

那程貴也嚇得面色如土。自己怎麼這麼倒楣？本想著反正散衙後也是無事，給新任縣太爺留下個好印象也是好的，哪想到還沒走呢，就被崔縣丞逮了個正著，被孫子似的訓了這麼久不說，竟然又倒楣悲催的衝撞了縣太爺！

他一時嚇得再也站不住，忙跪下見禮。「程貴見過大人，方才多有冒犯，還望大人恕罪！」

那兩排衙役本來愣著呢，看程貴如此，一時反應過來，也跟著齊齊跪倒。「見過大人。」

龐正則直接起了身，小跑著來至陳清和面前大聲道：「龐正見過陳大人。」

現場頓時就剩下崔同一人還大剌剌坐在椅子上，一時間尷尬無比。他雖是心裡一百個不樂意，也只得站起來，但他不願落了下風，上下打量陳清和一番，裝模作樣道：「恕在下眼拙，不知這位是……」

他口中雖這樣說著，卻並沒有上前見禮的意思，一雙眼睛也盯著陳清和，明顯是想要陳清和主動和自己寒暄的模樣。甚而心裡已經盤算好了，若然陳清和上前責問為何攔著不讓差人去陳家幫忙，自己要如何拿公器私用這一條給他難看……

哪知陳清和別說回答他的話了，竟是正眼都沒往崔同的方向瞧一眼，自顧自走了過去。「都這個時辰了，便是飯時也早過了，又是大熱的天，大家也辛苦了。其他人都散了吧。龐正，你跟我過來就行。」

崔同著實沒有想到，明明是官場菜鳥的陳清和手段竟然如此老辣，一張臉青了又白白了又青。所謂官大一品壓死人，不知道對方身分也就罷了，這會兒明知道對方是新上任的縣令，要是還死扛著不上前拜見，明顯於理不合。崔同再如何嘔得要死，也不敢就這麼公然跟頂頭上司打擂臺。

眼見得陳清和一行就要從自己面前走過，他只得不甘不願的彎腰行禮。「卑職見過大人……」

陳清和傲然頷首，連一句客套話都不曾說，便帶著龐正揚長而去。

崔同呆站了片刻，終是含恨離去——先讓他狂些時日，看誰能笑到最後！臨走時更是意味不明的瞧了眼龐正。

龐正這會兒早對陳清和佩服得五體投地。論起心眼多，這衙門裡就再沒人能比得上崔同了，但崔同卻愣是在縣令大人面前討不得半點好。如果說之前主動跟陳清和示好，還有些氣不過崔同太過欺負人的意思，這會兒卻是多了幾分真心了。

兩人說話間已來至慣常處理公務的地方。

本想著以方城縣地理位置的重要，縣衙事務當也繁多得緊，倒不料案几上需要處理的公事並沒有幾件。陳清和上前拿來翻了翻，有些詫異，這些公文竟是全關乎一件事，那就是朝廷軍隊凱旋的路徑。

年前朝廷在關外對陣鐵翼族時取得了決定性的勝利，雖然損失慘重，可相對而言，鐵翼族更遭受了毀滅性的打擊。只是那鐵翼族凶悍得緊，到了這般時候都不肯低頭服輸，依舊負隅頑抗到現在。而就在前些時日，鐵翼族最後一位也是最凶悍的核心人物王子鐵赤也被生擒。

鐵赤被擒，昭示著鐵翼王族的徹底沒落，也預示著大周和鐵翼之間曠日持久的戰爭終於徹底終結。

近日來，不時有朝廷使者往返於邊疆之間，除了要組織大規模的獻俘活動之外，更有一件大事，那就是詔令各地做好迎接大軍凱旋的準備。

方城府作為大軍回朝的第一站，自然也是舉足輕重。可好巧不巧，就在日前，隸屬於方城縣的那一段官路突然毫無緣由的發生了坍塌，好好的官路一下變得溝壑縱橫，最深的地方甚而足有好幾尺。

方城府自然為之震動，更有傳言說，大軍凱旋本是一件喜事，官道上卻突然發生了這樣一件事，實為不祥。

這樣的話很快傳揚開來，方城府官吏心存畏懼，特特上了摺子向朝廷請示，很快便得到朝廷回覆，連帶著又撥了一筆銀子，要求方城府速選合適的位置，修整出一條新的官道來，務必不能耽誤了大軍凱旋的好日子。

本來方城府已選好了新址，就依傍著高聳入雲的天柱山而建——一來那山威武雄壯，正好可以用來彰顯我軍赫赫天威；二來山上盛產大青石，稍作處理便能鋪成一條很好的青石板路。

偏偏前段時日方城府政局動盪，方城府知府並方城縣知縣齊齊落馬。新任知府名叫朱茂元，是個認真的性子，親自跑過去看了一圈，回來後就表示官道依舊在原址修復就好，不過是些溝壑罷了，稍作平整便可恢復使用，若然依山開路，固然有大青石的便利，卻頗費功夫，即便緊趕慢趕能趕在大軍回程時修復好，怕也會耗費良多、勞民傷財。真那樣的話，恐反倒傷了成大帥一片拳拳愛民之心。

這樣的說法招致了守備田青海的反感，認為朱茂元看不起武將，不止一次發火，說是成家軍一心為國，若沒有成家軍，焉何有大周朝今日萬邦來朝的恢弘局面？堅決主張倚著天柱山修建官道。

兩派都有不少的支持者，而隨著大軍開拔的日子一天天接近，方城府已是無法拖延，勢必要在這幾日把路線定好。

眼下其他公文都沒有，只有這麼一件事，無疑是有人想要逼著陳清和做出表態了。

官道？陳毓神情明顯一震。

要說田青海這個潘家嫡系會站在成家軍的立場上說話，陳毓可是一個字都不相信。畢竟上一世，成家最後的沒落可不就是潘家的手筆？再如何重來，陳毓也不相信潘家會轉了性。

何況上一世可不就是因為這條官道，才讓方城府官場好一番動盪？

上一世成家軍行至天柱山腳下的官路時，竟意外遭遇了鐵翼部的殘餘勢力，本來以成家軍的英勇，那樣一撮殘兵敗將並不放在眼裡。哪知道待收拾了鐵翼殘部，不過耽擱了那麼片刻工夫，便又碰上山體滑坡，更不幸的是，三軍元帥英國公竟是被一塊巨石砸中，雖保住了一條命，卻和之前因傷送回京城的兒子一般，徹底成為了廢人……

來之前陳毓還想著，怎麼也要抽時間去那條官道旁看看，謀劃一番如何規避，好歹爹爹任職期間不能發生這樣的事情才是。

但著實沒有想到，那條官路竟不是本就有的，而是新修的。

陳毓心裡頓時一陣輕鬆——

那條官道既是在方城縣境內，少不得要勞煩當地百姓，以爹爹的耿直性子以及出於為百姓謀劃的思想，十成十是會站在知府這一方的。只要官路不改道，那件事發生的可能就大大降低，更不會出現山體滑坡這樣糟心的事。

第二天一大早，陳毓就以想要領略方城府的風物為由，帶了喜子並何方兩個上街遛達去了。

何方畢竟是裘家的人，需要先去裘家鋪子尋掌櫃的交接差事。等從鋪子裡出來時，街上人已經多了起來，賣冰糖葫蘆的、捏糖人的、趕集賣雞蛋換鹽的……當真是熱鬧至極。直把喜子看得目不暇接，左手一串冰糖葫蘆、右手一個大肉盒子，那叫一個興味盎然。

兩人年齡還小，北方吃食又以麵食居多，不過吃了幾個小攤，兩人便都吃不下了。揉著滾圓的肚子，兩人戀戀不捨的放下手中吃食，剛要起身，便見一匹駿馬從東邊的大道上而來，那馬通體烏黑，身上的皮毛晶亮無比，當真雄駿至極。

等人來到近前，兩人才看清，馬上竟是一個頂多十歲大的男孩子，雖年紀小，騎術卻好得緊，腰背挺直的坐在那匹高頭大馬上，瞧著當真是威風得很。

「北方不比南方，民風自來剛健，尤其是這方城府，因靠近邊疆外族，百姓更是彪悍得緊。比方說方才那位小公子，便是顧老太爺的小兒子，別看年紀小，那拳腳功夫怕是比我還要強些。」

看陳毓眼中異彩連連，明顯豔羨得緊，旁邊的何方解釋道：「這附近還有馬場，不然趕明兒我陪著小少爺去挑一匹性子好的小馬來……」

陳毓的眼神卻倏地收了回來，截斷了何方的話道：「顧老太爺的小兒子？」

姓顧嗎？不知道和顧大哥可有關係？

「您不知道顧家吧。」何方笑呵呵道：「對了，小少爺昨兒個說想要習武不是？真是那樣的話，這顧家倒是個好去處。顧家祖上是走鏢的，到了顧老太爺這兒，更是糅合了各家拳法，獨創了顧家拳術，他們家裡也開有武館呢，小少爺真是想學，去他們家倒便宜。」

武館？顧家拳？陳毓只覺心裡一陣陣發熱，恨不得現下就跑過去看看。「何大哥，我們這會兒就去顧家武館瞧瞧好不好？」

「小少爺這日子倒選得巧。」何方笑道：「正好這幾日就是顧家武館對外招徒的日子，我就帶你們去瞧瞧熱鬧。」

顧家武館就設在和縣衙隔了兩道街的一個僻靜小巷裡，大老遠就能聽見整齊的呼喝聲，卻是去年招收的孩子，正在門外的空地上演練，而站在最前面的，可不正是之前何方說的那個顧家小公子？

這會兒離得近了，陳毓也看清了那少年的面容，一張國字臉、兩道劍眉飛揚入鬢，和記憶中顧大哥的模樣有五分相像。

陳毓強抑激動，仔細看對方打出的每一招式，越看眼睛越亮——

可不正是自己當初初入師門時，顧大哥教給自己的最基本的拳法？

至此已然毫無疑問，這顧家，應該就是顧大哥的家！

神似恍惚間，一隻手忽然伸過來，陳毓驚了一下，下意識的抬頭看，卻是正自前面領拳的顧家小公子，不知什麼時候來到了自己面前。這才驚覺，自己方才不知不覺間竟是走到了最前面，距離顧家小公子不過兩步遠的距離罷了。

陳毓心知定然是自己靠得太近，影響了對方練拳，剛要道歉，就聽那少年板著臉道：「靠這麼近做什麼，打到你怎麼辦？還有，男孩子就要有個男孩子的樣，整天這般愁眉苦臉的像什麼樣子。」雖是斥責的語氣，卻明顯愛護的意思居多。

卻不知少年這會兒心裡也是彆扭得緊，實在是這小傢伙的眼光也太古怪了吧？就那麼一直盯著自己，看得人怪不好意思的，連拳都打不順溜了！

「哎喲，我們雲楓也有害羞的時候嗎？」一道清脆的女子聲音響起，隨即兩杯香噴噴的熱茶遞了過來，原是一個眉眼間都透著幹練的美麗女子。待看清陳毓的模樣，頓時歡喜不已。「嘖嘖嘖，我原來只說，這世上再沒有人能比得上我家雲楓更可愛的了，這會兒瞧著，可是把你比下去了。我就說咱們家小魔王怎麼突然變得文雅了呢，原來是個這麼可愛的娃娃。」口中說著，還笑吟吟的捏了捏陳毓的臉頰。

陳毓本就生得極好，原先只是太瘦脫了形，這些日子被李靜文鎮日裡湯湯水水的補著，一張小臉早是粉嫩嫩的，瞧著當真可愛得緊。

「大嫂……」被調侃的顧雲楓小臉一下通紅。

至於陳毓，簡直如遭雷擊，臉色更是慘不忍睹。顧大哥當初在家中排行就是老大，眼前這位美貌少婦八九不離十就是大哥的妻子吧？

自己可是要叫大嫂的！這麼捏自己臉頰，大哥要知道了，應該不會把自己給滅口吧？

第十章　孽緣

直到從顧家出來時，陳毓腦仁子還有些疼。

這顧家人都是怎麼回事啊？要說大嫂也就罷了，怎麼連顧老爺子和顧老太爺這一個、兩個的都愛揪自己臉蛋不說，還一個個全上癮了！

任憑自己如何冷臉、怒目而視，就差跟平常小孩子一樣躺在地上撒潑耍賴了，可就是沒辦法阻止顧家人的惡趣味……

甚至最後陳毓離開時，顧家一家人都戀戀不捨的樣子，大嫂柳雲姝一直送了老遠，若非陳毓勸阻，簡直是要把人送到家的節奏。甚而一再囑咐何方好好看著陳毓，這麼可愛的孩子，可別被人給偷走了……

何方簡直張口結舌。不是說顧家收徒最嚴了嗎？少爺這麼容易就拜師了又算什麼？也沒送銀子、沒考核，還硬生生拐騙了顧家主子直接化身保母！

陳毓上了車，忽地猛然回頭——大街上熙來攘往，並沒有看到不對頭的地方，可上輩子逃亡太久養成的習慣，陳毓每到一處，總不自覺觀察周圍情形，就在方才，陳毓忽然升起一種被人盯著的感覺。

難不成是田成武？只是被收拾得那麼慘，田成武見了自己，要麼暴跳如雷、要麼趕緊走避，這麼派人盯梢明顯有些可笑。畢竟自己再如何混帳，也就是個六、七歲的小娃娃罷了，什麼樣的屎盆子都別想往自己頭上扣！

「去得月樓。」陳毓微一思索便道。既然已經發現端倪，怎麼也要想法子解決了尾巴才好。

「好嘞。」喜子應了一聲。

作為典型的吃貨一枚，已經樂陶陶掰著手指頭在數的喜子根本沒有注意到車裡的陳毓全神戒備的樣子。

這麼一路走來，一直到得月樓前，陳毓才把眼睛鎖定在一輛青布馬車上。

果然，他的馬車剛停下，那輛馬車也跟著停住，倒不知是何方神聖，還真敢就這麼大剌剌在後面跟著。

「得月樓到了呢，少爺，咱們下來吧。」喜子樂陶陶的道。

「好。」陳毓倒也從善如流，抬腿下了車子。「要一個二樓的雅間，靠窗戶的。」邊說邊小心瞧了一眼那輛青布馬車，車裡的人果然沒動。

「何方，你盯著點那輛馬車。」陳毓小聲吩咐了句，便帶著喜子往樓上而去。

「客官您倒來得巧，咱們靠窗的雅間就剩一個了，還是個位置頂頂好的。」店小二笑嘻嘻迎上前，並沒有因為來了兩個孩子就有所怠慢——自然，陳毓的穿戴一眼就能瞧出應該是出自大戶人家。

等到了樓上，小二先麻利的送了壺香茗上來，陳毓隨手點了幾個招牌菜後便來至窗邊，選了一個外人看不到的角度往下面看，正好瞧見青布馬車的車門拉開，接著一個長相清秀、穿著儒衫的男子隨之從馬車上下來。

竟然是個從未見過的陌生人？陳毓愣了一下，臉上神情越發疑惑。面前這人，自己根本就沒見過，而且看那人舉手投足間，分明是個飽讀詩書的，派了這樣的軟腳蝦來盯梢自己，不須何方出手，自己就能把人收拾了去。

待會兒何方過來，好歹要問一聲對方來歷！

正要回身坐下，一個熟悉的聲音忽然響起。「哎喲，這不是朱公子嗎？昨兒個還說要和朱公子一起吃頓酒呢，今兒個就碰著了。走走走，今兒個我請客，就當給朱兄接風了。」卻是一群衣著華麗的公子哥兒，最中間被簇擁著的可不正是守備公子田成武？一群人正滿臉含笑的和那跟蹤自己的人打招呼。

果然是田成武的人嗎？陳毓臉色冷了一下，慢慢坐了回去。

剛坐好不久，何方就從下面上來。「少爺，那馬車的主人是新任知府朱茂元的公子，朱炳文。」

朱炳文？不是說朱茂元正在和田青海打擂臺嗎？怎麼兩家的兒子倒是攪和在一起了？陳毓一下蹙緊眉頭。

尚未想通個所以然，外面傳來一陣敲門聲。

喜子過去拉開門，不覺一怔——打頭的可不就是田成武？和他攜手而來的正是那位知府公子，旁邊則是一臉惶恐模樣的得月樓掌櫃。

方城府兩大頂尖衙內，知府公子和守備公子齊至，無論如何都得小心伺候。

只是樓上的雅間已經全定出去了，好在聽小二講，那間最好的雅間裡面也就是個孩子罷了，雖然聽描述也是富貴人家，可孩子畢竟好打發些。尤其田成武更指明了要這間靠窗的，掌櫃也只得恭恭敬敬的親自領了人過來。

看喜子開門，他忙陪著笑臉道：「有勞貴主人，能不能讓一下這間雅間？咱們樓下的位置也是很好的，又寬敞又通亮……」

話未說完，卻被田成武打斷。「囉嗦什麼？讓他們快些走，爺今日可是有貴客呢！要是爺的貴客不開心了，爺可要你好看！」

雖是隔著簾櫳，卻也能影影綽綽的瞧見裡面也就一坐一站兩個人罷了。

田成武在方城府的名頭大得緊，這得月樓又是一等一的消費地方，但凡出入這裡的，就沒有不認識田成武的。若是其他客人得了田成武這句話，怕早嚇得屁滾尿流，乖乖的就會讓出來。

誰料裡面的兩人依舊一坐一站沒有半點兒反應，然後一道脆脆的童音響起來：「萬事都有個先來後到，世上怎麼會有人這般霸道？憑什麼要我們讓給他們？掌櫃的快上菜，我都餓壞了。」

這小孩怎麼這般不識時務？掌櫃的冷汗一下下來了。

田成武被當眾削了面子，更是惱火。「好啊，這還給臉不要臉了?!」口中說著，上前一步，一下扯開簾瓏，下面的話卻一下嚥了回去，臉色也是精彩得緊——

怎麼是這兩個混帳王八蛋？

看到突然出現的田成武，何方頓時嚇得一哆嗦，陳毓倒是沒什麼反應，依舊老神神在在的坐在那裡，甚至頭都沒抬一下。

後面的朱炳文也看到了兩人，神情明顯有些錯愕。不待田成武有什麼動作，忙上前拉住胳膊。「不就是吃個飯嗎，田公子，咱們再換個地方罷了。我這人就喜歡熱鬧，不然，咱們到樓下大堂吃？」

後面幾個紈袴就瞄了眼朱炳文。早聽說知府是庶民出身，家裡清貧得緊，這朱炳文一瞧就是個沒見過世面的。樓下大堂那裡，怎麼能是自己這等貴人可以坐的地方？沒得降低了身分！再是知府公子又如何？須知衙內們最不能容忍的就是被下了面子，更不要說一直在方城府橫慣了的田少爺。

本以為田成武說不好會動粗——這事不是沒有過，不久前就有個大商人，因不認識田大少爺，又拒不讓座，田成武可是當場就大打出手。

至於房間裡這個小娃娃，怕是都不夠田少爺一頓馬鞭抽的。

陳毓終於抬起頭，眼睛正對上田成武，神情中沒有絲毫膽怯，甚至還有些戲謔的味道在裡面。

田成武只覺得渾身的血忽的一下全衝到了腦子上，氣得臉上的肉都不住顫動。但他深吸一口氣，再轉回頭時已換上了和煦的笑容，竟是意外的好說話。「既然朱公子如此說，咱們再換個房間便是。」

身後眾人下意識的揪了揪自己耳朵——今兒個耳朵沒出問題吧？

倒是那朱炳文，露出一個如釋重負的笑容，甚而還對陳毓笑了笑，神情中不乏維護之意。

那店掌櫃也是個人老成精的，看田成武這般反應，心裡咯噔了一下，不覺多看了陳毓兩眼。這小孩怕是來頭也不小，自己方才瞧得清楚，田少爺的模樣分明是認識的，甚而還帶著些痛恨，能讓田成武痛恨卻還願意避開的小孩，身分怎麼簡單得了？還有知府公子對那小孩顯而易見的保護……

陳毓依舊品著香茶——

田成武那樣狠毒的人自然不會怕了自己，之所以願意退讓，除了那個朱炳文幫著求情外，更多的肯定是不想丟面子。不過越是這樣的人，怕是報復起來也越狠辣，自己以後還是要小心才是。

倒是那個朱炳文的反應太過奇特，明明之前一直跟蹤自己，怎麼這會兒又有些想要保護自己的意思了？

磨磨蹭蹭的吃完午飯，等陳毓出來時，田成武那幫人已經不知道什麼時候離開了。

剛要上車，衣襟卻被喜子扯了一下。「少爺……」

陳毓停下動作，順著喜子指著的方向看去，眉頭不自覺地蹙起。怎麼朱炳文還沒有走？

確切的說，也不是沒有走，那模樣，說是去而復返倒更貼切一些。

一直在那裡徘徊的朱炳文身體僵了一下，沒有想到會被發現，又或者，陳毓的發現給了他莫大的勇氣。頓了頓，竟是徑直朝陳毓走了過來。

「小弟弟……」語氣裡竟有著隱隱討好的意味，哪裡有知府公子的半分自覺？

陳毓抬頭瞧了朱炳文一眼，沒有說話。

「那個，你是顧家的小公子吧？」相較於陳毓的鎮定，朱炳文明顯有些慌張，半晌才下定了決心似的。「能不能借一步說話？」

一句話說得喜子同何方都心生警惕，尤其是喜子。方才可是瞧得明白，眼前這人分明和那田成武是一夥的！

「你到車上來吧。」陳毓越來越覺得古怪。朱炳文的樣子，明顯是把自己當成顧雲楓了？

看陳毓願意讓自己接近，朱炳文頓時喜不自禁，毫不猶豫的跟著上了車。

甫一坐下，便直接從懷裡掏出了個布兜遞過去。「能不能麻煩你，把這些送給……送給阿姝？」

阿姝？陳毓最開始的反應是直接懵了，等意識到什麼，忽然覺得不對，大嫂的芳名可不就是叫做柳雲姝？

一想到這一點，陳毓整個人都不好了！難不成那擄了大嫂的花花公子就是眼前這個瞧著溫文儒雅的朱炳文?!

許是陳毓的反應有些過激，朱炳文也有些不知所措，忙開口解釋，卻分明有些語無倫次的心虛。「顧小公子你莫多心，那個……我和阿姝沒什麼的！這也就是些包子，乾槐花餡兒的包子，阿姝原來最愛吃這個了……」

難道是柳雲姝有問題？陳毓心裡突然升起不祥的預感。看過那麼多人性的醜惡，陳毓實在不憚於用最大的惡意去揣測別人。

「『阿姝』這個名字不是你能叫的，她現在是顧家娘子。」陳毓並沒有接，盯著朱炳文的眼睛一字一句道。「另外，你怎麼不自己交給大嫂？」

這人也不知道是真老實還是假老實，別說柳雲姝已嫁作人婦，便是未婚男女，這麼私相授受，傳出去怕是也要出大事的。更可氣的是，這朱炳文還想託顧雲楓轉交！虧得這朱炳文認錯了人，不然以顧雲楓的脾氣，指不定當時就會鬧出來。

「我……」朱炳文臉一下脹得通紅，吶吶的說不出話來，明明覺得這麼小的娃娃應該什麼都不懂，卻還是不自覺解釋道：「我真的沒什麼其他意思，就是阿姝……」

「顧家娘子。」陳毓打斷，冷冷的提醒道。

「是，顧家……」朱炳文神情黯然，「娘子」兩個字卻是無論如何吐不出口，半晌頹然道：

「她，不會要的……」

再沒有人比自己更清楚阿姝的性子，雖瞧著軟軟糯糯的，內裡卻是再剛烈不過。又是柳夫子一手教導長大，即便因為偶然被那顧雲飛救過而不得不委委屈屈嫁個武人為夫，可既然已經嫁了，就斷不會做出反悔的事來。

「這麼說，一切不過是你自己的一廂情願罷了。」陳毓如何看不出朱炳文的痛苦，卻沒有半分同情，相反，心裡一塊石頭終於落地。

嚇了自己一跳，還以為是大嫂怎麼著了呢。也就是說這朱炳文，應該是大嫂的青梅竹馬了？只從他所言看來，在大嫂心裡也不是什麼重要的人。

「你就說，是、是買的……阿姝她真的……」朱炳文神情明顯有些絕望，卻依舊不想放棄。

「閉嘴！」陳毓真的惱了，這人是讀書讀傻了，還是腦袋有問題啊？推了一把朱炳文道：「你下去吧。」

待朱炳文下去後，陳毓才發現那包子竟然還在，忙又探頭把人叫住。「站住！」

朱炳文站住腳，還沒來得及說話，陳毓已經揚手把那兜包子丟了過來。「拿去！記住，以後別靠近我大嫂。」

一句話說得朱炳文頓時失魂落魄，直到陳毓的馬車沒了蹤影，還死死的捏住手裡的布兜站在原處，連兩個包子從包袱裡滾出來都沒有注意。

可惜這一切早已落入有心人的眼裡。

「朱炳文給陳毓送東西，還被趕下來了？」田成武明顯頗感興趣，看了一眼躬身侍立的長隨。「看清楚包裹裡面是什麼東西沒有？」

「看清了。」那長隨的神情明顯也有些怪異。「裡面是包子。」

「包子？」田成武驚得一下張大了嘴巴。那麼巴巴的護著，又上趕著送的東西，竟然是一兜包子？難不成朱炳文有戀童癖，而他追求人的手段就是送包子？

「小的瞧著，那包子不一定是送給陳毓的。」那長隨卻道：「小的隱約聽到一耳朵，那朱炳文口口聲聲說什麼『阿姝』……」

第十一章　意外

陳清和負手站在縣衙中的梧桐樹下，長長的呼出了口濁氣。

自幼受的教育讓陳清和一直秉持著忠君愛國這幾個字，也因此，即便這方城府裡守備田青海勢大，陳清和卻依舊不願虛與委蛇。

特別是和知府朱茂元通過氣後，親自下去走了一遭，讓陳清和心情更加沈重——那官道雖是有些損毀，可重修根本就是再簡單不過。至於依山開路，說起來容易，做起來卻是艱難得多。更重要的是，方城縣治下百姓過得實在太苦了些！

連年的征戰讓方城縣說是民不聊生也不為過，雖還沒有到十室九空的地步，為了活下去賣兒鬻女已是常見得很。現在好不容易兩國停戰，若真是再另修官道，對百姓而言無疑是雪上加霜。

可偏是有心無力。

從第一天到任，衙門中除了龐正外，從崔同開始，每個人打量自己的眼神中皆是審視明顯多於敬畏。而在自己見了知府朱大人，於官道問題上又流露出和田青海不一樣的意思，縣衙裡的人便待自己越發冷淡，竟是恨不得再不跟自己見面才好。

看來，不用些手段，別說解民於倒懸，便是自己也處境堪憂。

這衙門，也是時候該整頓了。

「喂，你做什麼？」龐正的聲音忽然在裡面響起，聲音明顯很是憤怒。「崔承運，把這些東西放下來！」

一個吊兒郎當的聲音隨即響起。「哎喲，龐典史，發這麼大火幹什麼？你瞧瞧你這屋子裡亂的，我好心幫你收拾收拾，怎麼你反倒埋怨上了？真是不識好人心！」

「崔承運，你放肆！」饒是被欺負慣了的老好人龐正，這會兒也氣得聲音都有些岔了。

「那可是陳大人吩咐我做的，你也敢丟了？」

「什麼陳大人吩咐的？」聽提到陳清和，那聲音不但沒有降下去，反而更高了八度。「陳大人吩咐的事多了去了，你就鬆手吧！小五，快替龐典史接著，可別累著咱們典史大人了。咱們典史大人這麼被縣令器重，真是有個什麼，陳大人上哪兒再去找你這麼一個聽話的？」

然後一陣「噔噔噔」的腳步聲響，卻是縣丞崔同的長隨正抱了一疊子東西出來，他的身後還跟著一臉不耐煩的崔承運——崔同的長子，眼下也在縣衙做事。

最後面追著跑出來的則是因過於憤怒都快要哭出來的龐正。

那小五最先瞧見臺階下站著的陳清和，嚇得一激靈，猛地站住腳，後面的崔承運一個不提防，一頭撞在了小五的身上，小五一個踉蹌，本來捧在手上的紙頓時就飄飄灑灑的落了一地都是。

「娘的，小五你怎麼走路呢？長沒長眼──」崔承運明顯脾氣不好，竟是張嘴就罵，罵了一半又覺得不對，一低頭，就瞧見了臉罩寒霜的陳清和。

跑在最後面的龐正還沒意識到外面的情況，探手就揪住了崔承運的後衣領。「崔承運，你不要欺人太甚──大人？您什麼時候回來了？」

語氣裡又是驚喜又是激動。實在是自從縣令大人這幾日去了鄉下巡察百姓，龐正簡直受盡了委屈。

崔承運這會兒也反應過來，抬手揮開了龐正，漫不經心的向陳清和打了個躬。「原來是陳大人到了。」

又衝著小五一瞪眼。「愣著幹什麼？還不快點把這些東西打掃打掃收拾出去，真是擋了陳大人的路，看我不削你！」

也不怪崔承運猖狂，早在前任縣令離任時，崔家上上下下就已經認定崔同是板上釘釘的方城縣令了，雖然中途殺出個陳清和，可在他們眼中也就是個過渡罷了。

特別是這陳清和還是個愚蠢兼不受教的，竟然就敢在官道這件事上跟守備田青海對上。田大人又豈是好惹的？這麼多天來，對縣衙的打壓已經越來越明顯，光從近日來好幾件需要守備大人簽署的公務一律被打了回來就可見端倪。

而陳清和的模樣也明顯是慫了的，沒看見這幾天都一個人跑到鄉下去躲起來了嗎？即便這會兒回來了又怎樣？胳膊還能擰過大腿不成？

「啊？」小五畢竟是個下人，自然不敢像崔承運那般囂張，畏畏縮縮的看了眼陳清和，終究不敢有什麼舉動。

崔承運冷笑一聲，上前一步，正好踏在地上散亂的紙上。

龐正氣得渾身都哆嗦了，紅著眼睛瞧著陳清和。「大人……」

「崔承運，龐典史的這些文書是怎麼回事？」陳清和聲音聽起來並沒有什麼起伏。

崔承運心道，明擺著的事情卻要詢問自己，而不是讓龐正這個苦主說話，顯然是怕了自己了！心情頓時不是一般的好，大大咧咧道：「您說這地上的東西啊？都是些沒用的，就龐典史大題小作——」

陳清和忽然就變了臉。「大膽！你一個小小的書吏罷了，怎麼就敢對上司指手畫腳？而且，低頭看一下，你腳下踩的是什麼？」

許是有點被陳清和的突然變臉給嚇著了，崔承運不覺往後退了一步，下意識的低頭，頓時有些發慌。地上可不正是一張用了好幾個印璽的公文，而現在，那些印璽的上面正留著自己的腳印。

「忤逆上司、蔑視朝廷，崔承運，你還真是好大的膽子！」陳清和聲音更冷。「來人——」

聽到陳清和的聲音，一陣參差不齊的腳步聲響起，卻是在外面值差的衙役，待看清裡面的情形不由嚇了一跳。

怎麼陳大人好幾日不來縣衙，這一來，就和縣丞公子對上了？

然而懾於崔家的積威，竟是沒人敢上前。

崔承運心裡大定，瞧著陳清和的神情很是譏誚。「陳大人何必這麼大火氣？我這不是不知道嗎？」心裡想的卻是：這衙門裡的差人，陳清和可不見得使喚得動，總不好他堂堂縣令親手過來打自己吧？

卻不防陳清和冷聲道：「何方，拿下他！」

何方來之前就清楚要做什麼，而且區區一個縣丞的兒子，他還真不放在眼裡——之前可是連守備公子都打了呢！當即上前一步，朝著崔承運一腳就踹了過去。「大人面前也敢放肆？還不跪下聽命！」

崔承運正自志得意滿，正正被這一個窩心腳踹了個正著，「哎喲」一聲就從臺階上滾了下來，登時吐了一口血出來。

「拉下去，重打五十大板！」陳清和轉身朝著後面目瞪口呆的一眾差人道。

所有人都沒有料到陳清和竟然有此雷霆之舉，一時都嚇得傻了。

龐正上前一步，掃了眼下面站著的差人。「還愣著做什麼？沒聽見大人的吩咐嗎？」

「我看你們誰敢！」緩過氣來的崔承運嘶聲叫喊起來，又對嚇呆了的小五道：「快去，找我爹來！」

一句話未完，就被何方拎起來，照著面頰就是一頓耳光，頓時被打得鼻青臉腫，除了哭著求饒，再說不出一個字。

至於那小五，也被反剪著雙手摁在地上，嚇得嗚嗚直叫，絲毫不敢反抗。

後面的衙差這才明白，縣令大人竟是要動真格的了。看崔承運這麼慘，有那聰明些的也終於意識到，崔縣丞再是有守備撐著，權力堪比縣令，可終究不是縣令。

想明白了這一點，眾人也不敢猶豫，果然上前拖了崔承運，堵了嘴摁在廊下，一五一十的打起板子來。

等崔同聽說後趕過來，崔承運早就昏死過去，渾身血跡斑斑，躺在地上生死不知。

崔同雖然有幾房妻妾，兒子卻就只有崔承運一個，看到無知無覺躺在地上的崔承運，頓時嚇得魂都飛了，撲上去就想察看究竟，卻被何方等人攔住，竟是無論如何不能靠近。

「混蛋，你們敢？」崔同還是第一次被人這麼無視，氣得眼前一陣陣發黑，轉而看向陳清和。「陳清和，若是我兒子有個三長兩短——」

卻不防臉上「啪」的挨了一巴掌，抬頭看去，竟然是那個自己一向瞧不起的龐正！

「大人的名諱也是你可以叫的？」

「你、你們！」崔同恨得想要殺人，高高在上慣了的，如何能容忍今日吃了這麼大的虧？更不要說那些人竟是當著自己的面，把寶貝兒子丟破布一般扔了出去。

崔同又一次感受到了陳清和到任時自己的束手無策，臉色鐵青道：「好好好，你們給我等著！」

說著，他轉身就想往外走，可一下就被何方幾人攔住去路。

「怎麼，還想對本縣丞動手？」崔同暗恨自己來時沒有多帶些人，轉頭惡狠狠的瞧著陳清和。「陳大人，守備大人讓我趕去見他，你也想攔阻不成？」這明顯就是赤裸裸的威脅了。

聽崔同提到田青海，不獨那些衙差，便是龐正也微微有些瑟縮。早在選擇追隨陳清和時，就已經知道勢必會和崔同並他身後的田守備對上，可真到了這一刻，還是不由心驚膽戰。

「縣丞？」陳清和冷笑一聲，居高臨下俯視著崔同，聲音雖低，聽在崔同耳裡卻彷彿炸雷一般。「崔同，皇上恩典，因邊關戰亂，特下旨免除方城府三年稅收，獨我方城縣，不但賦稅絲毫未少，還在此基礎上加了兩成，你倒給本縣解釋一番，這是何道理？」

崔同一下癱在了地上，腦海裡只有兩個字：完了！

眾衙差雖然沒聽清陳清和說了什麼，卻還是第一次瞧見往日裡威風凜凜的縣丞大人這麼虛弱狼狽的樣子，瞧著陳清和的眼神頓時敬畏無比。

「來人，把崔縣丞拖下去，收監候審。」陳清和臉上神情沒有一絲波動。「即日起，由龐典史暫代縣丞一職。」

消息很快傳到守備府。

「崔同怎麼這般愚蠢！」說話的是一個身材敦實的中年男子，腰挎寶刀，舉手投足間都透著幾分煞氣，許是太過暴怒，竟是抬腳把一張紅木椅踹翻在地。

「守備大人息怒。」正陪坐一旁的師爺明顯嚇壞了，忙不迭站起身來。「那崔同瞧著也是個懂事的，即便這次做事不密，也定然不敢胡說八道。」口中雖是如此說，卻也有些頭疼。

那免稅三年的公文，當時見到的就沒有幾個人，也不知道那陳清和是怎麼知道的！至於這崔同更是欲壑難填，明明守備大人當日吩咐，為防物議，便只下調一、兩成便可，如此百姓既感恩戴德，轉手又是好大一筆收入。他崔同倒好，竟是絲毫未減不說，還在原來基礎上加了兩成，如何能不被人抓住把柄？

發生這樣的事，便是田青海處境也一下陷入被動之中，連帶的本是板上釘釘的官道改道一事也受到極大影響。

那段路正好在方城縣境內，守備大人再如何，可也不好繞過方城縣自己著手。倒並非怕方城縣不依不饒，而是事情真傳出去，怕不好善後。

田青海點點頭，一雙環眼中透出幾分陰鷙來。

果然是時運不濟嗎？這一件、兩件就沒有個順心的。眼下方城府知府朱茂元也好、方城縣知縣陳清和也罷，竟是擰成了一股繩和自己對著幹，若然自己一意孤行，到時候凱旋路上發生點兒意外，可上哪裡找替罪羊去？所有的過錯可不要全由他擔著？

「爹爹莫要擔心，所謂車到山前必有路。」下座的田成武卻是笑嘻嘻道，又抬頭瞧了那師爺一眼。「鄧師爺，你先下去。」

那鄧師爺也是個有眼色的，聞言忙起身走了出去。

「怎麼，你有什麼好法子？」田青海看了一眼兒子。自己兒子自己明白，雖是平日裡荒唐了點兒，倒也很有幾分急智。

「法子倒還沒想好，不過也有些頭緒了。」田成武瞇了下眼睛。「兒子以為，傍山的官道咱們儘管修便是，至於原來那條官道既然可以塌一次，自然就可以再塌第二次。」

「還有呢？」田青海不動聲色道。官道自然可以塌，但是該如何讓自己不被人懷疑？

田成武漫不經心的捏了顆葡萄送進嘴裡。「兒子前兒個偶然得知了個消息——知府朱茂元的獨子朱炳文，是顧家大少奶奶的青梅竹馬，嘖嘖，爹您不知道吧？瞧著道貌岸然的知府大人，竟有這麼個癡情種兒子。那朱炳文真真堪稱世上第一等的癡漢，一直到現在還是非卿不娶，兒子瞧著，可真跟著了魔一般呢……還有方城縣縣令陳清和家，和顧家也是關係匪淺……爹，您說，要是他們三家鬧出些什麼見不得人的陰私之事來……」

「一切交給你便是，另外記得，總要把事情做得乾淨了才好，切不可和崔同那個蠢貨般，被人抓住首尾。」田青海嘴角露出一絲笑意，明顯很是滿意。

「對了，都城來的那位總旗大人，你也記得伺候好。」

雖然說對方的官職比不上自己，卻有著鎮撫司這樣一個威風凜凜的金字招牌，說句實在的，那可是能夠直達天聽的，和這樣的人相處，當然是小心為妙。

顧家。

「這小傢伙，果然是可造之材。」瞧著演武場上那個有模有樣打拳的小身影，顧正山連連點頭。

瞧著小毓細皮嫩肉的，倒不料是個執著的性子，於練武一途上更是極有天分至極，一點就透。

難得的是基礎打得也好，尋常孩子真要習武，便是馬步也得先扎個一年半載，就是自己兩個兒子，不過是因為跟在自己身邊，剛會站便學著扎馬步，才能在五歲時便開始跟著學拳。而小毓的功底之厚，竟是絲毫不亞於兩個小子那時，還有他對顧家武術的領悟上，甚至還在小二之上！

「哎喲，我們小毓果然了不得。」柳雲姝笑著走了過來，隨著大軍凱旋的日子一日日接近，柳雲姝心情自然不是一般的好，每日裡都是笑容滿面。「今兒也練了這麼久了，都過來歇息一下吧，喝碗清涼的綠豆湯鬆快鬆快。」

顧雲楓早就渴得喉嚨都有些冒煙了，聽柳雲姝叫人，忙收了勢，朝仍舊一絲不苟扎馬步的陳毓道：「走吧，待會兒再練。」

陳毓絲毫不為之所動。「我再堅持一會兒。」

雖然師父、師祖瞧著，自己的馬步已是厲害的了，陳毓卻覺得還差著不少——也就在回來的這幾個月，才日日不輟的扎馬步，比起上一世大哥足足讓自己扎了三年馬步而言，委實還差得多呢。

直到柳雲姝看不下去了，親自跑過來拽人。「好了好了，這麼辛苦做什麼？瞧瞧，這都曬成什麼樣了。」還噓下了一句話沒說——等雲飛大哥回來，一個打一百個都不在話下，就是兩個小傢伙啥都不會，有雲飛大哥在，還有誰敢欺負不成？

陳毓也是渴壞了，接過綠豆湯一飲而盡，隨意在嘴上抹了一把道：「明兒個中元節，我要去廟裡上香，就想著今兒個索性多練會兒……」

顧正山擺了擺手道：「明日裡武館也準備閉館一天。須知練武不急在一時，所謂一張一弛，文武之道，貴在持之以恆罷了。」

陳毓忙點頭受教。

旁邊的顧雲楓卻是來了興致，湊到陳毓耳朵邊小聲道：「阿毓你明日要去哪個廟裡？不然，我們一起去東元寺吧，那個廟可大了，山上還種有很多果子，咱們上完香，我帶你去玩一番……」

「就你自己嗎？」陳毓下意識的瞧了一眼旁邊的大嫂。眼瞧著大軍回返的日子一日日逼近，陳毓的心也是越吊越高，要知道上一世顧家出事，可不就是在這幾天？這眼瞧著大哥就要回來了，中間可千萬別再出了岔子才好。

「我陪著大嫂去的。」顧雲楓倒也不瞞他。「你也知道的，大嫂父母都不在了……」

「好，東元寺就東元寺吧。」陳毓點頭應下，又囑咐道：「對了，明日上香的人多，又有女眷，二哥記得多帶些人在身邊。」

「怕什麼？」顧雲楓一拍胸脯。「放心吧，有我呢。」

「不是還有我們家嗎？」陳毓也不和他掰扯，態度卻是堅定得緊。

顧雲楓是個實在的，不但沒有惱，反而覺得有些不好意思。「看我這腦子，把這個茬忘了。你放心，我明兒個一定多帶些人。」

兩人告別後回家，李靜文早已經把香燭煙火之類的給準備好了，又親手給陳秀和陳毓一人做了盞河燈。

第二天一大早，陳家人便早早的起來，李靜文和陳秀坐車、陳毓騎馬，只是剛騎上，李靜文嚇得就從車上下來，死活非要陳毓也坐車裡去。陳毓無法，只得棄了馬——天知道自己馬術很嫻熟的好不好！

到了東元山腳下，顧家人已經在候著了，陳毓跳下車來，不由皺了下眉頭，來的不過是顧雲楓並三個師兄罷了，而這三個人中，除了年齡最大、名叫劉正陽的師兄外，其他兩人也就和顧雲楓差不多大。

加上坐在車裡的柳雲姝和丫鬟，滿打滿算也就六個人罷了。

「人已經不少了啊！」聽陳毓說人少，顧雲楓嘿嘿直樂。「小毓不知道，每到這一日，咱們家的武館生意就好得不得了，家裡的師兄幾乎全讓人請去了，而且往年也就是我和嫂子兩個人來上香罷了。」

便是這三位師兄，也全是給陳家人準備的。

人都來了，就是少些也沒法子，陳毓只好閉了嘴，卻是千叮嚀萬囑咐柳雲姝，待會兒一定要和自己娘親和姊姊一道，切莫一個人貪玩走散了。

不是陳毓多心，這個大嫂雖已為人婦，卻依舊性子跳脫，和文靜秀氣的娘親和姊姊當真是大相逕庭。

弄得柳雲姝一直嗔他，怎麼就跟個小老頭似的，學得恁般囉嗦了。

東元山上這會兒已是香客雲集，陳毓更不敢大意，忙帶家人護好李靜文和陳秀，又一再叮囑顧雲楓看好柳雲姝，又要看著這邊、又要顧著那裡，不多時，臉上便布滿了汗珠。令得李靜文和柳雲姝都心疼得什麼似的。

眼瞧著前面就是東元寺了，兩人都舒了一口氣，正要舉步入內，不提防幾個漢子忽然出現。「站住！」

陳毓和顧雲楓嚇了一跳，忙快步上前攔在幾個女眷前面。「什麼人？你們要做什麼？」

陳毓更是一下聯繫到了朱炳文身上，想想又覺得不對——這麼大庭廣眾之下，就不信朱炳文真敢鬧出強搶民女的戲碼。

兩人被後面的劉正陽拉了一下。「小楓、小毓，不然，咱們先去後邊竹林中小憩片刻。」

畢竟在方城府土生土長，年齡又比眾人大些，劉正陽一眼瞧出眼前這幾個彪形大漢分明是守備府的人。想著裡面或許是守備大人的家眷，倒是不好冒失。

田家的人？陳毓眉頭蹙得更緊，忽然就想到了田成武身上。剛要說什麼，一陣暖風拂過，一股濃郁的香燭味一下從寺廟裡逸出，正站在下風口處的李靜文頓時覺得胸中煩嘔得緊，一個把持不住便吐了出來，好巧不巧，竟是正好吐在了剛剛從廟裡走出來的紅衣男子的腳上。

跟在男子身後的隨從明顯沒有料到會有這一齣，臉色一下鐵青，劈手就想去抓李靜文，陳毓大驚，身子一錯，抬手朝著那人格去，雖是擋住了那人的胳膊，沒讓他碰到李靜文，自己卻被撞得向後跌出，撲通一聲坐倒在地。

「王大人！」一個熟悉的聲音隨即響起，卻是田成武正搶步而出，看紅袍男子被吐了一腳的穢物，臉色一下變得陰沈至極。

那紅袍男子的臉色也有些難看。這人瞧著五官並沒有什麼出奇之處，偏不知為何自帶一股冷然煞氣，讓人瞧著心裡就有些發麻。

「小毓，你沒事吧？」顧雲楓嚇了一跳，忙不迭上前扶起陳毓退到一邊，劉正陽早已是嚇得膽戰心驚，他這會兒已經認出了來人——怎麼這麼倒楣，惹上守備府不說，衝撞的還是方城府一等一的霸王衙內田成武的朋友。

劉正陽做足了心理建設，才戰戰兢兢的上前替這邊眾人賠罪，只盼著田大公子心情好些，對自己等人的冒犯不會太過責難。

只是劉正陽的祈禱卻注定要落空了。

田成武身邊是鎮撫司的總旗上差大人，正是自己極力巴結的人，這還不算，那個突兀蹦出來還惹了緹騎（注）大人的還是老對頭、當初曾經折辱過自己的陳毓，這樣好的機會，田成武怎麼願意放過？又看了眼後面跟著的神情惶急的柳雲姝，果然天助他也！當即臉色一沈。

「敢在大人面前放肆，當真該死！還不快給大人磕頭賠罪！」

大人？陳毓眉頭蹙得更緊。也不知那人是什麼身分，竟是連田成武也這般忌憚。

剛要開口，劉正陽已是陪著笑臉上前，小心翼翼道：「公子莫怪，方才並不是有意衝撞，還請公子大人大量……」又轉頭衝著那紅袍男子道：「不然這位爺說個價錢，咱們另賠爺一雙鞋子便是。」

「滾開！」田成武冷笑一聲，一把推開劉正陽。「這裡哪有你說話的餘地！」

轉頭瞧著陳毓神情詭譎。「沒想到你小小年紀卻這般狡詐！是不是你爹派你來的？還想了這麼一齣，當真是居心叵測。」

早就聽爹爹說過鎮撫司的人最難伺候，又因為他們做的大多是機密事，也因此除非他們

注：緹騎，紅衣馬隊，本為漢代執金吾的侍從，後世用以通稱逮捕罪犯的官吏。

自己願意，否則平生頂頂厭煩的就是被人勘破形跡，自己這會兒故意這般說話，身邊這位大人不起疑心才怪。

如此不但小小的收取了一筆當初驛站被辱的利息，更是令得陳家被鎮撫司猜忌，當真是不能更好了。

陳毓並不知道田成武身邊的大人到底是何身分，卻能感覺到對方怕是居心不良。爹爹眼下身入官場，在不知道對方底細之前，倒也不好隨便得罪什麼人。

因此當下也不理田成武，只朝紅袍男子一抱拳。「這位大人，方才之事抱歉之至。小子方城府縣令之子陳毓，若有冒犯之處，還請大人海涵一二。」

哪知陳毓不說出自己的身分還好，這一吐露身分，那紅袍男子臉色頓時更不好看，竟是理也不理陳毓，回頭對田成武道：「把他們帶回去，問個清楚再說。」

帶回去？陳毓再沒想到對方竟會這麼說。

田成武卻是喜悅至極——果然讓自己猜對了！當下一揮手，那群大漢一下就圍了過來，正好把陳毓並顧雲楓、李靜文幾人包圍在當中，也不知是有意無意，卻是把柳雲姝和她身邊的丫鬟隔到了外邊。

倒是紅袍男子身後的人依舊沒動，只手按刀柄冷冷注視著場中動靜，那模樣似是一個不對就會拔刀相向。

「你們到底是什麼人？」陳毓心中驚怒交集，心知今日的事情怕是不能善了，忙不迭給站在周邊的柳雲姝使了個眼色，示意她快走。自己則把視線盯在了田成武身上。所謂擒賊先擒王，怎麼也要先護著娘親和姊姊她們離開才是。

心裡計議已定，他就地一個打滾，以迅雷不及掩耳之勢一下竄到了田成武身前，等田成武意識到不對，小腹處早頂了把尖刀。

「你、你要做什麼？」田成武好險沒氣暈過去。自己和這陳毓犯沖不是？要不然怎麼就會一而再、再而三的落到這乳臭未乾的臭小子手裡？

他一動不敢動的僵立著，唯恐陳毓一個手抖，真就把刀戳到自己肚子裡。

劉正陽和顧雲楓也沒想到陳毓會這麼衝動，一時全都呆愣當場。

那紅袍男子神情更冷，明顯已經認定了陳毓等人有問題。

「你們都退下。」陳毓神情冷冽，完全不像個小孩子。「放我們離開，不然，這位田大公子……」

一句話未完，一個冷冰冰的聲音在耳邊響起。「陳縣令府上好家教！不想她們死的話就放開田公子，乖乖跟我們走！」

陳毓回頭，臉色頓時蒼白無比，只見李靜文等人的脖子上全都擱著把明晃晃的大刀。

「你們要做什麼？」這般情形之下，顧雲楓也意識到情形不對，衝著劉正陽道。「正陽哥，咱們同他們拚了！」口中說著，便如同下山小老虎一般就要朝紅衣男子衝過去。

「想她們死得快點，你們儘管來——」紅衣男子冷笑一聲，而隨著他的話，那些隨從果然就舉起了刀。

顧雲楓嚇了一跳，趕緊站住腳。

「你們到底是什麼人？」陳毓雖是臉上沒有一點兒血色，握著匕首的手卻依舊穩穩當當。「又要帶我們去哪裡？」

第一次瞧見陳毓這般狼狽的樣子，田成武又是快意又是恐懼──這個陳毓簡直就是個瘋子！即便這般情況之下，竟依舊不願放過自己。

他唯恐陳毓太過激動，手一個拿不穩真捅了自己一下可就糟了。惶急之下，田成武豆大的汗珠就從額頭上滾落，但他依舊不敢透露出來人身分。「陳毓，快放了我。這些大人可不是你能惹得起的，別說是你，就是你爹來了，也照樣只能聽命行事！」

連方城縣縣令也惹不起？而且瞧著不只是方城縣縣令，怕是田成武這位堂堂守備公子都不敢惹。把田成武的話在腦子裡過了一圈，陳毓心中隱隱有了些猜測──會不會，這些人是鎮撫司的？想來想去，好像也只有這個衙門出來的人才會把地方官員嚇成這個德行。

「我跟你們走就行，放了我娘親和姊姊。她們不過是婦道人家，什麼都不知道。」陳毓手中的刀依舊頂著田成武柔軟的小腹，眼中卻是亡命徒般的決絕。「若然大人不允，那我也不介意和這位田大公子同歸於盡。」

口中說著，摁了摁懷裡那塊鎮撫司的百戶權杖。

若然真如自己猜測，對方是鎮撫司的人也就罷了，若自己猜錯了，對方是田家的人，貿然露出這塊鎮撫司的權杖，說不好會有更大的劫難。

以田家對自己父子的忌憚，焉能容忍更大的變數出現？到時候這百戶權杖就不再是保命的物事，而是變成催命的凶器了。

紅袍男子也沒有料到，陳毓小小年紀竟有這般膽識，且看他的模樣，竟不似作假。若然真逼急了，令得田成武折在這裡，自己也不好交差。

雖然鎮撫司地位特殊，可要真是因為些許小事弄出人命來，還是一個縣令公子及一個守備公子的命，還真是不好交代。

因此他雖惱火，卻也無可奈何，只得沈著臉道：「我答應你便是。」又一指顧雲楓並劉正陽幾個。「他們幾個也要留下。」

「好。」陳毓倒也乾脆，當即點頭，對著李靜文等人道：「母親妳們只管好好回家待著便是，孩兒不會有事的。」

為防對方反悔，陳毓並不立即收回刀，一直到確定田成武等人追不上了，才把刀收回。田成武一脫了控制，抬手就想去揍陳毓，陳毓手中的刀隨即揚起。「不想被扎個血窟窿，就不要輕舉妄動。」

「你他娘的真是個瘋子！」田成武嚇得忙往後一跳，雖然心裡怨毒至極，卻果然不敢靠近，只能眼睜睜的瞧著陳毓、顧雲楓幾個毫髮無傷的離開。

半晌，田成武才朝地上狠狠的吐了口唾沫。落到了鎮撫司的手裡，不脫一層皮就別想出來，爺有得是法子讓你們求生不得、求死不能。

當然，眼下還有另外一件重要的事情得做。田成武抬手悄悄叫來自己的親隨，把一包藥塞到他手裡。「快馬加鞭，去知府衙門那裡尋朱公子，就說……」

哼哼，很快就有好戲看了！

柳雲姝和李靜文這會兒已然來到山腳下，兩人臉色都不好看。

無論如何也沒有想到，出來一趟，竟會惹上這樣一件潑天禍事。

雖不知對方來路，可看那人排場，明顯是陳清和這樣的縣令惹不起的。現在陳毓幾個還被帶走了，也不知生死如何。

尤其是李靜文，一想到若非自己不慎也不會招來這般大禍，若然連累了毓兒……這般想著，早已是淚盈於睫。

「夫人妳莫要難過。」柳雲姝心裡也急得什麼似的，只是李靜文的模樣看著太過虛弱，再加上一路上依舊嘔吐不止，柳雲姝真怕她會有個什麼。「好歹陳大人也是一縣縣令，那些人再如何，也定然不敢對小毓他們怎樣。」

「我——」李靜文剛要開口說話，那種煩嘔的感覺再次湧上心頭，竟是趴在車子上就又吐了起來，到得最後，簡直連苦水都要吐出來了，嚇得柳雲姝和陳秀忙幫著揉胸撫背。

還是柳雲姝最先反應過來。畢竟早成親幾年，一些事情也聽人說起過，李靜文這般反應，莫不是有了身孕了？

她忙不迭送了杯水到李靜文唇邊。「來，喝杯水。」好容易待李靜文平靜下來，她才試探著道：「妳的小日子是哪一日？瞧妳這個樣子，莫非是……有喜了？」

有喜？李靜文一下傻了，只覺腦袋嗡嗡直響，掰著手指頭算了一下，月信可不是遲了好幾日了？

看李靜文的模樣，柳雲姝明白自己猜對了。忙不迭吩咐車夫緩些。山路本就顛簸，剛才又趕得急，可不要再鬧出什麼事來才好。

「我沒事。」李靜文落下淚來，若因為肚中這個連累了毓兒沒命，她這一輩子都不會原諒自己。「我撐得住，咱們快些，我要去找老爺。」

「妳放心，一切交給我吧。」柳雲姝怎麼肯同意？莫說自己和這位陳夫人一見如故，便是為著陳毓，也不能讓她這般勞累。「我身子骨好，也會騎馬，妳身上不拘有什麼信物，給我一個，我這就去縣衙一趟。放心吧，再不濟，還有我們顧家呢！咱們家的男人可是個個本領高強，大不了，咱們就去劫獄！」

沒想到柳雲姝連「劫獄」這樣大逆不道的話都說出來了，唬得李靜文忙捂住她的嘴。

旁邊的陳秀這會兒也明白過來，知道事情已經發生了，再怎麼也不能讓母親奔波，不然若真出了意外，可是了不得，忙也含淚勸道：「母親，就聽嫂子的吧。」

又衝著柳雲姝拜倒。「嫂子的大恩大德，陳家沒齒不忘。」

「好了，小丫頭，別說這麼見外的話。」柳雲姝也不跟她們客氣，讓丫鬟也坐到陳家車裡去，自己則直接解了匹馬，飛身上了馬背，一揚鞭子，朝著山下衝去。

只是相較於顧雲楓幾個，柳雲姝的騎馬水平也就一般而已，那馬又不是什麼神駿，雖是比車子的速度要快些，卻也快不了多少。

好在下了山上了官道，路面就寬敞多了，速度也終於可以快了些。

眼見得前面隱隱約約已能瞧見方城府的影子，柳雲姝終於長長的出了口氣，卻不料剛一拐彎，迎面差點兒和一輛車子撞上，嚇得柳雲姝忙一勒馬頭，那馬吃了一嚇，前蹄倏地豎起，一下把柳雲姝給掀了下來。

嫁入顧家這些年來，柳雲姝也跟著學了點皮毛，忙就勢往旁邊一躍，雖是勉強躲過了摔得四仰八叉的結局，腳踝處卻傳來一陣刺骨的痛楚。「哎喲——」

「雲妹？妳沒事吧？」那馬車也倏地停下，一個男子一下從車上跳下來，太急了些，竟是險些跌倒。

柳雲姝下意識的抬頭，也是一愣。「怎麼是你?!」

第十二章　圈套

「進去吧。」隨著鐵門「哐噹」一聲響，陳毓猛地一個踉蹌，險些跌倒，跟在後邊的顧雲楓想要去扶，無奈兩隻手被捆得結結實實，當下急道：「你們幹什麼？小毓還是個孩子……」卻被緊跟著進來的田成武一腳踹翻在地。「要幹什麼？你說呢？」

他探手一把拎起陳毓，朝著臉上就是兩巴掌。「小兔崽子，你繼續狂呀？想和老子鬥，你還太嫩了點兒。」

陳毓被打得一下躺倒在地，本是白皙的小臉蛋頓時腫脹起來，田成武依舊不甘休，抬起腳就要往陳毓胸口踩。

「小毓！」眼見得陳毓被這般糟踐，後面的顧雲楓頓時氣得紅了眼，不管不顧的猛地往前一衝，田成武一個不提防，一下被撞翻在地，緊跟在後面的隨從嚇了一跳，忙忙的撲上去想要幫忙。

「劉師兄！」陳毓喊了一嗓子。正呆立的劉正陽猛一激靈，咬牙一伸腿，就把那隨從絆倒在地。

陳毓抓緊時間使了個巧勁，身上的繩索頓時應聲而開，趁田成武還被撞得發暈，一個箭步撲上去，手中繩索又穩又準的套在了田成武脖子之上，然後猛一使勁，田成武頓時被勒得舌頭都吐了出來。

「說，那位王大人到底是什麼身分，不說的話，我就殺了你！」

「你、你放開我——」田成武身子被顧雲楓死死壓著，竟是無論如何動不了，脖子更是被勒得快要斷了，早嚇得魂兒都飛了。「別——我說！外面、咳咳，外面的是，鎮撫司的……」說著兩眼一翻，就昏了過去。

鎮撫司？這句話一出，顧雲楓和劉正陽等人頓時一臉見了鬼的表情。上自朝廷下至民間，誰沒有聽過鎮撫司的名號？

便是陳毓眼神也有了些變化，只是和其他人的驚慌不同，陳毓明顯是鬆了一口氣。果然是鎮撫司嗎？

「去把那位上差叫來，不然，我就把你家少爺碎屍萬段！」

那隨從哪料得到世上竟有這般不怕死的人！一而再再而三的脅持守備公子不說，竟然還敢脅迫鎮撫司的大人！

眼見得田成武不獨舌頭，連兩眼都暴突了出來，隨從嚇得尖叫一聲就衝了出去。「殺人了，快來人啊！」

那位鎮撫司的總旗大人名叫王林，本來正在外面品茶——之所以會放田成武進去，一則實在是對陳毓的桀驁不馴看不過眼，一個小奶娃罷了，這般不知天高地厚，竟敢在自己面前撒野？二則田成武乃是守備公子，方才又著實吃了虧，便是看在守備府的面子上，也就睜一隻眼閉一隻眼罷了。

此時裡面竟喊什麼「殺人了」！他驚得一下起身。這個田成武怎麼搞的，不過讓他打幾下出出氣罷了，怎麼還鬧出人命來了？即便縣令官職不大，可好歹也是朝廷命官啊，真要打殺了縣令家的公子，可要怎麼收場才好？

王林忙不迭起身往裡面走，卻迎面正碰上田成武的隨從，那隨從一瞧見王林，「撲通」一聲就跪倒在地，哆嗦嗦嗦的指著監牢方向道：「大人、大人……快去救我家少爺！少爺被人勒死了啊！」

一句話說得王林眼珠子好險沒掉下來。怎麼可能！要多窩囊，才能連這麼一群被五花大綁且毫無還手之力的人都制伏不了？就是有人遭罪，也應該是那個叫陳毓的小孩啊，怎麼竟會是田成武？還快被人給勒死了?!

他有些懷疑那隨從是開玩笑，可對方的神情又不似作假，忙快步往裡走，待推開門，正好瞧見躺在地上已然臉色鐵青、昏死過去的田成武。

竟然是真的？

這下即便是王林也站不住了，瞧著陳毓的眼神森然無比。本想著詢問一下，若然沒什麼就放回去，哪料到對方竟是這麼個棘手的危險人物。

「一個小小的縣令之子也敢如此猖狂？全都拿下，若有膽敢抵抗者，殺無赦！」

手一揮，身後的緹騎探手就抽出了兵器，當下便要朝陳毓等人撲過去。

劉正陽嚇得腿都軟了。再料不到這個才入門的小師弟竟這般會惹事，這可是鎮撫司的人啊，就算殺個個把人怕都是尋常事！

還有地上躺著的生死不知的田成武。若然對上守備府那一萬精兵，自己這些人更絕對是連渣都不會剩下一點了。

當此情形，便是顧雲楓也出了一身的冷汗，相形之下，反倒是年齡最小的陳毓依舊冷靜得不得了，只見他隨手從懷裡摸出一個牌子丟給王林。

「殺無赦？我看誰敢！竟然幫著外人來謀算我，你們好大的膽子！」

「大膽！死到臨頭了，還如此牙尖嘴利！」那些緹騎也要給氣糊塗了，什麼叫幫著外人？還真大言不慚！也不看看自己等人來自哪裡，又豈是一個小小的縣令之子所能攀附的？

手中大刀隨即送出，正正擱在陳毓頸邊。

那邊王林也把權杖抄到了手裡，冷笑一聲。「如此大言不慚，本官倒要瞧瞧到底是依仗了什麼，可以讓你如此猖——」卻是一下頓住，看著手中的東西，眼都直了！

怎麼……竟然是一枚百戶腰牌?!

王林的頭頓時「嗡」的一下。

和其他衙門不同，鎮撫司講究的是絕對的服從，別看對面這孩子年齡小，單憑這麼一塊腰牌就對自己有絕對的統轄權！而且隨隨便便就能拿出這麼個要命的東西來，無疑也證明了另外一件事——這孩子背後還有自己惹不起且更厲害的人物！

那些侍衛已經一把提起陳毓，就要狠狠的朝地上摔去，王林嚇得一激靈，終於回過神來，騰地站起，忙忙的道：「放下他！」

那侍衛驚了一下，手一鬆，眼瞧著陳毓就要跌倒，虧得王林反應快，已是小跑著上前，探手就把人攙住了，又恭恭敬敬的把腰牌還了回去。陳毓沒說，他也不敢點明對方的身分，只一迭連聲道：「公子受驚了，在下該死！」

一句話出口，旁邊正舉著刀、虎視眈眈盯著眾人的一干侍衛差點沒驚得扔掉手裡的刀。總旗大人糊塗了還是怎地？怎麼竟對著個還是階下囚的孩子這般恭敬？即便這孩子再有個當官的爹，可也就是個小小的七品縣令罷了。

顧雲楓幾個更是直接傻了眼。怎麼瞧小毓都是可愛的玉娃娃模樣，怎麼會把能令得小兒止啼的鎮撫司大人嚇成這個熊樣？

「他們都是我的兄弟。」陳毓沒心思和他客套，一指依舊被五花大綁的顧雲楓幾人道。娘親她們這會兒定然嚇壞了吧？還有大嫂……

「誤會、誤會！」王林忙道，親手幫顧雲楓解開繩索。

看王林這般小心翼翼，那些侍衛也明白今兒個怕是踢到鐵板了，也忙著幫其他人解開繩索。

「來、來人……」一個有些沙啞的聲音忽然響起，卻是剛才被勒暈過去的田成武，正慢慢醒轉，一眼瞧見前面站著的陳毓，嚇得猛一哆嗦，身子拚命的往後蜷縮，卻不防一下撞著了人，忙不迭回頭，激動得眼淚差點兒落下來。身後的人正是鎮撫司的總旗大人！

他反手抱住王林的腿，眼淚鼻涕齊齊掉下來——

那個陳毓簡直就是天生來剋自己的！這樣的危險人物，絕不能讓他繼續活在世間，不然假以時日，自己的下場不定怎樣淒慘！

好在，有王總旗和那些高手在！

一用力，田成武就從地上爬了起來，紅著眼睛道：「小王八蛋，爺今兒個定要把你碎屍萬段！」堂堂守備之子，竟是一而再再而三被陳毓羞辱，今兒個無論如何不能放過他！

哪知下一刻他胳膊忽然被人拽住，田成武回頭，卻是王林。畢竟是練武之人，王林的手勁無疑太大了些，田成武頓時有些吃不消，當下咬著牙道：「王大人，您放開我，您放心，我做的事絕不會連累到您，今兒個要是不弄死這小兔崽子，我就——」

王林不耐煩的用力一推。「大膽！怎麼敢這麼和公子說話！」

田成武頓時再次跌坐在地上，抬頭瞧著復又微微弓身站在陳毓身後的王林——這種站姿，怎麼瞧都是下屬的站位啊！由於震驚太過，說話都有些口吃了。「王大人，您怎麼了？我是田成武啊，方城府守備的公子，您是不是認錯人了？」

是不是把那小兔崽子當成自己了？

王林還沒有說話，陳毓已然開口。「讓他閉嘴。」

「哈哈……」田成武無意識的對著王林乾笑了兩聲。「這小兔崽子說什麼啊……」

自己一定是在作夢還沒醒呢！平日裡跩得二五八萬的鎮撫司總旗大人會任憑一個乳臭未乾的小屁孩在他面前指手畫腳、頤指氣使？

只是田成武很快就絕望的發現，自己以為的惡夢卻是現實，因為王林竟然走了過來，然後抬起手來，田成武一聲慘叫都沒來得及發出來，就軟軟的歪倒在地，再次昏迷不醒了。

王林眼睛都不眨一下，只等著陳毓示下。別說一個小小的守備公子，就是守備本人，鎮撫司都有權抓起來。

「先別放出去。」不知為什麼，陳毓這會兒心總是跳個不停，隱隱覺得有什麼事要發生一樣。「雲楓，我們快回去。」

顧雲楓還沒回過神來，聞言愣怔了片刻，半晌才意識到陳毓在說什麼。「啊？哦，也是，大嫂她們一定要嚇死了。」看向陳毓的眼神卻明顯有些躲閃，便是一旁的劉正陽幾個又何嘗不是如此。也不知小毓到底是什麼背景，怎麼連鎮撫司的人都嚇成這樣。

陳毓知道他們想些什麼，這會兒卻沒有心思解釋，立刻上了馬，一揚馬鞭。「駕──」

顧雲楓幾人也忙跟了上去。

一路快馬加鞭，將將約個把時辰終於到了家，一進門，正好瞧見正急得熱鍋上的螞蟻似的李靜文和陳秀。

看到陳毓回來，兩人都有些懵了，然後便是全然的狂喜。

「毓兒──」

「弟弟——」

「是我。」陳毓忙下了馬，一把扶住撲過來的李靜文。「母親，您和阿姊、大嫂沒事吧？」

「我們沒事！」李靜文一個撐不住，眼淚直直的掉下來。「好毓兒，他們沒打你吧？都是娘不好，連累了我的毓兒……」

「毓兒別怪娘。」陳秀也紅著眼睛道：「娘不是故意的，你不知道，娘要給我們生個小弟弟了呢，所以才會吐到那人腳上。」

「小弟弟？」陳毓怔了一下，下意識的瞧向李靜文的肚子，竟是有些恍惚——自己要有個弟弟了嗎？

「毓兒？」李靜文愣了一下，以為陳毓不大開心，頓時就有些無措。

「我沒事。」陳毓眨了眨眼睛。「我只是太開心了。」

口中說著，忙扶了李靜文坐下。大嫂是和娘親她們一塊兒離開的，和娘親、姊姊的手無縛雞之力不同，大嫂拳腳上還會些皮毛，想來定然也已經安然到家了。

心放了回去，臉上也有了笑容。「大嫂是不是回顧家去了？」

「不是雲姝找你爹救你回來的？」李靜文臉上笑容一下滯住，轉而有些發青。方才回來詢問下人，沒人見到雲姝的影子，正急得什麼似的，陳毓卻回來了，李靜文還以為許是雲姝去別處找到了老爺，才能把毓兒安全帶回來，怎麼毓兒的模樣，竟似是根本沒見著雲姝的面？

「到底怎麼回事？」陳毓「騰」的一下就站了起來，眼前更是有些發黑。「大嫂她不是和娘親一起離開的嗎？」

「我們是一起不錯，可到了半山腰上，雲姝見我吐得厲害，就安排我慢慢走，她先騎馬回來報信，我還以為是雲姝找人救了你出來呢，難不成……」

李靜文口中說著，臉色越發蒼白。以雲姝對毓兒的看重，絕不可能不管毓兒的死活，除非有什麼意外發生。

陳毓也想到了這一點，卻已是手足冰涼。自己千防萬防，難不成還是沒有護住大嫂？更無法接受的是，這一世柳雲姝會遭遇不測竟是因為自己！再想到上一世顧家最後的慘烈結局……

「小毓，大嫂在你家吧？」顧雲楓的聲音在外面響起，身後一起跟來的還有顧正山和顧老爺子。

柳雲姝身分特殊，若非感念顧家的救命之恩，柳老爺子怎麼肯把寶貝孫女兒嫁過來？更不要說雲姝本身性格也是惹人喜愛得緊，再加上顧雲飛成了親後就去了邊疆，眾人喜愛之餘更是對她多了幾分心疼。

是以聽顧雲楓說了發生的事，也都齊齊吃了一驚，一起跟著趕了來。

大嫂竟然沒回家！陳毓本就懸著的心徹底跌入了谷底。

「阿姝妳怎麼樣，還疼不疼？除了腳，還有沒有哪裡不舒服？」

朱炳文眼睛眨也不眨的盯著坐在對面正低頭蹙眉的柳雲姝，語氣裡心疼之外更有對那個娶了柳雲姝的男人的怨尤——

這麼好的雲姝，若是嫁給了自己，當真是怎麼寵著都不過分。所謂紅袖添香，雲姝本應該過的就是那種琴棋書畫，和自己相對品茗、吟詩作對的神仙日子，卻偏是跟了個武夫，還被帶累，不得不拋頭露面，在大街之上打馬飛奔，哪裡有一點一代大儒孫女的模樣？

「我無事。」儘管低著頭，卻依舊能感覺到對面人灼灼的眼神，柳雲姝已是有些惱火，臉上表情也不覺有些冷肅。這個朱炳文怎麼回事？原本他跟著祖父唸書時，她只覺得人木了些，其他都還好，怎麼今番見面卻是越發不著調了？

當下已是後悔自己方才的決斷——

因聽朱炳文自報家門說是知府之子，又無比熱情的表示但凡有什麼難處只管告訴他便是。自己傷了腳，實在走不得了，病急亂投醫，就這麼糊裡糊塗的跟著進了這竹韻大酒樓。哪想到都這會子了，朱炳文卻對方才答應之事隻字不提，而且說的話越來越輕佻。

柳雲姝既覺不妥，自然不願再留下來，當下勉強扶著桌子站起來。「公子的好意我心領了，我還有事，要先行一步，公子自便。」不料腳下突然一軟，便是胸中也不知為何有些躁亂。

明顯聽出了柳雲姝話中的冰冷，朱炳文身子一僵，握著茶杯的手不由一縮，神情中的憤恨簡直溢於言表。

阿姝這樣的好女子，那個武夫，他怎麼配！

他唯恐惹惱了雲姝，只得萬般不捨的把眼睛挪開，勉強喝了一大杯茶平息心頭的躁動。「妳放心，我爹好歹、好歹也是知府，我說了會幫妳救人，就一定會做到，顧家的人我也會派人替妳通知，妳先別急著走，說不好很快就會、就會有好消息傳來……」

口中說著，眼睛再次不由自主的黏在柳雲姝身上。即便時隔多年，雲姝還是美得和仙子一般，不，是簡直比仙子還要美，真的、真的好想把雲姝抱在懷裡，然後告訴她，自己有多愛她……

「妳先坐下，別、別鬧脾氣了。」

「還是算了吧。」女人的直覺告訴柳雲姝，自己這會兒要是不趕緊離開，說不好就會有什麼禍事發生。「小毓的事，就不麻煩公子了。」

「妳要去哪裡？」朱炳文一下拽住柳雲姝的胳膊，心頭的躁熱令得朱炳文已完全失去了理智，紅著眼睛道：「除了我，任何人都別想讓田成武放人！」臉上隨即露出一絲詭異的笑。「田成武是為了討好我，才故意為難妳的人，只要、只要我開口，他一定會放人……」

昏沈沈的腦海裡竟是不知該難過還是該慶幸。自己堂堂一個舉人，又怎麼會把田成武那個紈袴放在眼裡？可惜自己的一片癡心，竟是除了田成武，再沒有人能懂。明明自己根本瞧不上田成武的，卻不料情之一事，倒只有他還是個知音人，還想著法子給自己和雲姝創造機會……

他不覺放柔了語氣。「雲姝妳別怕，田成武不會把他們怎麼樣的，我派人、派人送個口信，人就能放回來……」

「啪！」臉上卻是重重的挨了一巴掌。

朱炳文被抽得猛一趔趄，腦袋也一下歪到一邊，終於稍稍清醒了些。

柳雲姝已經氣得渾身哆嗦！本還想著替小毓排憂解難，哪裡料到卻是自己連累了小毓！而罪魁禍首，就是自詡風流多情的朱炳文！

她有心想趕緊離開，身子卻軟得和麵條一般，便是腦袋也開始一陣陣嗡嗡作響，柳雲姝心頭大駭，忽然意識到一點——只怕方才喝的水裡，是被人下了藥的。

一恍神間，旁邊傳來嘩啦一聲響，卻是自己方才坐的板凳被一腳踹倒。

朱炳文竟是不知什麼時候來到了柳雲姝的身側，甚而喉嚨中發出粗重的喘息聲，便是那雙眼睛也寫滿了赤裸裸的慾望。

柳雲姝怔了一下。眼前的人影不知為什麼有些模糊，下一刻竟變成了英武不凡的夫君的模樣，她口中不由喃喃道：「雲飛……」

幸好在堪堪將要和朱炳文抱在一起時頓住。

「你滾開！」柳雲姝用盡全身力氣，一把推倒了朱炳文，又用力咬破舌尖，隨著一股澀澀的鹹味湧入喉頭，腦子終於清醒了些，踉蹌著就要往外跑，誰知腿卻被朱炳文死死抱住。

「雲姝，我、我好難受，妳別……別走！」朱炳文幾乎趴跪在地上，語氣可憐至極，眼神更是昏瞶迷亂。「妳救救我、救救我好不好？我愛妳、我愛妳啊！這輩子就愛妳一個！雲姝，妳也愛我好不好，求妳給我吧……」

柳雲姝哆嗦著手抓起桌案上的茶壺，朝著朱炳文頭頂狠狠砸落，隨著「嘩啦」一聲響，朱炳文頓時頭破血流，終於兩眼一翻，昏暈過去。

她又低頭一根根扳開朱炳文緊扣著自己小腿的指頭，踉踉蹌蹌的就往門邊而去，哪想到手剛碰到門閂，就被一陣巨力撞到了一邊，竟是又有人衝了進來！

被撞了個正著的柳雲姝一下跌倒在地，心裡絕望至極，反手拔下頭上的簪子，就要朝著自己喉嚨口插去。

「大嫂！」一個清脆的童聲隨之響起。

柳雲姝旋即睜開眼睛，一下哭了出來。「小毓？」

自己一定是作夢了吧，小毓不是因為自己被田成武抓起來了嗎？怎麼會出現在這裡？她神思恍惚的伸出手，入手卻是一片濡濕——那根簪子正扎在陳毓的手掌上，鮮血正汩汩的從白皙的小手上滲出。

「小毓，你的手！」瞧著那扎在陳毓掌心顫顫個不停的簪子，緊跟在後面的顧雲楓心一下揪了起來。

陳毓咬牙抬手把簪子拔了下來。「我沒事。王林，你快瞧瞧我大嫂是不是吃了什麼藥！」

他心裡後怕不已，看房間裡的情形，大嫂的清白並沒有被人玷污——怪不得上一世大嫂會逃出來後就投了江，想來若不是被人奪了清白，就是想要借江水沖去所中的春藥！

王林頓時有些尷尬。雖然不知道朱炳文和柳雲姝之間是怎麼回事，王林卻能無比糟心的辨認出來，房間裡瀰漫的正是頂級春藥和令人四肢無力的軟筋散味道，而更不巧的是，這樣的頂級藥物還是鎮撫司所獨有，正是田成武從自己手裡弄走的。

王林擦了把汗，又是愧疚又是敬畏的瞧了一眼陳毓。怪不得公子會吩咐把田成武弄來，真是料事如神。這般想著，已是把懷裡的解藥拿出來。「快餵這位夫人吃了。好在夫人吃得不多，應該沒有什麼大礙。」

又對陳毓深深一揖。「公子恕罪，都是王林辦事不力，竟是被田成武那廝利用！」

「罷了，不知者不罪。」陳毓揮了揮手，眼瞧著柳雲姝把藥吃下去，臉上的紅潮漸漸褪去，人也陷入了昏睡之中，提著的心終於放了下來。

王林忙不迭道謝，剛要起身，卻又被人死死抱住，低頭瞧去，頓時目瞪口呆。朱炳文正低著頭在自己身上拱來拱去，還不時在自己腿上吮吸親吻……他臉色慘不忍睹，好險沒給吐出來，不及細思，一個手刀就把人給揍得暈了過去。

他忽然又想起，聽陳公子的意思，朱知府和陳縣令可是一個陣線上的，王林忙不迭又掏出一包解藥就要給朱炳文餵下去，卻被陳毓喝止。
「不許給他！」
啊？王林手一下頓住，不解的瞧向陳毓。
「不吃解藥，會有什麼後果？」陳毓冷冷的瞧著蜷縮在地上、即使昏迷中依舊神情痛苦不已的朱炳文。
「這個……」王林小心翼翼道：「沒有解藥，也沒有女人的話，最輕也會……不舉。」重的話說不好都會把命擱進去。
「那就讓他終身不舉！」陳毓咬著牙，一字一字道。這混帳王八蛋，竟敢對大嫂動不該有的心思，那就讓他一輩子做不了男人！陳毓甚至懷疑上輩子顧家悲劇的源頭就是朱炳文！
王林擦了把冷汗，應了一聲就把解藥收了起來，暗暗慶幸，虧得自己得罪陳毓還不算太重，不然還不知道會落到什麼下場。沒瞧見這朱炳文作為陳毓老爹頂頭上司的兒子，還是著了別人的道、被下了藥才會輕薄那女子，就要落個斷子絕孫的下場！
「那頂級春藥你還有嗎？」陳毓又道。
「有。」王林忙無比狗腿的點頭。「公子要多少？」
「你身上有多少就全灌給田成武！」陳毓一字一句道。田成武不是想要用這種方法讓大嫂身敗名裂嗎？那他就以其人之道還治其人之身，讓田氏父子嚐嚐身敗名裂的滋味！

目送顧家人匆匆離開，王林也想要告退。既有陳毓這個持有百戶腰牌的大爺在，自己還是趕快離開方城府這個是非之地的好，不然，說不好什麼時候就會惹禍上身。而且他現在也算看透了，這位小爺的性子可不是好惹的。

別看他年紀尚幼，當真是心機和手段一樣不缺！

當然，想趕緊離開還有一點，那就是經過這事，王林算是徹底把田家給得罪了。若然手裡有對方的把柄也就罷了，這會兒明明沒有對方的一點兒罪證，卻愣是把方城府守備田青海最喜歡的兒子給禍害了。雖然知道不能拿看小孩子的眼光來看眼前這位陳公子，王林也不相信面對手握重兵的田守備的暴怒，陳毓能有辦法把自己保下來。

陳毓如何看不透王林的心思，當下重重吐出一口濁氣，擺了擺手道：「不用擔心，今天你幫了我一個大忙，我自然也不會虧待於你。」

說著話題一轉。「你聽說過，世上有一種酒水，是鹹的嗎？」

「鹹的酒水？」王林有些摸不著頭腦，不懂陳毓為何問了這樣一個問題，有些糊塗。

「總不會酒水裡放了鹽吧？」

「鹽？」陳毓一愣，只覺一直縈繞在腦海裡的謎團暫態解開。「對，就是鹽！」

怪不得那孔家看得那麼重，甚而不敢到客棧中歇息，而選擇去官府的驛站！若是私鹽，那麼一切就能解釋清楚了。

只是那船去的方向明顯也是這方城府，來了這麼久，並未聽說方城府有缺鹽一說，孔家和田成武耗費那麼多心力，委實也太匪夷所思了吧？

「你從京城來，朝廷有沒有發布什麼新的政令？」看王林依舊有些迷糊，又補充一句。「有可能會影響到邊關一帶鹽價的政令。」

「影響鹽價？還是邊關一帶？」王林想了想。「公子一說，我倒是想了起來，因著鐵翼族的入侵，朝廷下令關閉邊關一帶的榷場，本來朝中有人建議，既是戰爭結束，不妨重開榷鹽場，卻被皇上駁回，說是要給鐵翼族一個永生不忘的教訓……」

說著撓了撓頭。「鐵翼族所需的鹽自來大部分要用白銀向我大周朝換取，要說影響，也就影響外族罷了，對邊關百姓並無大礙……」

陳毓卻是倒吸了口冷氣，旋即明白了孔家的私鹽要運往哪裡！既然由田成武親自押運，又途徑方城府，自然就是要販賣到鐵翼族！以鐵翼族的現狀，那麼一車子鹽水真運過去，說不好能換取一大車的金銀珠寶！

「王總旗，咱們相遇也算有緣，我今日就送你一份大功勞……」

陳毓回視方才離開的竹韻大酒樓。竟然膽敢參與謀害大嫂，那孔家自然也就沒有再存在下去的必要了。

竹韻大酒樓。

孔方放下手中的算盤，伸了個懶腰。

因著上次的私鹽失利，孔方除了挨了田成武一頓暴揍之外，在家族中也吃了不少掛落。好在經營了這麼多年，還算有些人脈，好歹沒有被罷了差事落到坐冷板凳的地步，而是被派到竹韻大酒樓做了大掌櫃一職。

只是比起原來總理全局的大管事職位，這酒樓掌櫃還是太憋屈了些，好在，田成武終於又給自己派了新的差事！

孔家這兩年來之所以能夠異軍突起，靠的可不就是田家嗎？只要田成武肯用自己，那重回孔家的權力中樞就指日可待。而且今日之事實在太容易不過，就是按照吩咐把加了料的茶水給拐角處那間客房的客人送過去。

能在田成武手下混得如魚得水，孔方自然很有幾分本事，一聽田成武的意思，馬上就明白之前被安排進來的那一男一女明顯是田家的對頭。

田成武可是吩咐得明白，等那房間裡傳出什麼可疑的聲音後，就趕緊給守備府傳信。也就是說，今兒這事是守備大人首肯的。

都這麼會兒了，那藥勁想必也該上來了，事關前程，當然要好好瞧著才行。孔方這般想著，放下手裡的茶杯，躡手躡腳的往樓上而去。待來至拐角處，還未抬腳上樓，便聽見那間房「哐」的一聲響，明顯是什麼人撞擊的聲音，連帶的還有粗重的喘息聲。孔方頓時大喜——

這就開始妖精打架了！哎喲嘿，還真是熱鬧啊。

守備府。

書房裡的田青海這會兒臉色可不是一般的難看。

都說秀才遇見兵，有理說不清，田青海還是第一次遇到兩個這麼固執的人，好險沒被兩個秀才給氣傻了！一個朱茂元、一個陳清和，兩人的脾氣竟是比茅坑裡的石頭還硬。無論自己軟的還是硬的，兩人就是死死咬住一句話：絕不可勞民傷財！

兩個該死的窮酸書生！還真就敢拿著雞毛當令箭，和自己對上了。田青海氣得恨不能當時就拿刀把眼前兩人砍了。

陰沈著臉剛要開口，窗戶外忽然有人影閃了一下，可不正是府裡管家？那管家看田青海注意到自己，舉起手中的竹子晃了晃。

這是，成了？

田青海騎在馬上，瞧著旁邊轎子裡的兩人簡直和看死人的表情一樣。

以朱茂元迂腐的性子，待會兒看到自己的寶貝兒子和女人——還是個已婚女人——白日宣淫，一定驚喜得緊吧？到時候有了這個把柄，不怕他不聽自己的。

至於陳清和，怕是要好好跟顧家人解釋一番，為什麼他的妻女俱是好好的折返，倒是顧家媳婦被送到了與陳家交好的朱家公子床上，到時候保管叫陳家跳進黃河也洗不清。

聽說那顧家可是悍勇得緊，說不好一怒之下，殺人也是有的……

知道田青海幾人要來用飯，孔方一早就在酒樓外面候著了。無比殷勤的上前親自幫著牽過田青海的馬匹，又命小二趕緊上前攙扶兩位父母官。

「那裡可安排好了？」田青海覷空道。

「大人放心，那裡面啊，正熱鬧著呢。」孔方臉上全是壞笑，只是笑了一半又頓住，卻是正對上下了轎的陳清和的視線。無措之下，悄悄對田青海稟道：「大人，那個陳縣令之前和小的有些齟齬，大人瞧著，小的可要迴避？」

齟齬？田青海斜了一眼陳清和，果然瞧見陳清和蹙了下眉頭，卻是無所謂的一擺手。

「無妨。」他巴不得能有人噁心那個呆瓜一番呢。

看田青海漫不經心的樣子，明顯沒有把陳清和看在眼裡，孔方自覺膽氣也壯了不少，竟是絲毫不示弱的回瞪了陳清和一眼，這才跟上田青海的步伐。

陳清和只覺有種說不上來的奇異感覺——方才那位掌櫃，可不正是之前巴結田成武非常厲害的那個孔家人。也就是說，這竹韻大酒樓完全就是田家的地盤。

看來今日的宴會分明是一場鴻門宴啊！

竹韻大酒樓之所以名為竹韻，主要是緣於酒樓周圍茂盛的竹林，這會兒正是夏日，外面雖是宛若流火，酒樓裡倒是一派清幽。

孔方殷勤的領著一行人到徑直了二樓的雅間，待走過樓梯拐角處那間客房時，眾人腳下都是一滯，陳清和更是皺了下眉。

房間裡的人正在做什麼，這般啪啪啪響個不停？聽著好似有人打架一般。

「大人這邊走。」孔方忙上前，陪著笑道：「許是裡面客人喝醉了酒，我待會兒就讓人去瞧瞧，必不會擾了各位大人的雅興。」

「也不知是什麼沒品的客人，竟是跑到這裡撒起酒瘋。」田青海皺眉道：「若真是有人喝醉，速速送離開就是，朱大人和陳大人都是正人君子，可是見不得這樣的邪門歪道。」

心裡卻是暗自偷著樂——用不了多久，顧家的人說不好就會尋了來吧？正是飯時，酒樓客似雲來，到時候眾目睽睽之下，定叫這朱茂元羞也得羞死！

孔方忙笑嘻嘻的應了，領了眾人進雅間後便即告退。

等顧家人來了，自己還有一場戲好演呢！

正尋思呢，一陣噠噠的馬蹄聲果然傳來，孔方頓時喜笑顏開。還真是說曹操曹操到，來的這群人可不正是顧家爺幾個？還有那個小的……

孔方臉色微微僵了一下，實在是那小孩年紀不大，卻是自己最不願見到的，不是那個害自己挨了幾回打還丟了差事的陳毓又是哪個？

這邊正愣怔著，那邊顧家人並陳毓已經下了馬，幾人瞧著都是凶神惡煞的模樣，急火火的朝著孔方而來。

「哎，你們幾個做什麼？」孔方回過神來，忙忙的上前阻攔，瞧著眾人一副鼻子不是鼻子臉不是臉的——顧家既然追了來，必然是得了信的，自己這邊越攔著，他們一定越堅信不疑。

顧家人果然有些惱火，尤其是現在的當家人顧正山，更是大手一探，一把揪住了孔方胸前的衣襟。「混帳王八蛋，我們……」卻又把話嚥了回去，明顯很是憋屈的樣子。「我們有些重要的事情要邊吃邊談，對了，幫我們準備一僻靜些的雅間，最好是拐角處的。」

拐角處的？這是連具體位置都打聽清楚了。

孔方當下作出為難的樣子。「哎喲，各位客官，實在是小店兒今兒個已經客滿，並沒有空著的雅間，不然幾位……」心裡卻在禱告，最好這幾個人忍不住當場就衝過去，然後踹開房門……

「哎喲！」孔方頭上果然如願以償的狠狠被搗了一拳，卻是顧家二少顧雲楓正瞪著眼睛道：「什麼客滿？我們今兒個還就在你們這兒用飯了。怎麼，莫不是你們酒樓有什麼見不得人的事，才會連吃飯的客人都要往外趕？」

許是嗓門大了些，裡面正在用餐的客人紛紛探頭往外面瞧。

便是樓上雅間裡的田青海也掀開窗簾往外看了下，待瞧見下面的顧家人，嘴角露出一絲不易覺察的笑容。

好戲就要開演了。

「幾位爺這是怎麼說的。」孔方頓時叫起了撞天屈。「客人多了，是我們店巴不得的事，實在是——」

一句話未完，顧正山突然道：「既如此，這飯，我們就不吃了。」說著就一臉抑鬱的想要去牽馬。

聽顧正山說要走，旁邊的顧雲楓頓時發了急。「爹，我們不能走，大哥……」

「胡說什麼，人家都說沒房間了還吃什麼吃！」顧正山紅著眼睛怒道，竟是真的轉身就要上馬。

正等著看笑話的孔方頓時僵在了那裡——不都說顧家都是血性漢子嗎，怎麼這樣的啞巴虧也願意吃？不應該打了自己一拳後就往裡衝嗎，然後驚動了酒樓裡的客人大家一起衝過去看熱鬧嗎？這怎麼就不按劇本走了，反倒要回去啊？這可不行啊，要是正主都走了，這戲還怎麼演呢！

何況裡面兩人之所以正顛鸞倒鳳那是中了藥，要是再晚會兒，藥效過了，可就達不到守備大人要求的效果了。要是因為自己攔了這麼一下而讓整個計劃泡湯，田少爺還不得把自己給抽死?!

孔方忙上前攔住，裝作剛想起來的樣子。「幾位爺莫要生氣，我剛想起來，你們不是想要個僻靜的房間嗎，正好，方才小二說樓上有間雅間裡的客人已經來了很久，想必這會兒應該要走了，幾位爺不嫌棄的話，等我們讓人收拾一番……」

「爹——當斷不斷，反受其亂啊！」顧雲楓也拉住顧正山的馬韁繩，一副魂不守舍的樣子。

「囉嗦什麼，去收拾就是了。」顧正山猶豫了片刻，陰沈著臉道。

「得，幾位爺跟我來！」孔方這邊支愣著耳朵偷聽那邊父子兩人的對話，心裡早已是樂不可支。這些傻缺！連演個戲都不會，不坑你們坑誰啊?!

孔方非常麻利的引著眾人上了二樓，待來至拐角處那間雅間前，他站住腳，意有所指道：「就是這裡了。這間房間雖不靠街，卻最是僻靜，最適合幾位爺談事了。」

說著就讓小二上前叫門。「客官？」

那小二剛叫了一聲，裡面的門就發出了「咚」的一聲響，然後便是可疑的喘息聲和呻吟聲。

顧正山瞪了一眼拚命往裡探頭的顧雲楓，又扯了陳毓一把，神情嚴厲的示意兩人退下。兩個孩子還小，可不能讓他們瞧見那羞人的場面。跟著便裝出一副萬般不願的樣子。「裡面怎麼這麼大動靜？不然，我們再換個地方吧……」

孔方愣了一下。事到臨頭了，這顧家人還想走？

當下給小二使了個眼色，故作驚慌的攔住了顧正山的路，帶著哭腔大聲道：「哎喲爺哎，我怎麼聽著房間裡動靜不對啊，小店小本生意可是禁不起折騰，各位爺無論如何要給小店做個見證啊……」

那邊店小二已經抬腳一下把門踹開，下一刻卻是「啊」的驚叫一聲——房間裡早已杯盤傾翻，而正中間的空地上，正有兩個赤條條的男女摟在一起……

「我的老天爺啊，青天白日的，這都叫什麼事啊?!」孔方似是受到極致的驚嚇，一屁股坐倒地上就開始大聲哭嚎起來。

這麼大的動靜，自然也驚動了其他客人，眾人紛紛從自己座位上站起來，齊齊過來瞧發生了什麼事，卻在瞧見眼前一幕時全都譁然！

面對外面這麼多人，房間裡的男女依舊在一起翻滾著，竟是對外面的情形絲毫不在意的模樣……這可是眾目睽睽之下的活春宮啊！見過不要臉的，就沒見過不要臉到這般境界的。

「到底怎麼了，這般吵吵嚷嚷的成何體統？」一陣輕咳聲傳來，卻是外面的響聲太大了，田青海幾人自然也坐不住了。

長隨忙上前一步，分開眾人，房間裡的情形頓時一覽無餘。

「這是怎麼回事？」田青海頓時暴怒。「咱們方城府好歹也是教化之地，怎麼會有這般不知廉恥——」

話音未落，那被男子死死抱著的女子忽然揚起頭來，對著田青海露出一個嫵媚至極的笑容。「老爺，奴家……」

田青海只覺晴天一個霹靂落了下來！這不是那個每每都令自己欲仙欲死、自己新近才納且最是喜歡的美貌姬妾嗎?!

還未醒過神來，就聽抱著她的男子嘶啞著聲音道：「小妖精，爺今兒個一定得幹死妳，看妳、看妳……還老想著那老東西不！」

饒是田青海神經較一般人粗壯得多，這會兒也是身子一軟。即便嗓音有些嘶啞，可田青海還是一下就聽出來，這個和自己愛妾滾在一起遭天殺的男人，不是自己兒子田成武又是哪個？

他哆嗦著手指指著房間裡兩人。「把他們、把他們——」

一旁的孔方又是佩服又是豔羨。

哎喲，守備大人倒是演戲的好手呢，瞧瞧，還真是聲情並茂呢！話說回來，這位朱府少爺的聲音和田少爺還真有些像，還有他摟著的那個顧家媳婦兒，嘖嘖，生得真不是一般的風騷。

他自以為揣摩透了田家的心思，忙忙的對田家長隨使了個眼色。「還愣著做什麼？還不快把人拉開，這麼傷風敗俗的事，哎呀，我要是他老子，還有什麼臉活著？有什麼臉去見列祖列宗啊！索性一刀子閹了他，然後再找根繩子上吊得了！哎呀，守備大人——」

不料田青海竟是一下萎頓在地，嘴也歪了眼也斜了，還有涎水從嘴角不停溢出，更可怕的是他瞪著孔方，一副恨不得把對方千刀萬剮的模樣。

「咦？」

「怎麼會！」

人群中也同時炸開了鍋，卻是那被田府長隨強行架起來的男子終於露出了廬山真面目，可不正是方城府第一衙內田成武？

即便已被人拉開，田成武依舊做出各種不堪入目的動作，甚至抱著田府長隨就開始啃……

「咕咚」一聲，瞬間石化的孔方終於禁不住刺激，華麗麗昏倒在地！

其餘田府下人也都傻了——

來時管家說過，竹韻大酒樓裡會有一場好戲讓人大飽眼福，卻無論如何也沒有說這好戲的主角就是少爺和姨娘啊！

再回頭一瞧自家老爺嘴歪眼斜的模樣，更是嚇得魂兒都飛了，忙不迭抽出刀就去驅趕圍觀眾人。「滾開、全都滾開……快，著人去尋郎中來！」

有下人探身想去扶田青海，卻被田青海哆嗦著死死扣住手腕。「殺了——」

可惜田青海因為嘴歪了，連話都說不囫圇，一雙眼睛只無比惡毒的瞪著旁邊同樣目瞪口呆的朱茂元、陳清和兩人。

朱茂元被盯得渾身汗毛都豎起來了，忽然覺得不對。方才可是田青海一力堅持必須要來這竹韻大酒樓的，再結合來時路上田青海意外的好心情，難不成，這房間裡一開始安排的興許是……朱茂元這般一想，冷汗頓時就下來了。

「讓開！」又一個冷冽的聲音在外面響起，眾人回頭，卻是幾個勁裝漢子正排開人群闖了進來，當頭一人，可不正是王林？

田青海舒了一口氣，艱難的衝王林道：「王、王大人——」

鎮撫司很有些不為人知的手段，他們既然願意蹚這個渾水，正好解了自己眼前的困窘現狀，也不枉自己這些日子以來的小心奉承。

王林對他點了點頭，徑直命人拿了一張床單，上前裹了田成武就走。

那長隨嚇了一跳，又見田青海並沒有阻攔，便也只好退開，任憑王林來去如風，抬了田成武離開。

朱茂元和陳清和面面相覷，雖然依舊想不透眼前這戲法是怎麼變的，卻均是有些鬆了一口氣的感覺。田青海這一中風，修路之爭自是再不存在了。

待回到府中，朱茂元心情當真不是一般的好。

「老爺，您回來了。」

他剛下了轎，朱府管家就忙忙的迎了上來，臉上神情卻明顯有些詭異。

朱茂元倒也沒太在意，只邊走邊問：「公子可在家？」

想到田青海那個慘樣，不由感慨，生了那樣一個混帳兒子，可真是夭壽啊！

那管家臉色一苦，頓時有些期期艾艾。「公子……倒是在家，可是是被人送回來的。」

而且最糟糕的是，公子的模樣實在大為不妥，瞧著竟是有點兒快要精盡人亡的模樣，更要命的是都已經那樣了，卻還不消停……

「被人送回來的，什麼人？」朱茂元一愣。

管家尚未答話，一個男子已經閃身而出。

「是我。」

朱茂元抬眼瞧去，頓時一怔。可不正是之前在酒樓裡抬了田家少爺離開的那位？之前瞧田青海的態度，對他可是頗為尊敬，畢竟長久浸淫官場，朱茂元倒是很快回神。「不知大人是……」

王林倒也不和他客氣，隨手掏出身上腰牌遞了過去。「在下鎮撫司總旗王林。」

「鎮撫司？」朱茂元一個激靈。怪道之前田青海的態度那般恭敬，卻原來是鎮撫司的人嗎？兒子竟是被鎮撫司的人送回來的，難不成……

臉色一下變得難看之極。「我兒子……」

「令郎真是斯文敗類！」王林絲毫不假辭色，厲聲道：「竹韻大酒樓裡那場戲你也是看了的，你可知道，若非機緣巧合之下被我撞到，當時你瞧見的醜陋景象主角就是令郎？更可惡的是，令郎不但主動配合不說，還差點兒……」

一句話宛若晴天霹靂，好險沒把朱茂元給炸暈了，卻也恍惚記起之前田青海的模樣，可不就是準備好了要去看戲的！

要是沒有鎮撫司的人……朱茂元簡直不敢想像會發生什麼。可饒是如此，兒子的劣行落在了鎮撫司的眼中，這輩子怕是都要與仕途無緣了！好在兒子的授業恩師是一代大儒柳和鳴，向他求助或許還會有些轉機。

朱茂元好半天才找回神智，失魂落魄的衝王林大禮拜倒。「多謝總旗大人。」

王林點了下頭，也不欲和他多說，即告辭離開。

朱茂元惶惶然把人送走後，趕緊往兒子的房間而去，剛來至門外，便聽見了和在竹韻大酒樓裡一模一樣的呻吟聲，不同的是，兒子嘴裡還念叨著一個人的名字。

「雲姝、阿姝、寶貝兒、心肝兒，求妳給我吧！我真的……想死妳了！」

朱茂元腳下一踉蹌，好險沒摔個大跟頭，臉上的血色一下消失得乾乾淨淨。

雲姝這個名字朱茂元是知道的，當初因著兒子竟然有幸拜在柳和鳴門下讀書，自己榮幸之餘曾親自登門拜訪。之所以會如此，實在是柳和鳴在大周朝名氣太大了。

柳和鳴自幼飽讀詩書，實可說是滿腹經綸、才高八斗。

只是他為人淡泊名利、不喜仕途，才會避隱山林，以教書育人、著書立說為己任，曾教導出狀元，舉人、秀才更是不可勝數，說是桃李遍天下也不為過。而他最終選擇安定下來的白鹿書院，也因著這位老先生的名頭成為天下第一書院。

甚而後來連當今皇上也親自相請，想讓他做太子師，只是柳和鳴閒雲野鶴慣了的，並未應允，饒是如此，太子亦依舊以師禮待之……

而柳雲姝，就是柳和鳴唯一的孫女兒！

再結合方才王林的欲言又止，朱茂元立即明白，兒子竟是豬油蒙了心，對已嫁為人婦的柳雲姝動了不該有的心思不說，還差點兒得手！

自己到底是做了什麼孽啊！竟然會生出這麼個蠢兒子，分明是要拖累死全家的節奏啊！

不久後，方城政局就陷入了動蕩之中，先是曾一手遮天的守備田青海父子被鎮撫司秘密帶走，知府朱茂元也屢次上表請辭，即便皇上不允，竟終究尋了個由頭把政務推給方城縣令陳清和代為處理。

虧得陳清和處理民政上頗是一把好手，把方城府治理得井井有條，路不拾遺、夜不閉戶……

——未完，待續，請看文創風446《公子有點忙》2

字裡行間　道盡百味人生／佑眉

2016年9月出版

公子有點忙

上輩子棄文從武，刀口舔血非他所願，
機緣巧合下再世為人，
他習文練武、智勇雙全
且看公子無雙、天下揚名——

文創風 445 1

元宵節那一夜，是陳毓所有惡夢的開端。
先是遭拍花子擄走，吃盡苦頭，顛沛流離了年餘才輾轉返家，
迎接他的，卻是家破人亡的悲劇……
家產遭佔，父親亡故，姊姊更是不堪受辱投繯自盡，
他本是手無縛雞之力的書生，卻被逼得手刃仇人後四處流亡，
沒料到一場大醉後，他竟重生在一切悲劇發生前！
哪怕當下正身陷險境，陳毓也是甘之如飴的。
這一世，他不惜一切，也要護得親人個個周全！

文創風 446 2

兒時遭擄的記憶，是小七掙脫不了的夢魘。
生在勛貴世家，又是家中么女，可謂集萬千寵愛於一身，
本當是天之驕女的她，卻在家裡遭難時被惡人拐走，
如果不是陳毓，她早就被活埋了。
劫後餘生的小七彷彿失了魂魄，多虧有他細心照料，
他挽救了她的生命，也帶著她走出永無止境的黑暗。
多年後再次見到陳毓，他一如記憶中那般璀璨耀眼，溫煦有禮，
好像只要看著他，心裡就能感到踏實……

文創風 447 3

知道西昌府將有一場洪災，甚至引發了一場動搖國本的民亂。
陳毓立即趕赴西昌協助父親，
一邊築堤防災，收購糧食，一邊尋找挑起民變的起事者。
然而當暴雨怒洪席捲而來，又豈是區區人力可擋？
落水的陳毓大難不死，卻再也找不到心中掛念的那個身影。
在決堤的洪水前既然說了要一起活，
即使走遍天涯海角，他也要找到她……

文創風 448 4 完

二皇子與東泰人勾結，對大周領土虎視眈眈，
當陳毓親眼見到東泰人侵門踏戶，欺負大周子民，
他心頭窩火，更憂心邊境的狀況遠比他預想的更差！
他設下了計中計，希望一切照著他的劇本演，
仍阻止不了戰爭的爆發，守軍的反叛……
陳毓但求速戰速決，不單是想將傷亡減到最低，
更是因為，在遙遠的京城裡，還有人等著他平安回去……

為流浪貓狗加油 和貓寶貝 狗寶貝

廝守終生(一定要終生喔！)的幸福機會

對人來說，貓寶貝狗寶貝只是生活的一部分，
但妳（你）對牠們來說，卻是生活的全部，領養前請一定要考慮清楚——

▲ 愛黏人的小蜜糖 Miffy

性　別：女生
品　種：米克斯虎斑
年　紀：約6或7個月大
個　性：活潑、親人，喜愛磨蹭人
健康狀況：未結紮、已打四合一疫苗
目前住所：桃園市龜山區

本期資料來源：台灣認養地圖

『Miffy』的故事：

我與Miffy的相遇是在五月某個涼風徐徐的傍晚。

那天好不容易準時下班回家，打算去超市採買鮮食，準備施展廚藝大快朵頤一番，忽地發現一隻小小的身影在周圍的人行道與店家閒逛，完全不怕生的牠趁客人進門的瞬間溜進超市與店家，帶著好奇心一步一腳印地探索這陌生的世界。只見一臉無奈的店員不斷將Miffy請出店外，免得影響到店裡消費的客人。附近都是車水馬龍的道路，我生怕牠遭受意外，將牠抱起送到超市隔壁的動物醫院檢查是否有植入晶片。很遺憾的是，Miffy身上並沒有晶片；但牠身體健康，個性又不怕生，讓人無法確定Miffy到底有沒有主人。

後來等了好一陣子，都沒有主人與我聯繫，只好先將Miffy從動物醫院接回照顧。活潑好動的牠，有極好的彈跳力。喜歡玩鬥貓棒、追著雷射筆的光點跑，也喜歡藏在窗簾後面跟我玩躲貓貓。Miffy充滿了活力與朝氣，每天一早看到牠心情都會非常地好呢！但我的工作十分忙碌，經常到國外出差，無法好好照顧黏人親人的Miffy，所以希望能尋找一位可以好好陪伴牠成長的主人。

Miffy對人十分依賴，是一隻非常可愛的小淘氣，希望牠能成為你／妳的家人，為你／妳帶來歡樂、幸福與感動～～歡迎來信 gortexlin@gmail.com (林先生)，主旨註明「我想認養Miffy」。

認養資格：

1. 認養者須年滿20歲，有獨立經濟能力，並獲得家人、同住室友或房東的同意。
2. 須同意簽認養寵物切結書。
3. 同意送養人日後之追蹤探訪，對待Miffy不離不棄。

來信請說明：

a. 個人基本資料：姓名、性別、年齡、家庭狀況、職業與經濟來源等。
b. 想認養Miffy的理由。
c. 過去養寵物的經驗，及簡介一下您的飼養環境。
d. 若未來有當兵、結婚、懷孕、畢業、出國或搬家等計劃，將如何安置Miffy？

文創風
445
公子有點忙 1

國家圖書館出版品預行編目資料

公子有點忙 / 佑眉著. --
初版. -- 臺北市 : 狗屋, 2016.09
冊 ; 公分. --（文創風）
ISBN 978-986-328-634-9（第1冊：平裝）. --

857.7 105012849

著作者 佑眉
編輯 黃暄尹
校對 黃亭蓁 許雯婷
發行所 狗屋出版社有限公司
地址 台北市104中山區龍江路71巷15號1樓
電話 02-2776-5889～0
發行字號 局版台業字845號
法律顧問 蕭雄淋律師
總經銷 知遠文化事業有限公司
電話 02-2664-8800
初版 2016年9月
國際書碼 ISBN-13 978-986-328-634-9
原著書名 《天下无双（重生）》，由北京晉江原創網絡科技有限公司授權出版

定價250元
狗屋劃撥帳號：19001626
網址：love.doghouse.com.tw E-mail：love@doghouse.com.tw